# 编 委 会 名 单

# 攻坚日记

## 实干当头

中央广播电视总台　编

人民出版社

# 用镜头践行使命　用青春见证振兴（代序）

　　摆脱贫困，是中华民族上下求索的千年夙愿，消除贫困，是中国共产党自诞生之日起就肩负的历史使命。《攻坚日记》系列丛书正是通过记录脱贫攻坚的鲜活实践，展现了脱贫者自强不息、乐观奋斗的精神风貌和帮扶者求真务实、甘于奉献的情怀担当。可以说，当 2021 年 2 月 25 日"我国脱贫攻坚战取得了全面胜利"后，《攻坚日记》系列丛书充分展示了中国样本、中国经验、中国力量和中国成就。

　　《攻坚日记》系列丛书共分五种，总字数 100 万字，分别是《实干当头》《久久为功》《智志双扶》《扶危济困》《守望相助》，它改编自中央广播电视总台农业农村节目中心推出的展现脱贫进程的日播纪录片栏目《攻坚日记》。每种图书中真实记录了六个贫困家庭脱贫的故事，共有 30 个家庭，每一个家庭分别由贫困户、帮扶干部和编导来讲述，全套书勾画了一幅完整、生动的中国脱贫攻坚成就图。

　　首先，《攻坚日记》系列丛书展现了一个个沾泥土、带露珠、冒热气的脱贫攻坚故事，将国家媒体的责任与担当融入国家民族发展的宏阔进程。本套丛书源自电视节目，在节目中，摄制组跟踪拍摄贫困家庭在决战决胜时刻的细微变化，每个拍摄点在自然月中每天依次亮相，历时 3 年播出 400 集，呈现了中国村庄最真实的脱贫影像。因而，丛书中展现的是地域广阔的中国农村大地上发生的新鲜故事，在终年积雪的青海果洛，鸡鸣四国的新疆瓦罕走廊，凭借溜索通往村外的云南怒江秋那桶村……不管是孩子手术、妻子透析、老人去世，还是异地搬迁，从大山深处的穷窝窝，搬到安置点的新房子，每一个点点滴滴的新变化，每一个生活的新进步，每一项扶贫政策的新推进，书中都记录得非常详细，扶贫工作中的每一步、每一个情节都有无数多的细节做支撑。

其次，《攻坚日记》系列丛书记录了众多的鲜活生动的典型人物。随着记录的持续展开，每个性格不同、生活态度迥异的人物形象铺呈在眼前，有憨厚但有坚持的洛古有伍，懦弱但倔犟的李阿乐坦嘎日迪，身体残疾但精神富足的宝园，固执难缠但胸有大义的徐金生，等等。每个故事的主人公和他们的帮扶干部都有非常多的对手戏，他们的苦乐牵动着人们的心。尤其是帮扶干部们，他们爬过最高的山，走过最险的路，去过最偏远的村寨，住过最穷的人家，哪里有需要，他们就战斗在哪里。正是这些普通人，做着一件件不平凡的事，使"脱贫地区处处呈现山乡巨变、山河锦绣的时代画卷"，让我们看到了中国贫困地区和贫困农民发生的巨大变化，触人心怀、感人肺腑。

再次，《攻坚日记》系列丛书体现了新时代新闻工作者的责任和担当，锤炼了年轻的媒体从业人的意志和勇气。脱贫攻坚的进程有多么艰难，记者们的记录就有多么重要。这种价值感犹如淬钢的炉火，净化着每一个参与拍摄《攻坚日记》的制作人员，特别是摄制组中的年轻人。有多位创作人员在节目进程中受到感召，有了坚定的信仰，递交了入党申请书。当600多个日日夜夜过去后，蹲点的记者早已跟第一书记和曾经的贫困户处成了兄弟姐妹。在大病大灾大难面前，他们见证过彼此的窘迫，交换过生命的困惑和迷茫，坚定地支持过、携手过，也曾拥抱过、哭泣过、欢笑过，已经是一辈子的朋友了。一句简单的"再见"，在离别时说不出口，许多记者最后一次驻村拍摄后都选择悄悄离开。

最后，《攻坚日记》系列丛书探索出更接近生活本体的表达方式。书中图文并茂、生动展现，并含有电视节目二维码，可在阅读纸质的同时，在央视网、央视影音、央视频 APP 搜索《攻坚日记》观看视频版，二者相辅相成、相得益彰。央视频平台主打短视频，推出系列 v–log《编导手记》，将节目外的故事以亲历者的角度进行补充与佐证。

2020 年 5 月，《攻坚日记》栏目组获得"新春走基层"活动中央新闻单位先进集体称号；12 月，《攻坚日记》栏目荣获"第 26 届中国纪录片学术盛典"年度栏目。

2021 年 4 月，短视频《李阿乐坦嘎日迪的脱贫战》在新春走基层·中央新闻单位青年记者践行"四力"交流活动评选中荣获最佳人物报道奖；7 月，《攻坚日记》被评为"2020 年度广播电视创新创优节目"。

《攻坚日记》系列丛书，作为一部见证感动、记录历史、讲好中国村庄故事的主题出版类图书，诚如当地有关部门来函中所说："没想到，我们的贫困百姓平常的生产生活，我们脱贫攻坚日常的工作，被朴实生动地讲述出来，这给贫困户增强了信心，为扶贫干部增添了荣誉感和自豪感。"

编　者

2022 年 7 月

# 目 录

攻坚日记

一

溜索下的故事

扫码收看《溜索下的故事》

## （一）攻坚之路：曾经溜索跨怒江 如今幸福奔小康

余春妹一家是云南省怒江傈僳族自治州贡山独龙族怒族自治县（以下简称云南省怒江州贡山县）丙中洛镇秋那桶村的村民，也是该村的建档立卡贫困户。秋那桶村位于怒江大峡谷最深处，是峡谷北端的最后一个行政村。怒江大峡谷位于滇西横断山纵谷区三江并流地带，平均深度为 2000 米，最深的地方就是在丙中洛镇的秋那桶村，深度达 3500 米。险峻的自然条件，闭塞的地理环境，艰难的生产生活，制约了当地的经济发展。秋那桶村辖有 10 个村民小组，共有 392 户，其中建档立卡贫困户有 316 户。余春妹家所在的那恰洛小组，居住在最险峻的怒江岸边，面临地面塌陷和山体滑坡的地质隐患。

图 1-1
余春妹汛期溜索过江

此处的怒江，水流湍急，暗涡密布。余春妹家的草果地在江对岸的大山深处，过江需要靠溜索。生活在这里的村民世代都要依靠跨度约 200 米、高 30 米的溜索过江，从事劳作和交往。如今，虽然溜索已变成钢缆，滑轮也是金属锻造，但溜索过江的风险依然很大。因此，溜索前，余春妹必须做好保护措施，尤其是要把头发扎好，如果不慎被卷入滑轮，后果将不堪设想。

## 余春妹辛苦收草果　村民搬迁困难多

一大早，余春妹就要起床做粑粑打早茶，她要给患病的丈夫做出早饭，还要给自己准备出进山干活的干粮。

余春妹所在的那恰洛小组已经没有可用于大面积种植的山地了，他们不得不在江对岸的山上种植草果。余春妹家的草果地在深山中的山涧潮湿处，到达那里需经过陡坡、峭壁和山涧激流，对于像余春妹这样走惯了山路的人来说，也不是一件容易的事。草果可以作为调味料食用，具有较高的经济价值，一般生长在海拔 1000 米到 2000 米的深山密林中。溪边湿润、排水良好的山谷坡地阴凉地带，是利于草果生长的地方。

以前，当地的传统作物是包谷。由于山地多平地少，可种植包谷的面积有限，产量极低。为了提高村民的收入，政府号召改种草果，并且提供草果的种子。余春妹家的这片草果地就是用政府给的种子种出来的。每年 10 月是草果需要除草的季节，也是余春妹最辛劳的时候。丈夫患病，不能从事重体力劳动，余春妹一个女人毅然挑起家庭重担，全因她和丈夫恩爱的夫妻感情。

在余春妹辛苦劳作的时候，她的丈夫余金强正在跟着政府派来的专家学习养蜂技术。在身体允许的情况下，他想减轻一些妻子

图 1–2
余春妹丈夫余金
强激动落泪

的负担。丈夫余金强，早年因为吃马蜂蛹中毒，到昆明检查，诊断为中毒性脑损伤。到目前，地里的活都干不了。余金强觉得，老婆很爱他，生病三年，依旧不离不弃地照顾他，说到这里，不禁也红了眼眶。

晚饭前，余春妹溜索过江回家。回家后，第一件事就是喂猪。余春妹在政府帮扶下参加了养猪合作社，这让她家的经济状况有了一定程度的改善。自从丈夫余金强患病，余春妹一家就因缺乏劳动力而致贫。此时，余春妹的父亲身患癌症住进了医院。余春妹既要忙着干活，又要照顾家中的病人，因无时间照料刚满 6 岁的女儿，而将其寄宿到镇上的小学。

晚饭后，在火塘旁边吃包谷边聊天，是余金强夫妻二人难得的休息时间。然而在丈夫患病初期，这样的时刻难以想象。余金强起初发病很严重的时候，余春妹都要牵着他的手。治病三年，家里的积蓄也所剩无几，余金强也曾表示，再怎么治都治不好，不要治了。再这么治下去的话，全家人就没饭吃了。当地政府给余春妹一家贷款 10 万元，余春妹一家将这笔钱用在了买猪和草果地上。

图 1-3
余春妹采摘草果

姚聪学，秋那桶村驻村第一书记。2018 年，由中国交通建设股份有限公司派驻到这里。晚饭后，他要去那恰洛小组讨论易地搬迁事宜。因为秋那桶村的那恰洛小组整体临江，面临着严重的地质隐患。姚聪学把大家召集在一起，想听听大家还有哪些搬迁顾虑。那恰洛小组一共有 31 户，有 28 户已经抽签选房了，现在只有 3 户还没有抽房子。余春妹是上个月才抽房的，为了说服她去县城居住，姚聪学先后找她谈了三次。可是，目前房子是抽了，余春妹却还是对搬到县城居住有一些顾虑。余春妹的顾虑主要是自己搬到县城以后，村子里的产业怎么办，猪能不能继续养。姚聪学表示，秋那桶村在国家的帮扶下发展养殖产业，养猪肯定是允许的。村民李晓英的哥哥李志明的顾虑主要在于户口的问题，户口是否要转到城镇。姚聪学表示，那恰洛小组永远是秋那桶村的 10 个小组之一，户口原则上还是在秋那桶村，如果想往县城转也可以。李晓英的顾虑是，搬到县城后，还要回来管理这些产业，在县城读书的两个孩子没有办法照顾。除此之外，城市生活的高成本等也成为李志明和李晓英的顾虑。进城以后该如何谋生，对于农村人来说，的确是个

图 1-4
姚聪学带村民看
安置房

大问题。面对大家的顾虑，姚聪学表示，贡山县政府会给搬迁到县城的人家每户提供一个公益性岗位。姚聪学想组织大家再去县城看一下房子，包括学校、医院、市场等地方。

回到驻村工作队的宿舍，第一书记姚聪学要归纳总结一天的工作，其中，秋那桶村那恰洛小组的易地扶贫搬迁刻不容缓，这成为他一项较为棘手的工作。姚聪学在动员那恰洛小组成员进城安置的工作中发现很多老百姓还是不想搬迁，安土重迁、故土难离，大多数老百姓还是舍不得这里。

## 余春妹喜进新家　草果收成今年看好

经过一个多小时的车程，上午 9 点，第一书记姚聪学和余春妹等村民一起来到贡山县城的易地搬迁安置点——幸福新区。幸福新区计划安置贡山县四个乡的易地扶贫搬迁贫困户，余春妹等村民由于对搬迁有种种顾虑，所以是来得较晚的一批。想要看新房，按规定需签字画押，才能领钥匙，这让余春妹不是太情愿。

余春妹分得的这套新居在二层，面积有 60 平方米，两室一厅，第一眼见到时她还是比较兴奋的。余春妹先后看了大卧室和小卧室，感觉有点小。15 平方米的主卧和 10 平方米的次卧，跟村里的大平房相比，在视觉上有很大的反差。余春妹没有住过楼房，对于现代楼房的先进设备所提供的各种便利，还不能凭借一次看房直接体会到，依农村的生活习惯，她最关心的就是房子的大小。并且城市的生活方式，与她的传统生活习惯又相去甚远，能否适应，也是余春妹要考虑的。在乡下，烤火已经成为一种习惯，墙面也因此会被熏黑，进入城市，面对白净的墙壁，意味着余春妹将要去慢慢适应没有烤火的生活。

结束了看房，余春妹对新房有满意的地方，也有不满意的方面。从县城看房回到家，余春妹像往常一样，里里外外一个人忙活。养猪对余春妹来说，是一笔可预期的收入。猪饲料的主要成分是麦麸，一袋 100 多元，对余春妹来说有点贵，但只要把猪养好了，卖出好价钱，无论是在村里生活，还是搬进县城，都显得尤为重要。养育一头猪，余春妹差不多能赚 1000 元，现在余春妹有十头左右的猪。在当地一般都是女人喂猪，所以加入养猪合作社的五户都是女性。

晚饭后，一家人坐在火塘边，轻松自在。然而搬迁这件并不轻松的大事，藏在余春妹看似轻松的表情之下。丈夫患中毒性脑损伤，不能承受过多的压力，搬迁的决断也就落在了余春妹一个人的身上。余春妹 6 岁的女儿寄宿在镇上的小学，如果搬到县城，就能接受更高质量的教育，余春妹决定听听女儿的想法。余春妹女儿还是比较喜欢新房子的，尽管面对余春妹，仍旧懂事地说着，"我两个都喜欢。只要妈妈喜欢就可以"。

余春妹初步决定搬迁。

图 1-5
余春妹询问女儿
是否喜欢安置
楼房

　　陪余春妹从县城看房回来后，第一书记姚聪学依然惦记着搬迁的事。姚聪学决定约余春妹和李晓英就搬迁的事再聊一聊，但是李晓英不在家，于是决定和大家一起到村委会碰头。在此次易地扶贫搬迁过程中，李晓英的顾虑相对多一点，为此，驻村工作队还提了牛奶和油约她见面。李晓英的顾虑主要是房子太小了，李晓英觉得在农村的话，因为有土地，可以经营土地让自己活下去。谈及到这里，这让本就是农民出身的姚聪学想以自身的奋斗经历以及众多进城农民的成功经验来鼓励李晓英。姚聪学对李晓英保证到，到县城以后可以去学一些技术，政府也会给大家解决一份工作。工作队队员在土地问题上也再一次重申，土地是不会被收回的。秋那桶村村委会主任余贵林也说到，如果是看病就医的话，县城会比这里更加方便。

　　姚聪学和工作队队员们所做的种种分析，对初步决定搬迁的余春妹更是一种促进。姚聪学决定再过几天，陪余春妹领钥匙和政府配发的沙发、茶几、电视机等家具。余春妹最终同意过几天去县城领钥匙和家具，而李晓英似乎还没有完全想通。谈话结束后，姚聪学向李晓英递上来之前买的油和奶，并希望李晓英能再考虑考虑。姚聪学表示自己的思想变化还是比较大的。刚来村子里的时候，心里认为这就是一份工作，对于脱贫攻坚的了解不是那么深刻，后来随着工作的不断推进，跟老百姓、工作队、村委会的人一起去努力，去入户和老百姓交流，了解各自的家庭情况、贫困情况和致贫原因，现在的姚聪学觉得这不仅仅是一份工作，还是一种情感和一种情怀。

三天后，第一书记姚聪学陪着余春妹来到贡山县城的幸福新区，接收政府给搬迁的贫困户统一配置的新家具。余春妹的丈夫余金强也一起过来帮着搭把手。政府免费赠送的衣柜、床、沙发、电视机等，为在城里置办家具的贫困户省去了一大笔开销，这让余春妹的安家负担比想象的要小很多。

生活在农村，特别是在深山峡谷中的余春妹，对城市楼房的生活是不熟悉的，在这种时刻，第一书记姚聪学给了余春妹周到而细致的建议。墙里预留的线头、衣柜和床的摆放，马桶的使用，电闸的使用，事无巨细。余春妹能如此专注地倾听姚聪学的讲解，是女儿的心愿决定了她的态度，因为这里就是女儿向往的生活。

政府配备的家具让余春妹有了安家的基本条件，然而这还远远不够，新房还需要很多生活用品，眼下余春妹急需用钱，即将收获的草果就是一笔可观的收入。

秋那桶村已经连续一周没有下雨了，山路干燥，正是进山收草果的好时机。这次收草果，余春妹叫了5个村民帮忙。今天收完自家的草果，明天余春妹就要去帮别人。在秋那桶村，农忙的时候大家都是这样互相帮助的。虽说都是居住在秋那桶村，但有些村民并不会溜索。这次收草果，余春妹需要把她们带到对岸。两个人溜索，风险性高了很多。因为重力加大，快到对岸的时候，"刹车"

会很困难，一旦控制不好撞到江岸边的石头上，后果不堪设想，所以余春妹这次溜索，并没有像往常一样用稻草做"刹车"，而是戴了专门的防滑手套。5 位村民陆陆续续地都平安到达江对岸了。余春妹希望这次卖草果的钱，能足够她布置县城里的新家。从岸边到余春妹家的草果地有 3 公里左右，通往那里宽阔平坦的路段很少，多是位于悬崖边的小路。有时山路坡度大，直上直下有将近两米高，只能把一根树干砍几刀，当作梯子。除了陡坡，路上还有三道独木桥要过。桥都是余春妹自己架的。由于溪边湿气重，木头很容易腐烂，所以每隔一段时间，余春妹就需要重新架木头。

这样难走的路，余春妹几乎每天都要走上两趟。到草果地已是中午，村民们在余春妹搭建的塑料棚下休息，简单吃些午饭。余春妹这次收了 2000 多斤草果，她打算用挣的钱去置办一些家具，如果丈夫愿意看病的话，那就先带他去看病。余春妹家的草果地有十多亩，由于山上平地少，所以这十几亩地分散在山里的平坦地段中。余春妹种草果五年多了，去年的草果卖了 700 多元钱。虽然 700 多元不算多，种植草果也很辛苦，但余春妹还是挺满意的。

从今年草果的长势来看，余春妹预计能收获 1000 公斤，按照目前最理想的市场价格每公斤 10 元来算的话，余春妹能卖到 1 万元。目前，草果是当地村民最主要的收入来源之一，而且一年比一年收成好，所以余春妹才有了期盼。


## 卖草果夫妻有分歧　买书桌女儿喜布置

秋冬时节，正是草果成熟的时候。草果是云南的一种香料，适合生长在潮湿阴凉、土质肥沃的地方。村民们说，余春妹家的草果地是村里最远最难走的。

种草果，每年要除草两到三次。余春妹最累的时候一到家就躺下了。为了能多背点草果下山，余春妹她们在地里就把割下来的草果搓成粒装起来。然而，山里的天气说变就变。余春妹她们正在收草果的时候，已经一周都没下过雨的山上，忽然就下起了小雨。雨逐渐变大，余春妹她们不得不停止收割。而截至此时收获的草果，估计还不到余春妹计划收获的一半。

比起采草果，最辛苦的还是收草果，每一袋草果重约七八十斤，余春妹她们要把这一袋袋草果运下山去。余春妹在草果地附近搭了一个塑料棚，就是为了躲避这种突如其来的山雨。棚里也有被褥，是为农忙的时候准备的。为了节省时间，农忙时她就独自一个人住在深山里。余春妹的丈夫患病，所以她几乎不让丈夫跟她进山干活。特别累的时候，余春妹的心里也有些不是滋味。

下午，余春妹和村民们还在山上忙碌，余金强在家里准备晚饭，等妻子回来吃。上山收草果是个辛苦的体力活，所以余金强今天特意做了妻子最爱吃的西红柿炒鸡蛋。

雨势渐小，余春妹和村民们背起草果继续下山。秋那桶村地处深山峡谷，这里的女人们自幼溜索过江，翻山越岭，负重劳作，有着过硬的身板和脚力。然而，雨虽然下得不大，却逐渐让路上的独木桥变得湿滑，山路也泥泞了。在这种情况下，即便是余春妹，下山也十分艰难。她们一方面得注意脚下，以防失足跌落山涧；另一方面，天色渐暗，一旦天黑，便不能溜索过江，否则就会有坠入江中或撞上对面山壁的危险。因此，她们得趁着还有些天光，赶紧把草果运过江。

走了将近两个小时，余春妹和村民们终于把草果背到了山下溜索的地方，此时，她们已经筋疲力尽。如何把如此重的草果用溜索运过江，对她们来讲，并不是一件轻松的事。余春妹她们合力，用安全带在麻袋中间打了个结实的死结，以防脱扣。然后，她们需要把草果和自己都挂在溜索上，因为草果是不能单独溜索过江的，必须得有人掌控"刹车"，否则草果将会撞向对面山壁。

雨一直淅淅沥沥地下着，已经做好饭的余金强担心妻子，就提前开车去接余春妹。这次收草果，余春妹计划收获一千公斤左右，因此他们特意租了辆载货量大的农用车。山里没有信号，无法与妻子联系，余金强很担心。终于，钢索晃动了。余金强帮忙卸下草果后，余春妹还要回去再运两袋。余春妹和村民们用溜索陆陆续续地把收获的五袋草果都运到了岸边，按照每袋最多 40 公斤算，余春妹这趟最多收获 200 公斤，比预计的 1000 公斤差了很远。此时，已经傍晚 5 点多了。回到家后，余金强做的西红柿炒鸡蛋给了余春妹很大的温暖与安慰。

自打余春妹从山上回来，雨就没停过。由于接连两天下雨，草果已经在家里堆了三天，对于该如何处理这些草果，夫妻二人有了分歧。余金强觉得，眼见着草果马上就要发霉了，不如趁早卖了，而且目前的收购价他也比较满意。每斤 4.7 元价格，在今年算是好的，去年的价格是 3 元多一点，最高也是每斤 4 元。但是余春妹不想这么早卖。她觉得草果的价格一定会再涨，所以想多等一两天。收获的草果本来就只有预计的四分之一，余春妹希望自己辛辛苦苦种的草果能卖个好价钱。余春妹认为市面上大部分的那些草果都收完了，现在剩的不多，而且今年家里结的草果也不多，想再等一等，等到价格涨到每斤 5 元。

草果是村里贫困户最重要的收入来源之一，所以驻村工作队这几天一直在帮助贫困户卖草果。得知余春妹刚收了草果，第一书记姚聪学便带着工作队队员来找余春妹，问她家草果卖出的情况。

草果一般是晒干了才卖，但是最近秋那桶村一直在下雨，所以姚聪学赞成余金强的想法，趁着草果还没有发霉，最好还是尽快联系收购商，把草果卖出去。

收购商到了，姚聪学帮着余春妹尽可能地把价格往上调，并提出每斤 5.1 元的价格。姚聪学报出的价格收购商无法接受，于是姚聪学提议，先去看看草果的质量再说，最后两方各自做出"努力"，价格敲定在每斤 4.9 元。虽然没能卖到每斤 5 元，但 4.9 元的价格也让余春妹很高兴。有了驻村工作队的帮忙，一向泼辣干练的余春妹此时终于放松了下来。这次余春妹一共赚了 2800 元钱，女儿见妈妈卖草果赚了钱，就想让她给自己在新家买一张书桌。余春妹打算满足女儿的需求，并想将剩下的钱留给丈夫做检查，但是余金强的治疗意愿并不高。在驻村工作队看来，想要帮助余春妹一家彻底脱贫，仅仅帮他们提高收入、提供医疗政策是不够的，目前最重要的是劝说余金强不要放弃，积极治疗。

送走工作队队员们，时间还没到中午，余春妹一家三口打算出发去县城。这次卖草果，余春妹只赚了 2800 元，虽然这笔钱不够布置新家，但给女儿的房间添置些东西足够了。

余春妹领到钥匙一个月了，县城的新家里已经有了很多生活的气息。家里的主要变化就是买了电视柜和茶几，虽然是二手，但是质量还是可以的，厨房也添置了锅碗。下午，余金强又开始头痛了。一家三口一起买家具的计划泡了汤，余金强在家休息，等母女二人回来。

贡山独龙族怒族自治县县城位于怒江大峡谷北端，是个典型的山城，易地搬迁安置点幸福新区位于城里的高处，而商业街在较远的半山腰。余春妹独自带着女儿步行去买书桌。可是一到商业街，女儿就被超市吸引了。女儿在超市采购了一番，余春妹辛苦赚的 2000 多元钱，在县城的超市里转眼就花掉了 100 多元，但因为是给女儿买书和生活必需品，所以余春妹舍得花这份钱。

从超市出来，余春妹带着女儿直奔家具城。进到一家店铺，女儿就直奔店里深处那张粉红色的书桌，但是余春妹觉得蓝色的书桌更结实一些，出于女儿的坚持，余春妹最终还是买了粉红色的书桌。回到家，女儿就开始在自己的卧室布置刚买的书桌，从超市买回来的东西，她也仔细地收拾好。

对于余春妹一家来说，新的生活才刚刚开始。

## 冒险采石耳　夫妻忙养蜂

4 月中旬，怒江大峡谷野樱花开了，当地的村民们知道，雨季来了。与往年相比，今年的雨季足足提前了一个月。连续降雨，打乱了云南省怒江州贡山县秋那桶村建档立卡贫困户余春妹一家的春耕计划。

"90 后"的余春妹是个胆大心细的溜索好手，为了家里种植的 20 亩草果地，每年春耕季节，她都要在翻滚的怒江上溜索过江，管理草果。去年草果的地头收购价每斤 4.9 元钱，陆续收获的草果，年收入达 1 万元钱。四年前，政府给贫困户们免费发放草果种子，发展扶贫产业。2019 年，她家卖草果的收入，占全家年收入的 80%。而今年，持续的雨季不能溜索过江，这让余春妹十分焦急。

雨天溜索是很危险的事情，雨水打湿了溜索，可能会由于打滑，会刹不住车。雨天河水暴涨，崖边的石头也会由于雨水冲刷滚落下来，想要在雨季溜索到对岸进行劳作几乎是不太可能。

4 月中旬要清理花苞，五月底要把花苞都清理完。如果 5 月再不清理的话，开花了会影响结果。如果在 15 天之内不能赶到对岸去管理草果，今年的产量至少会减少 70%。草果是余春妹一家的主要收入，焦虑的余春妹想几次趁着暂时放晴的间隙要溜索过江，但都不能如愿。怒江大峡谷的雨季一般会持续三个月，不能过江的余春妹却从阴雨天气中看到了一个能快速增收的办法——采石木耳。但是丈夫余金强觉得太危险，坚决不同意。

石木耳学名石耳，主要用来入药，多长在阴湿的悬崖峭壁上，因数量稀少，所以价格昂贵，当时的价格也已是一斤一百多元，余春妹也知道危险，但阴雨天是最适合采石木耳的天气。不过，雨季悬崖上阴冷湿滑，以前也有村民因采摘石木耳而从悬崖上摔下来，这也是丈夫不同意她去的主要原因。余春妹依旧坚持，拗不过妻子，余金强自打患病以来，几乎丧失了劳动能力。种地、溜索、爬山这样男人干的体力活、危险工作都压在妻子身上，余金强又心疼又担心，但他只能看着妻子独自上山。余金强患病期间，一直都是妻子余春妹在照顾，余春妹宁愿穿 9 元钱的衣服，也要给丈夫买最好的衣服。

余春妹在 13 岁的时候就开始采石木耳，嫁给余金强后，怕丈夫担心，就再也没上山采过石木耳。时隔十年，为了渡过眼下的难关，余春妹再次背上了久违的绳索和竹筐。经过两个多小时的攀爬，余春妹到达了 200 多米高的崖顶。雨也越下越大。在山下的余金强也看到了妻子的身影。余春妹开始为下悬崖做准备。她选择了悬崖边的一棵大松树用来绑绳子，紧接着把大树底部的枝干砍掉，这样就方便把绳子顺利抛下悬崖，还要把悬崖边的大小石头全部捡起来，这个非常重要，不然的话，等余春妹顺着绳子下去之后，这些石头可能会滚落下来。余春妹带的绳子足有 300 多米，把绳子的一端捆绑在树上之后，把绳子另一端缠在腰间，背着竹筐开始从悬崖慢慢往下降。余春妹选中的这段悬崖近乎直立，几乎没有树木，除了绳子外，她没有任何的安全保护。下降了约80米后，余春妹发现了长在悬崖上的石木耳。可想要悬停下来是需要技巧的。余春妹把腿在绳子上迅速绕了两圈，靠着绳子的阻力，完成了悬崖上独特的"刹车"技巧。余春妹的左手一直拉着绳子，两脚在悬崖上来回摆动，在最接近石木耳的瞬间伸手去摘，同时还要注意手劲儿，以防把它扯破。

余金强站在悬崖下，看着距离自己不足两百米的妻子，却帮不上任何忙，只能紧紧地盯着，生怕出意外。在悬崖上采摘了四十分钟，余春妹终于到了崖底。

余春妹这趟采摘的石木耳约有半斤重，大概可以卖到50块钱左右，但她并不满意。她还想到另一个悬崖采石木耳。但是丈夫坚决不同意，此时，余金强的头痛又犯了，余春妹赶紧和丈夫返回了家里。

忙了一上午，他们的午饭是奶茶和粑粑。吃饭的时候，余金强的手机响了。电话是村民林美珍打来的，她也是建档立卡贫困户，她打电话是向余金强求助的。每年的4月中旬是当地蜂农给蜜蜂分群的季节，贫困户林美珍这两年一直跟着余金强学养蜂，可是这天，她家有一箱蜜蜂，蜂王带着蜂群跑了，这让林美珍不知所措。通过喷洒糖水，余金强成功召回了蜂王和蜂群，挽回了贫困户林美珍家近700元的损失。

2018年，贡山独龙族怒族自治县把养蜂作为秋那桶村产业扶贫项目之一，政府给秋那桶村想养蜂的建档立卡贫困户免费发放蜂群，进行技术培训。其中，学习最努力、技术掌握较全面的当属余金强，所以贫困户们遇到养蜂困难都找他帮忙。如今，余金强已成为秋那桶村养蜂带头人。2019年，余金强联合了13户养蜂的建档立卡贫困户，加入了妻子余春妹的合作社，养猪、养蜂成为建档立卡贫困户稳定的收入来源。合作社有 4 个蜂场，将近 200 多箱蜂，小一点的还有 2 个，一共有 6 个蜂场。余金强自从患上中毒性脑损伤，就经常头晕头痛，如果连续工作超过 1 个小时，他就吃不消了。休息 10 分钟左右，余金强继续检查蜂箱。他和妻子余春妹都觉得，养蜂可能是他们家今年最大的收入来源了。

2020 年，县政府向余金强收购 400 箱蜜蜂，价值约 30 万元。如果余金强能在 10 月份按期交货，余春妹一家不仅能还清所有债务，还能有 18 万元的收入。但是目前只扩繁出来 200 箱，离收购量还差了将近一半的量。但是余金强依旧乐观，虽然苦一些，但是两个人在一起努力，心里是甜的。

蜜蜂在阴雨天容易暴躁，会主动蜇人。余金强就被多次蜇到，最多的一次被叮了 100 多个包。余金强和余春妹必须赶在不下雨的间隙，抓紧时间给蜜蜂分群。驻村第一书记姚聪学和工作队队员，也赶到了他家的蜂场。姚聪学一直很担心，连续的阴雨天气会不会影响今年的分蜂计划。第一书记姚聪学来看望余金强夫妇，一是关心他们的养蜂分群的进展，二是担心余春妹的病情。余春妹最近肾脏出现了问题，姚聪学建议余春妹尽早去检查治疗。

2020 年，贡山独龙族怒族自治县对余春妹这样的建档立卡贫困户，给予了多项医疗减免政策，如果余春妹肾结石和双肾囊肿住院治疗的旧病，90％的费用能够报销，同时医疗保险给予代缴，让这些贫困户们能够看得起病，治得好病。怕花钱，又怕给丈夫添乱的余春妹，拒绝了第一书记姚聪学的好意。

秋那桶村的脱贫攻坚正处于收尾的关键阶段，将迎来脱贫考核。同时，发展怒族傈僳族文化旅游也正在紧锣密鼓地进行。

## 余春妹养蜂终收益　刘春星雨后忙拾柴

2020 年 5 月底，云南省怒江州贡山县遭遇了有气象记录以来最大的持续性强降雨。暴雨使多地发生山体滑坡、泥石流灾害，县乡村断水、断电、断网，公路严重受损。县乡通村通组公路多路段出现塌方、落石，自然灾害给已经脱贫的贡山县后续工作带来新的困难。

贡山县丙中洛镇秋那桶村，是怒江大峡谷北部最后的行政村，也是此次受灾较重的村落，第一书记姚聪学经常要到道路旁查看通村公路的毁损情况。强降雨导致山上石头滚落，道路和护栏全部砸毁，挡墙全部受损。在 8 天强降雨的过程中，整个村，从交通一直到网络，还有电力水利方面全部都瘫痪掉了。贡山县地理位置特殊，北与西藏自治区察隅县接壤，西与缅甸毗邻，碧罗雪山、高黎贡山和怒江、独龙江纵贯贡山县境内。贡山县贫困情况特殊，贫困面广、程度深、基础设施滞后而脆弱。一旦遭遇自然灾害，恢复重建需要一个过程。

近期姚聪学组织大家去入户，查看他们"两不愁三保障"的情况，目前来看，还没有因为天灾引起建档立卡户返贫的。姚聪学从抢修现场返回村委会的途中，突然三块石头从山上滚落下来，差点砸到车上。灾害性天气过后，石块滚落的情况几乎每天都有发生，这也是对车辆最大的威胁。持续性强降雨，导致了怒江水位暴涨，江面与索道的距离，从平常的四五米缩短到不足两米，有时翻滚的江水还会淹没索道。

秋那桶村建档立卡贫困户余春妹，一大早请了两位村民过江帮她家的草果地除草，她们要赶在下午 5 点，天色变暗之前返回，否则就得在对岸过夜了。长约 300 米的铁索，是目前余春妹她们过江回家的唯一通道。绳索一阵晃动，余春妹她们准备返回了。她们溜索的速度极快，200多米的距离只用5秒钟，余春妹是最后一个过来的。从早上出门到溜索过江返回，余春妹已经干了十小时的农活。

草果开花，最怕老鼠偷食，花苞是老鼠最喜欢的食物，把草除掉，老鼠无处藏身，不敢啃食花苞，就能保证草果的产量，这也是余春妹冒险溜索过江的主要原因。这次溜索回来的时候，余春妹还摔了一跤。休息还不到半个小时，余金强就匆匆赶来，告诉余春妹明天会有收购商来收购蜂蜜，需要提前做好准备。

余春妹家养了300箱蜜蜂，大约能收五六百斤的蜂蜜，明天的收蜜不知顺不顺利。第二天早上6点钟，余春妹和余金强还特意杀了6只鸡，准备用来款待收购商。余金强已经养蜂3年了，如果顺利的话，这将是他的第一笔收益。余春妹夫妇到了蜂场没多久，乡镇干部、收购商还有第一书记姚聪学都陆续到了蜂场。

秋那桶村的纬度、海拔、温度、光照、植被等自然资源优势明显，是生态环境良好的蜜源地，能产出高品质的蜂蜜。蜂蜜的品

图 1-6
合作社养蜂有了
第一笔收益

质通常被分为三个等级，一级蜜最好也最贵，经过现场检测，余金强蜂场里的蜂蜜属于二级蜜，暴雨过后，还能有这样的成色十分难得。按照当地行情，二级蜂蜜的收购价是每斤 80 元，但是姚聪学还是想帮余金强把蜂蜜的价格卖得再高点。经过几番讨价还价，最后收购商决定 600 斤蜂蜜，在原价的基础上再增加 1800 元。这笔约 5 万元的收入，一部分属村集体，剩下的部分要跟建档立卡贫困户分红，余春妹家最后能分到约 1 万元钱，这笔收入用于还 10 月份的贷款。

灾害天气没有影响到余春妹家的收入，而与他家隔山相望的秋那桶村建档立卡贫困户刘春星一家却因灾情，陷入了困境。

早上 8 点钟，刘春星的妻子张丽梅就做好了早饭，他们有两个儿子，大儿子刘彪 12 岁，小儿子刘涛 8 岁。两个儿子虽然年纪不大，但是已经成了家里的好帮手，这天上午，一家人最主要的任务是要到江边去捡拾木柴。因为强降雨引发泥石流，山上大量折断的树干枝条随着怒江顺流冲到岸边。这些是刘春星一家要捡的宝贝。赶到江边后，刘春星发现岸边又冲过来一些木头，不过他观察了一阵还是放弃了。因为木头太大，火塘也烧不了，砍也不好砍。

当地村民烧火做饭用的木柴，大都是从集市上买。每次怒江发大水，刘春星一家都会到这来捡木柴。以往的柴火都是要靠买，一车差不多就需要 4000 多元，今年靠捡柴火，如果能用上一年的话，能省近 1 万块钱。把木柴拾好，刘春星夫妇从江边刚回到家，就接到了银行打来的电话。受极端天气影响，农行担心刘春星的还款能力。在秋那桶村雾里村民小组，现在有 5 户在开民宿，刘春星家是其中之一。2019 年 10 月，脱贫不久的刘春星申请了 30 万元的低息贷款，在政府的支持下搞起了民宿，按照他的计划，在 2020 年 6 月份就能完成装修，吸引更多的游客，3 年内就能还清贷

图 1–7
雾里村旁边的茶
马古道

款。可让他没想到的是，今年年初遇到了疫情。本来在今年春节准备的很多菜，也最终都喂猪了。更没想到的是，疫情刚刚缓解，持续的降雨又阻断了游客进村的路，民宿一停再停。

刘春星所在的雾里村民小组有 71 户，由怒族、藏族、傈僳族等少数民族组成，是典型的民族特色村寨，本名叫"五里村"。雾里村民小组自然环境优美，特别是冬季的早晨，村寨会被浓雾笼罩，因此外地游客按当地口音，加上诗意想象取名"雾里"。曾经的茶马古道、当年马帮进藏的必经之路。雾里村由此成为怒江州着力打造的 30 个特色旅游村寨之一。近两年随着公路修通，便利的交通使大量游客来到雾里，体验独特的民族文化。

刘春星当初也是由此，信心满满地申请贷款搞民宿，可眼下，民宿没装修好，期待的好收益也成了泡影，这让刘春星倍感压力。

驻村工作队了解情况后，担心这一家返贫，经过十多天的协调，给刘春星带来了最新的消息。针对疫情和自然灾害的影响，当地政府对从事旅游产业的建档立卡贫困户，实施了免除一年贷款利息的金融扶持政策，这多少也能为刘春星一家减轻些负担。

## 众人合力建新索　道路不通惹争议

6月底正值汛期，云南省怒江州贡山县秋那桶村建档立卡贫困户余春妹和丈夫余金强，带着养蜂合作社的社员们，要完成一件大事，在怒江上搭建一条新的跨江索道。持续强降雨，导致怒江水位暴涨，江面宽度猛增，这给他们带来了不小的麻烦。其实建索道，只需要搭上一来一去的两根钢索就成了，在当地，很多索道都是村民自己建的，可难就难在如何把钢索运过去，余春妹他们要先把鱼线甩到对岸，搭一个拉钢索的桥梁，这需要技巧还要有运气。甩鱼线没成功，最后，他们是用尼龙绳绑着石头，终于甩过去了。之后架钢索，也很有讲究。尼龙绳上要先绑住更结实的粗麻绳拉过江去。然后再把钢索挂在粗麻绳上，开始架索道。

300米的钢索，约500斤重，想把它架过去，需要大伙一起慢慢地往对岸送，这样钢索才不会掉到江里。新索道建成，花了2.5万元，这些钱是余春妹家之前卖蜂蜜的钱。连日的劳累，让余春妹的颈椎病又加重了。看到妻子身体不好，余金强决定自己从新索道溜索过江，寻找新的养蜂场地。

余金强养蜂技术日渐成熟，已经成了当地有名的养蜂带头人。今年6月份，当地政府决定，把周边村养殖失败的蜂群，交给余金强管理，希望他能带动贫困户养好蜂，增加收入。管理新蜂箱需要新场地，余金强寻觅了半个月，发现只有江对岸，才有最适宜的环境。江对面的悬崖上的藤是药材，开花之后，蜜蜂就可以采蜜。9月份就可以收蜜了，虽然是药材蜜，有点苦，但是批发的话，可以卖到每斤150元。

八九月份，正是山花遍地开放的时候，也是蜜蜂采蜜的旺季。余金强在怒江水位最高，跨江难度最大的时候架溜索，就是不想错

图 1-8
村民搭建新溜索

过最佳的采蜜时间。新蜂场第 1 批 70 个蜂箱已安置好，过段时间，150 箱蜜蜂也要运到这里，余金强要带着贫困户把蜂养好，给蜜蜂建一个家园就显得非常重要。余金强开始去除杂草，高的杂草会把蜂箱挡住，蜜蜂出去采蜜就不方便。作为养蜂带头人，余金强必须考虑蜂蜜的销路，新蜂场建在此处，很重要的原因是，向北一公里就是滇藏界，大量游客要经过这条怒江州至西藏唯一的公路，路过这里的游客都会驻足留念。在这卖蜂蜜再合适不过了，甚至还可以带游客溜索到蜂场，自己采蜜品尝。新索道，人能过去，但是运送峰箱太费劲，还需要建一条专门的动力索道。建一个专门拉货的索道并不容易，新拉一组钢索做传送，跨江拉一个来回，这边装蜂箱，那边接，形成循环，这个想法让大家很兴奋。为了避免新钢索和溜索缠住发生危险，传送用的新钢索需要用人带回来，而且回来的时候只能用手拽着钢索。近 300 米的溜索，合作社成员李永明，用了近 20 分钟才过来。

余金强计划用摩托车做动力，把后轮胎卸掉，用轮毂带动钢索，钢索就能拽拉蜂箱了。讨论好摩托车放在什么位置后，大家固定好摩托车，一打火，后轮转动带动钢索，就可以运货过江了。此时已经是下午两点，余金强他们从早上忙了 7 个小时，必须吃口饭了。吃完饭后，大人干活，余春妹女儿余诗琪和往常一样，负责清理垃圾。

这条用摩托车制动的动力索道，总算是安装完了。一条新索道完成后，必须要进行测试。用摩托车拽拉石头，没问题；余金强又坐了上去，也很安全。余金强他们认为，动力索道一次运送 300 公斤的货物，问题不大。这条索道的建成，将给余春妹夫妇和五户建档立卡贫困户养蜂产业，带来新的希望。

雾里村，是秋那桶村南边的一个村民小组。建档立卡贫困户刘春星，徒步走了 20 分钟，去接妻子张丽梅回家。雾里村民小组，是贡山县唯一没有通车的村寨。村民们购买生活用品回来，负重七八十斤，要先过铁索桥，还要走 260 个台阶。雾里村没有工厂，购物只能去外面的丙中洛镇。这次的采购可以让刘春星一家，一个星期都不用再出村了。

很多村民想着，如果把台阶铲平，摩托车可以开进村，就不用背着那么重的东西。当着姚聪学的面，村民们不客气地提出出行难的问题。第一书记姚聪学和工作队员石尚才，却有不同的看法。搞旅游村寨，是要考虑到游客的需求，而游客是希望来到没有被破坏的、原生态的地方，如果把台阶打平，原本的优势也就泯灭掉了。

雾里村不通车并不是政府不修路，而是出于长远考虑如何让村民有稳定的收入，为此，政府综合评估了雾里村特有的茶马古道，保留完好的民俗文化等自然资源优势，把雾里村打造成特色旅游村寨，如果修通公路，将破坏了原生态的民族村寨风格。

图1-9
村民从镇里采购
后回村

雾里村住有怒族、傈僳族、藏族等民族，建一条步行栈道，不仅能完好保留原生态小寨风貌，还能吸引游客。但今年持续强降雨，茶马古道局部塌方，通行不安全，所以现在乡亲们回村，只有栈道能走，大家就开始抱怨。

第二天，姚聪学一早就进到村子里，了解其他村民的看法。有村民认为万一有急病，把台阶打平，可以通摩托车的话，能方便一些。还有很多村民认为，发展旅游，赚钱的是做民宿生意的，对更多没做民宿的村民来说，还是通公路更好。姚聪学又去了几户没搞民宿的人家，对有这样想法的村民，也给他们支招。比如，向游客卖葵花籽和土鸡蛋。村民们提议，如果能跨江修一个索道，就轻松多了。这个提议让姚聪学觉得可行。

出村的时候，路上碰到从西安来的游客，姚聪学借机会也和他们聊了聊进村栈道的事。游客表示，如果是人工打造的话，可能就失去了原生态的意味。聊完之后，姚聪学想，只有让游客来到雾里村，把他们留下来，多停留几天，老百姓才能实质上挣到钱。

图 1-10
不通公路的雾
里村

不过进村难的问题也确实存在，搜集了村民们的意见后。姚聪学打算去县文化和旅游局，看看能不能解决溜索的问题。

## 蜜蜂溜索过江险　雾里村民拍戏忙

今年的雨季有些长，云南省怒江州贡山县秋那桶村难得碰上几个大晴天，建档立卡贫困户余春妹夫妇和合作社成员，早上 8 点钟就要赶往 14 公里以外的怒江边的溜索地点，去做准备工作。今天的活比较多，余金强和合作社成员买了泡面，打算就在山上吃。余春妹和余金强已经成了当地的养蜂带头人。今天，当地政府扶持的 150 箱蜜蜂，正在赶过来的路上。

今天最紧急的工作，就是要把即将到达的蜜蜂，快速地运过怒江。这一天已经等了半个月的时间，余春妹他们特意焊了一个四方的铁箱，尺寸和承重是提前计算好的，这个铁箱可以一次运送四个蜂箱。

上午 10 点刚过，150 箱蜜蜂从 400 公里外的六库镇运到了。

两天的颠簸，蜜蜂一直被封闭在蜂箱里，余金强十分担心，打开箱子一看发现蜜蜂都打蔫了。在蜂箱里待的时间越长，蜜蜂死亡的风险就越大。今天共有9个人加入溜索运蜂箱，他们的目标是要在两小时内，把蜜蜂全部运过江去，并把蜜蜂放出来。合作社成员先溜索过江，在对岸接应。150箱蜜蜂的溜索过江马上开始了。虽然经过多次试验，意外还是出现了。4箱蜜蜂加上铁箱，有200多斤重，把索道压得比预计的位置低了很多。到达对岸后，蜂箱都被树丛撞到了。这是之前没考虑到的。至少要有一个人，专门在树枝旁拉住蜂箱避免翻箱。如果一次运4箱蜜蜂，卸下来的蜂箱要马上人工扛到新蜂场地点。

要想在两个小时内完成，每次运送时间，必须控制在3分钟以内。第一书记姚聪学就怕余春妹他们人手不够，也赶过来帮忙。以摩托车为动力，让蜜蜂坐索道横跨200米的怒江，这在当地还是第一次。运输中，摩托车一直是发动的，余春妹他们算过，一个小时的汽油费用大约5元钱，花费少，效率高。蜂箱溜索过江越来越顺利，但是对岸搬蜂箱的人手严重不足。余春妹和余金强要到对岸去帮忙，余金强是坐在铁箱里溜索过江的，因为他特别想体验一下坐在铁箱里过江的感觉。新蜂场位置是余金强之前选好的，离索道大约50米。距离虽不远，但每个人平均要往返15次，才能搬完。放置好蜂箱，余金强他们马上打开蜂箱的出蜂口。一只只蜜蜂迫不及待地钻出来。一直忙活到下午3点，新蜂箱全部安置好。

余春妹他们终于在接近傍晚的时候，吃上饭了。这条索道花费了不少心血和财力，余春妹和余金强要把摩托车和索道一直保留下来，方便所有村民使用。夜里9点多，回到家的余春妹要做个拿手菜，因为今天还是个特殊的日子。今天是余金强38岁的生日，虽然没有生日蛋糕，但是对他来说，今天顺利跨江给蜜蜂安家，就

图 1-11
跨江溜索运蜜蜂

是他最好的生日礼物了。

蜂场规模越来越大，合作社要有一个自己的商标。几天后，第一书记姚聪学专门找余春妹他们商量商标的事。余金强注册的商标叫那恰洛大峡谷，因为从这里上去都是峡谷，所以就取了那恰洛大峡谷。

商标注册还在公示阶段，两个月后就能有结果，如果获得批准，包装和商标设计必须尽早提上日程。姚聪学认为要先把基础工作往前做，不然等蜂蜜都出来，往外卖的时候再去做商标，到时候只能空瓶装蜂蜜。这几天正是余春妹他们最忙的时候，姚聪学这次过来就是和余春妹他们约个时间，过阵子找专业的人，帮忙设计蜂蜜的品牌包装。

秋那桶村雾里村民小组，这几天异常热闹，全村人都被搅动起来。

村里第一次迎来了电视剧摄制组。看热闹的村民们没想到，剧组的到来给大伙儿带来不少赚钱的机会。建档立卡贫困户刘春星一家特别开心，家里的民宿被剧组租用做拍摄点，1天租金140元钱。更让一家人高兴的是，刘春星和妻子张丽梅、两个儿子，全都加入了群众演员队伍。做群众演员，刘春星一家今天都有戏份。农民出身的刘春星第一次做演员，心里很期待，看着妻子和孩子纷纷上场演过戏了，可他却一直在等着。眼看到了中午，刘春星没等来戏，却等来了搬道具赚钱的机会，500 块钱搬两个拍戏的摩托车。

第一次搬道具就能赚钱，刘春星很开心。可看到摩托车道具，他有点犯难。这是 20 世纪 90 年代的老款摩托车，有 400 多斤，特别重。现在进村只能走栈道，走几步就是台阶，只能几个人抬着走，很费力气。搬两个拍戏的摩托车一共是 500 块钱，这些钱刘春星会和其他三个村民平分，4 个人每人 250 元钱，刘春星虽然没拍到戏，却赚了一笔钱，也还不错。

好事似乎一件接着一件，刚回到村子里，刘春星又兴奋起来。很多村民当群众演员是没有台词的，导演相中了刘春星的形象，要他演一个村干部，而且还有几句台词。

中午吃饭的时间到了，村民们开心地第一次排队吃剧组盒饭，结果闹出了笑话，剧组做饭的师傅说，吃盒饭的人严重超员了。剧组做饭师傅说，一听说吃饭，全村人都来了。第一次吃剧组的盒饭，味道让大伙儿很满意。一直到剧组收工，刘春星的戏还是没排到，他们往家走的时候已经快 9 点了。

第二天一大早，刘春星就赶到剧组里。不过临近拍摄，他紧张起来。练习跟真正的上场还是不一样，刘春星也是演了几条才过。这次剧组还要在雾里村拍摄一周的时间，很多村民多多少少都赚到了钱，刘春星一家预计最后也能有 2000 元的收入。

能吸引以脱贫攻坚为主题的大型剧组进村拍戏，除了雾里村民小组保存完好的民居和古村落格局等资源优势外，更重要的是交通的便利。现在贡山县 28 个行政村通畅率 100%，村通客车率

100%。交通方便了，不少剧组也纷至沓来，很多游客到此打卡，村民的腰包鼓起来了。正是当地政府打造特色村寨的长远发展思路，拓展了村民们今后的增收渠道。

一大早姚聪学就赶往县城，他要去县文化和旅游局，看看能否解决雾里村进村难的问题。一番谈话后得知，原来当地相关部门已经把建索道列入了规划，不但运送货物，还计划让游客做溜索体验。云南省怒江州贡山县文化和旅游局局长杨晓冬说，老百姓也要有这样一个理念，就是靠山吃山，把这个最好的旅游资源禀赋利用好。以前可能是相比其他的村寨，雾里村的条件各方面会差一点，但是在未来，别的村是会羡慕这个村的。

供游客体验的溜索，是在雾里村的这个观景平台附近，供老百姓出行或者运送物资的溜索，是在观景台的上游，两条溜索是互相不干扰的。

从文化和旅游局出来，姚聪学在路边看到了在老家西安吃的煎饼果子，他毫不犹豫买了当早餐吃起来。在返回途中还遇到了打听雾里村怎么走的游客。

雾里村的特色旅游，已经慢慢开始。

## 余春妹养蜜蜂大翻身　刘春星建厕所遇尴尬

在云南省怒江州贡山县秋那桶村，立秋刚过，夜里天气微凉。余春妹一家三口，都要到怒江峡谷的山里过夜，去完成一项特殊的任务。余春妹他们去的地方，是峡谷里的一个养蜂场，夜里蜜蜂都会回到蜂箱，必须要把 100 个蜂箱的出口封住，因为明天要发给建档立卡贫困户 100 箱蜜蜂，所以余春妹一家打算今晚在山上过夜，以便于明天一早就可以把那些蜂箱全部装完，以免蜂箱受太阳暴晒，影响到幼蜂。这 100 箱蜜蜂是由政府收购，再分发给贫困户，用来发展养蜂产业，所以不能出现一点差错。

为了方便夜里工作，蜂场里搭了帐篷。女儿余诗琪特别喜欢和爸爸妈妈一起，夜里在野外宿营。他们简单吃了顿烧烤，锁好蜂箱就休息了。凌晨突然下了雨。山里温度降低，怕女儿着凉，天没亮余春妹他们就回家了。一大早，余春妹他们准备去蜂场搬蜂箱，第一书记姚聪学也赶来帮忙。

政府要收的蜂箱，要从山里的蜂场搬出来，上山容易下山难，必须提前做好准备。100 箱蜜蜂分散在两个蜂场。他们搬蜂箱下山的难度也都不一样。这个蜂场距离山脚有近 500 米的山路，刚下过雨山路直打滑，下山的时候要格外小心。合作社也来了三个社员帮忙背蜂箱下山。一个蜂箱大概在 30 多斤，两个基本上达到 70 斤了。用头顶住带子，后背挺起蜂箱，这是当地人日常熟练的背重物方式，但对于第一书记姚聪学来说，这个活他干不了。另一个蜂场，在这里要把 40 多箱蜜蜂搬下山，虽然距离短，但坡度更陡，有的地方，只能搭一个木桩。余春妹无论是搬运蜂箱的数量还是速度都

图 1-12
余春妹、余金强
背蜜蜂下山

不输给男人。

第一书记姚聪学这次过来，也是给自己安排了任务，当好摄影师。

2019年，当地政府扶持余春妹的合作社，发展养蜂产业，提供了50箱蜜蜂，余春妹和余金强专注于管理，一心一意养好蜜蜂，一年内把蜂群从50箱扩大养殖到400箱，能让更多的贫困户拓展产业。750元1箱的政府收购价，也让余春妹很踏实。余春妹打算将卖蜂群挣的钱给余金强看病。

装车上路时，经过一处塌方路段。路途颠簸，这一箱蜜蜂大部分都逃了，余金强很心疼，这就意味着有可能要损失750元钱。到了交接地点，供销合作联社验收蜂群，表示蜜蜂的质量非常好，活力非常强，蜂的数量比较多。政府信任余金强，不仅因为他养蜂技术好，还能短时间内壮大蜂群，让更多的贫困户养蜂增收，另外，余金强还手把手教贫困户们养蜂技术。这次的收购，前后加在一起一共有150箱蜜蜂，能收入112500元，最后分到余春妹一家的，差不多35000元。

白天被蜜蜂蛰过的眼部肿了起来，第一书记姚聪学坐在电脑前却兴致勃勃。姚聪学打算把新媒体平台好好利用起来，把那恰洛大峡谷养殖产业的故事讲出去，把脱贫攻坚的故事同现在的一些新兴事物结合起来，广而告之。

在秋那桶村雾里村民小组，建档立卡贫困户刘春星，这几天特别忙，为了让游客住得舒适，打算每间客房后面建一个厕所。刘春星通过计算，建一个厕所一边2.4米高，一边2.2米高，下面2.2米高。要斜着的，盖瓦片的。刘春星一共要建4个厕所，他计算过，如果他们不找人自己动手，能节省3000元钱。

虽然刘春星垒砖像模像样，可第一次建这样的厕所，还是出问题了。先前的计算出现了错误，妻子张丽梅也看着有点不对劲，厕所的围墙越砌越歪，虽然最后拿水泥抹平，但暂时不能再往上建了。水泥运一次一袋 10 元钱，为了省钱，除了水泥，其他材料刘春星还是打算自己想办法运到村子里。今年生意不好，刘春星出不起材料的二次搬运费，所以叫了村子里面的人，给不了工钱，只能管顿吃喝。专业的人干专业的事，刘春星也找来了专业的施工队。今天运的都是建厕所最重要的材料，刘春星计划一天内搬完。除了马帮和施工队，帮刘春星抬东西的，都是雾里村的村民，累了一天，夜里刘春星留大伙儿一块儿喝点酒。装修用的大件昨天都搬运完了，一共花了 1.3 万元，有点超出刘春星的预算，今天他要去镇里挑装修用的材料，必须要控制成本。

刘春星有 5 间客房，两间安装马桶，3 间安装蹲坑。带有马桶的房间留给腿脚不方便的老人，蹲厕留给年轻人。刘春星知道，有的游客外出觉得蹲坑更干净，用 3 个蹲坑代替坐着的马桶，能给他省差不多 600 元钱。9 月，旅游进入旺季，游客逐渐多了起来，今天买完材料，刘春星也必须尽快做好家里的装修了。

图 1–13
刘春星自己抬
钢筋

## 合作社二次分红 19 万　余金强四年顽疾终确诊

今天是云南省怒江州贡山县秋那桶村，娜撒撒农民专业合作社分红的日子，合作社社员们一大早就开始忙活。这笔钱，是合作社 2020 年第二次分红，也是数额最大的一笔。这 19 多万元钱，是合作社 8 月至 9 月份卖蜂箱、卖蜂蜜赚的钱。余金强和其他两位老社员，每人分了 47362 元。余春妹和刚加入合作社的两个新社员，每人分到了 8750 元。合作社现有 6 户，其中有 5 户建档立卡贫困户，作为理事长的余春妹和丈夫余金强，觉得平均分红更能提高大伙儿的积极性。第一书记姚聪学认为，从长远考虑还是按劳分配比较合适。

今年合作社经营得并不顺利，先是受到疫情影响，后来又遭遇了特大暴雨，但合作社今年两次给社员共计分红 22 万余元，这是在政府扶持下，大伙儿共同努力的结果。

余春妹今天很高兴，她和余金强一共分到 5 万多元，有了钱，他们想趁着十一假期，到北京去给余金强看病。

第一书记姚聪学知道给余金强看病，是这个家庭的一件大事，他决定，陪着他们夫妇一起到北京。下了飞机，姚聪学提前约的专车，已经在机场等候了。赶了两天的路，到北京又遇到堵车，余春妹和余金强已经累得都有点吃不消了。到了宾馆，余金强夫妇透过窗户看北京的夜景，对明天的检查结果充满着未知。

姚聪学的单位中交集团，已经帮忙在医院挂上了号，第二天一大早，他们就赶往医院看病。病了 4 年，也盼了 4 年，从 5000 公里外的怒江边来到北京，余金强的病能不能看出个结果，谁都不知道。他们挂的是神经内科专家号，经过 20 分钟的初诊，医生认为余金强的头部，没有什么大问题，但余金强心里觉得，自己病得

图 1-14
余春妹合作社
分红

很严重。余金强自从生病后，感觉自己的记忆力倒退了许多，早上的事往往晚上就忘了。

为了更明确病情，医生建议余金强做个头部核磁检测，如果真是脑神经受损，也能检查出来。等在门外的余春妹，内心很复杂，她担心查不出毛病，更怕查出大问题。余金强做完核磁检查后，出现了头晕的状况。核磁共振只会有一种声音，但余金强却感受到了十几种声音，是不是出现了幻听，余金强说不清，他感觉头晕的厉害，看着丈夫难受的样子，余春妹赶紧先把他带了出去。

第二天，有了核磁共振报告，医生给出了结论。头颅扫描未见异常，但是余金强觉得，自己脑袋里一定是有大问题，没查出来。长期的头痛病，让余金强产生了近乎执拗的幻觉，听医生说自己没事的时候，他反而感到很失落。医生了解到余金强的情况，认为可能来自精神方面的问题，建议他去精神类专科医院再看一下。

姚聪学跟余金强也一再说，检查结果你是健康的，初步判断可能会有焦虑睡眠障碍。在针对精神疾病的自助检测电脑前，姚聪学陪着余金强，逐项进行测试。最后诊断的结论是轻度焦虑症，姚聪学觉得可能是余金强长期误用药物，产生了副作用。医生说，余春妹给余金强买的药已经是好几代前的产品，北京早已不使用这类药品了。

在北京看完病，大致的诊断是余金强脑袋没有问题，只是有轻微的心理焦虑，医生建议，今后余金强要逐渐把药量降下来，调整心态，身体会逐渐恢复健康。余春妹心里一块石头落了地，这次来北京看病花了大约 5000 元钱，丈夫余金强的病也总算有了结果，他们总算可以轻松享受在北京的短暂时光了。

从北京回到秋那桶村十几天后，余金强的心情好了很多。趁着难得的晴天，余金强要上山，他们去北京看病的这几天，蜂场逃跑了好几箱蜂群。余金强用圆筒养法，在箱外涂了蜂蜡，这样蜜蜂就会自己回来了。余金强还要把箱里的棉虫打扫干净。这些棉虫是害虫，会破坏蜜蜂的脾。山里类似的圆蜂桶还有很多，余金强要争取把剩下逃跑的 5 群蜜蜂都找回来。

余春妹带着女儿来到一块山坡地，清理杂草。怒江大峡谷四周，能耕种的土地很少，基本都是山坡地，余春妹想赶在冬季来临之前，把土地整理出来，种上菜，整个冬天家里就不再单独买了。虽然余春妹没有和余金强一起上山找出逃的蜜蜂，但她心里却很惦记。在北京的时候，蜜蜂就已经跑了 10 群，余春妹想就算找到一窝也是行的。半天过去了，山里的余金强，还没放弃寻找蜂群。夫妻二人开始打视频电话，余春妹询问情况怎么样，余金强表示情况并不怎么乐观。

余春妹这两天一点也不轻松，怒江对岸的草果，还有 1 个月就要收获，可溜索又被洪水给冲坏了，她已经 3 个月没去草果地了，不知今年的收成怎么样。

## 丢蜜蜂姚聪学急支招　寻食材刘春星险钻山

今天，所有合作社社员都来到了余春妹家。余金强去北京几天的时间，合作社跑了十多箱蜜蜂。姚聪学也想就这件事情，明确责任。合作社有 5 个蜂场，余金强不在家，其他人总是一块行动，看了这个蜂场，就管不了其他的蜂场。

最早听说是丢了 10 箱蜜蜂，最后确认了是 12 箱。根据此次丢蜂事件，姚聪学提出了两个建议，一是合作社有 5 个养蜂场，一个社员负责一个，责任到人，余金强流动监督管理；二是合作社今后要建立新的分红制度，取消平均分红，提倡按劳分配。姚聪学这番话，也说到了余春妹的心里。

这次丢蜂是个教训。姚聪学意识到，随着养蜂规模的扩大，未来合作社需要面对更多的问题，所以管理必须抓上来。

贡山县今年的雨水特别多，往年的 11 月，晴天多雨水少，可今年，好像雨就没停过，这给余金强他们带来了不小的麻烦。还有二十多天就该收草果了，通往江对岸草果地的只有这条索道，但是受降雨影响，这条溜索长时间淹在水里，每天都像跳绳一样转，钢索不断被江水冲拽，有好几处已经被扯断了。余金强特意用绳子，在钢索上打了个结，提醒阻拦村民过江。

余春妹所在的那恰洛村民小组，有 34 户村民，都要用这条溜索过江收草果。山上暴涨的溪水，冲毁了很多村民们搭建的独木桥。余家夫妇想要走到自家的草果地，还得重新搭三个桥。

小雪节气后，草果必须得收，否则会错过最佳的采摘时间。政府补助修建溜索的 18000 元也已经到账。可连续的雨天让江岸湿滑，干活非常危险。余金强很着急，就等着天一放晴抢修溜索。

刘春星的民宿基本装修完了。新建的厕所已经封顶，还扩建了一个露天阳台。刘春星的岳父岳母正在昆明医院接受化疗，妻子赶去照顾老人。刘春星一个人在家打理民宿生意，他准备明天进山，找一种稀有的食材做成招牌菜吸引游客。妻子要在昆明待一个月，被妻子伺候习惯的刘春星一个人在家很不适应。找不到上山穿的劳动鞋，就随意找了双鞋上山了。刘春星家背后的大山里就长着黑松露。这是一种野生食用菌，对生长环境非常挑剔，不能人工种植，显得十分珍贵。

刘春星打小就跟着父亲上山，有时会遭遇险情，这让他们积累了不少的生存经验。累了的话要去有坡的地方休息，平地的话，容易出现滚石头的情况，会很危险。挖黑松露的人也被称为"松露猎人"。因为黑松露隐蔽性强，很不好找，这里的村民几乎每家都有藏宝图，记录着父辈们曾经找到黑松露的地点、时间和大小。刘春星的藏宝图在心里，看着是荒草，可刘春星知道，这片杂草下隐藏着走向黑松露的必经之路。黑松露生长在深山老林里，且藏在十厘米左右的地下，与松树、橡树等树根共生。

通常，在挖到过的地方找到黑松露的机会比较大，但也要看运气。两个多小时过去了，连黑松露的影子都没见到。刘春星开始怀疑自己的运气，他决定再往上爬一段试试。路越往上走越陡，带刺的杂草划过裸露的皮肤。刘春星下定决心，挖不到黑松露，绝不回家。就算到了可能有黑松露的地方，也要有挖的技巧。刘春星只挖松软的土地，他知道这是黑松露喜欢生长的环境。

终于，刘春星挖到了一个。家族的藏宝图，再加上好运气，刘春星收获不断。

刘春星总共挖了20个黑松露，如果做菜的话，可以做两盘，一盘的价格大概在100元到200元，两盘的话，大概300元，当地的村民不贪婪，挖到适量的黑松露，就会下山。他们明白对自然的索取需要节制。

刘春星把近半个月挖到的黑松露，分成两部分，一部分拿出来备用，一部分保存起来。黑松露的保存很有讲究，不能放进冰箱，只能埋进土里。等游客需要的时候，再挖出来就跟刚从山里找到一样新鲜。刘春星在用特色美食招揽游客，而当地政府正在进行环境整治，用美景吸引游客。

雾里村施工队把地面挖开，想做三网入地，电线、网线等都要入地，按照规划，雾里村民小组将重点发展特色乡村旅游。当地政府也加大投入力度，最大限度保留村寨的本色。

姚聪学发现游客拍照片的时候很刻意地在规避这些电线、电线杆，这实际上从旅游的发展上来说，是有一定干扰的。怒族的房屋大都是木头结构为主，这个电线在上面来回穿梭，外加刮风下雨，房屋表皮会有腐蚀，从安全角度上来说，也没有很大保障的。

## 余春妹直销想当网红　旧猪场改建通过验收

2021年，秋那桶村那恰洛村民小组的余春妹，突然有了当网红的想法，她建了个视频账号，发了些小视频。她的抖音号是"溜索下的春妹"。余春妹想当网红，并不是为了自己出名，而是为解决合作社的产品销路难题。余春妹家刚卖掉新季收获的2000多斤草果，一共只卖了8060元，是近三年来最低的一年。草果从3年前的六元多一斤跌到2020年的每斤3.7元，农户种草果，几乎没有利润。余春妹家里还有很多空地没种草果，为了降低成本，余春妹决定自己育苗种草果。顺利的话，能繁育出一万多棵草果苗，省下近两万元钱。但是余春妹和余金强也意识到，光靠节省成本不行，要有一个自己的品牌，还要有自己的销路，这样的话，合作社里面的社员，收入会多一点。

2020 年合作社卖了 4000 多斤蜂蜜，每斤批发价从 80 元到 90元。这个价格余春妹觉得低了，她相信，如果有自己的品牌，凭借他们蜂蜜的品质，每斤蜂蜜能卖到 160 元，价格近乎翻倍，并且草果也能直通市场，不再受制于收购商。可要想直销，必须得办理《食品安全许可证》，对他们来说，这太难了。余春妹他们算过，建加工厂需要上百万元的资金，合作社没有这个资金实力。眼下能做的，就是利用网络流量，先把名气打响。

余春妹之前录过一些小视频，点击量一直不高，最近他们有了新想法，冬天的蜂蜜是一年里品质最好的，她想直播一次采冬蜜，聚聚人气涨涨粉。明天就要直播了，余春妹却想打退堂鼓。两个人从晚上 8 点商量到了 11 点，第一次做直播，有很多问题要解决。余金强设计了一个直播前的预告，打算录一段余春妹抓鸭子的视频。因为大峡谷里的蜂场位置偏远，没有信号，余金强他们把直播地点，选在了公路旁边的一个养蜂场。

余春妹性格直、胆子大，会贴着江面溜索，敢爬 400 米高的悬崖，能背起 80 斤的蜂箱，可一面对直播镜头，就不知道该干什么了。最后，两个人都成了摄像师，拍对方直播，互相沉默。看着人家直播带货那么火，满怀信心的余春妹没增加一个粉丝，她很失落。想通过直播吸引粉丝，提高知名度，对他们来说太难了。

回到家里，看到指望不上余春妹，余金强开始自己上阵直播。以前有游客偶然品尝到他家在冬天采收的蜂蜜，觉得非常好，从那以后，一到冬天，就会在他家买两斤。回头客的信任，让余春妹坚信，好东西不愁卖，也许有一天他们的蜂蜜会成为抢手货。

草果和蜂蜜的直销问题，需要时间来慢慢解决，可眼下最让余春妹他们紧张的，是新猪圈的改建验收。余春妹合作社的社员李志强，一早就要进山里喂猪，近段时间，合作社的猪舍改建，余春妹把几头育肥猪，放到山里临时搭建的猪棚饲养。大山里气温低，不能让猪生病，余春妹专门买了高蛋白的精饲料喂猪，增加猪的抵抗力。平常都是余春妹上山喂猪，但今天不行，帮扶小组的人要来核查合作社猪舍的改建工程。养猪是余春妹成立合作社之初的产业，养蜂稳定后，为了带动村民加入养猪产业增加收入，2020年10月，余春妹申请到云南省中医药大学的帮扶资金5.02万元，给合作社的猪舍改造升级。今天是项目组第一次来核查，如果发现工程有问题，合作社就得负相应责任。

余春妹有些忐忑，不知道新改的猪舍，能否让帮扶项目组满意。王丽霞是云南省中医药大学派驻丙中洛镇的帮扶项目负责人。下午3点，帮扶项目组来到余春妹家里，第一件事不是看猪舍，而是核对项目资金账单。

帮扶项目组成员经过仔细核查，5万多元帮扶资金，全部用在了猪舍改建上。之后，要按照账目，核查建造情况。猪舍内地面是改建的重点，在原有水泥地面15厘米左右的高度上，放置一块块漏板，起到排污作用。猪舍外5米左右是新修的化粪池。帮扶项目组对合作社猪舍的改造工程很满意，这笔帮扶资金用在了实处。猪舍改造终于核查通过了，余春妹她们松了一口气。这次升级改造，如果把22间猪舍都利用起来，一年就能出栏150头猪。按照当前的价格，每头猪能卖5000元左右，合作社一年就能收入75万元，村民们可以得到相应的收益。然而，余春妹他们却遇到了新的难题，如果合作社想直接销售生猪，必须办理《动物防疫条件合格证》，这是余春妹他们之前根本没有考虑到的。

余春妹他们知道，现在规模化养殖，市场化经营，必须具备资格，各种证件的办理虽然让他们感到陌生，甚至犯愁，可合作社要发展壮大，这是他们必须要迈过的一道坎。

冬至后，是云南省怒江州贡山县的秋那桶村一年里最冷的时候，游客稀少。开民宿的刘春星一家，难得一起吃早饭。炸油饼，再来碗热乎的汤面，是当地人最常见的早餐。一个多月的时间，秋那桶村雾里村民小组里，整天都在热火朝天地施工。雾里村民小组，紧邻怒江，环境优美、常年有雾，北邻茶马古道，是云南省完整保留传统风貌的村寨之一。

为了特色村寨原始风貌的完整，2020年底，当地政府启动施工，将供电、通信、有线电视等线路，从架在空中改为全部埋入地下，称为"三线入地"，为乡村旅游提高成色。

把线埋进地下，听上去简单，但在雾里村施工格外艰难。因小寨没有通车公路，挖土机进村非常费劲，是被拆散后抬进村子再组装的。水泥、沙土和石砖等施工材料，也只能用马驮。施工虽然艰难，但对于雾里村来说是必须要做的，村民们都很高兴，因为曾经的火灾让他们仍心有余悸。

雾里村民小组极具特色的怒族房屋，都是最传统的木楞房。这种房子就怕起火。架在空中的电线常年风吹日晒，或冬季被雪压断，木房上的电表出现故障，都极易引发火灾。

三年的时间，两起火灾，原因都是由悬挂的电线断裂引起。村民们盼着"三线入地"，施工中还设计在每户50米距离内，至少有一个消防栓，最大限度降低火灾隐患。政府工作人员跟村民们解释说，施工前政府部门都替村民们考虑到庄稼收成的问题。农田种植的庄稼一般根深不会超过25厘米，管道用水泥包浆后，埋到地下一米深处，基本不影响作物的生长。按照规划，2021年6月，雾里村民小组的"三线入地"工程将全部结束。三线入地，清的是线，除的是小寨里的"皱纹"。

　　刘春星的民宿生意，虽然会受到施工影响，但他清楚，寨子的每一步建设，都是为了环境更好，为今后来旅游的人更多。

　　余金强打算联系县里，带他们去当地的蜂蜜加工厂参观，看看什么样的加工厂，才能达到办理《食品安全许可证》的标准，为以后直销早做准备。民宿装修好以后，刘春星第一次接到个大单子，30 人的旅游团，预约去他家吃饭，刘春星他们能招待好游客，并挖掘出新的商机吗？这一切还需时间来验证。

## （二）使命担当：这条路，是她的致富之路！

| 秋那桶村第一书记姚聪学驻村工作手记

我是姚聪学，担任驻村第一书记、工作队队长的两年半，我觉得我已经成为一个"村里人"。和秋那桶村结缘，是我以前从未想到过的。今天我真心觉得这就是我的事业。

把他们当亲人，他们才会把我当亲人。感情都是相互的。秋那桶村建在山谷一侧，村里的百十来户人家，高高低低、零零散散分布在山坡上。刚进村时，为了了解村子基本情况，查找脱贫攻坚的短板问题，我要访遍村里的十个村民小组。刚开始的一个月下来，哪条路近，哪条路陡，我都要心里有数。

还有村里特殊困难家庭的情况。2018 年 9 月，秋那桶村的才英被云南经贸外事职业学院录取，对于这个家庭来说，这是高兴中夹杂着难过——父亲患有癫痫病，全家仅靠继母在土里刨食挣的一点儿钱维持生活，虽然享受了国家的易地搬迁安置，给才英交完学费后，全家人还是要"一分钱掰成两半花"。如果才英因此而辍学，将来"不会坐办公室"了，即使不偷懒，到头来还会是个贫困户。

"教育是阻断贫困代际传播的最佳途径。"我深知解决这个困难的重要性，为了让才英的求学之路得以延续，我和工作队一起向社会和政府寻求帮助，2019 年 6 月 2 日，贫困大学生才英与中交一公局华中区域总部副总经理齐昌军达成了资助协议：齐昌军从 2019

年 6 月 1 日至 2020 年 5 月 31 日，每月资助才英 500 元用于在校的生活费用。

尼达当组 73 岁老人和志、身患骨髓炎的石普组老组长张玉新、残疾老人余秀英、大学生李丽莎、13 岁的体育特长生和丽雅、专升本学生马文生、大学生李铁军、张雄等，看着大伙儿走出困境，我觉得特别有成就感。

产业开发手工合作社助力扶贫。"我当时是分红最高的社员，那一沓钞票我数了好几遍。"回忆起首次分红仪式，村民李金龙依然显得十分激动。

9 月 23 日那天，天刚蒙蒙亮，李金龙便早已起床，换好了鲜艳的民族盛装，准备前往究当安置点，参加创福手工艺品农民专业合作社分红仪式。这次分红仪式，是合作社成立以来首次给村民进行分红，以"按劳分配，多劳多得"的原则进行利润分配，每个社员能拿到 100 元到 1200 元不等的分红，共计分红 14000 元。

秋那桶村创福手工艺品农民专业合作社，是我与驻村工作队带着村民脱贫致富的一个起点。"靠种地没法脱贫致富，必须有特色产业。"我在走访后发现，秋那桶村一直有制作民族织毯、制作石板、榨油、制作漆油、编织手工艺品的传统，但往往相对原始和分散，受场地和业务等制约，无法形成产业效应。

我与工作队员多次走访后，决定向贡山县文化和旅游局申请 20 万元，成立秋那桶村创福手工艺品农民专业合作社。一方面是想让群众自己能够积极参与到脱贫攻坚中，通过自己的双手创造幸福、增加收入；另一方面是想让怒族、藏族的一些传统手工艺品得以保留和传承，吸引更多的年轻人学习手工艺。2018 年 12 月 6 日，秋那桶村创福手工艺品农民专业合作社正式成立，主要从事怒族手工艺品培训、开发及挖掘，附带土特产加工、生产、销售。目前，合作社成员有24户57人，并带动秋那桶全村建档立卡户参与其中。

为了做强做实合作社，工作队组织合作社参加丙中洛镇"仙女节"、贡山县"文化和自然遗产日"、南亚东南亚国家商品展暨投资贸易洽谈会（商洽会）等活动，使合作社销售额实现新高，同时新增订单。驻村工作队及村"两委"积极联系省外的销售渠道，在省外销售蜂蜜。姚聪学说："销售的蜂蜜合同额就达到了7万多元，给合作社尽了一把力。"

如今，合作社的建立使这些文化资源产业可以形成规模。2019年度，合作社实现销售额11万元，建档立卡户人均分红600元。此外，还成立了秋那桶村乡村旅游合作社，开发村周边户外线路，国庆节四天收入1万元，游客购买农副产品8000元。"下一步，我们打算把农副产品，例如核桃、核桃油等销往省外，北京、西安等地大量销售。"这是我对合作社未来的发展规划。

我有自己的工作蓝图，村民们也会积极拥护。"自己动手，丰衣足食。"李金龙充满信心地说过，"以后会继续在合作社好好务工，让合作社发展得越来越好。"如今，合作社正努力向"家家有收入，户户搞手工艺品"的产业格局发展，为少数民族村民创造良好的经济效益。"老百姓的信心更足，内生动力也越来越强。"这是我发自内心的喜悦，我相信明年分红的时候，老百姓每个人能拿的钱要比今年上一个大台阶。

易地搬迁一波三折。汹涌澎湃的江面上，急浪滔滔，卷起千堆飞雪，势不可挡。一条约有拇指粗的钢缆悬在湍急的江流上方，微微摇晃着——这便是溜索。

秋那桶村的村民，世代都要依靠这条跨度约200米，高出江面30米的溜索过江。村民余春妹依然过着这种日子。为了过江，她必须在腰臀部绑牢两条绳子，把绳子的另一头固定在滑轮上，再小心地盘好头发，以免长发不慎卷入滑轮。随后，她要将麻筐上的带子挂在滑轮的钩锁处，用一团枯草充当手和滑轮摩擦的"保护器"。接着，腿用力一蹬，随着"呼啦啦"的响声，滑轮带着余春妹快速在钢缆上移动起来。远远看去，她像是在急流上空悬着的一个摇晃的黑点。对余春妹来说，这是她每天的"必经之路"。

余春妹家位于秋那桶村那恰洛小组。这个小组整体临江，不仅过江要靠溜索，还面临着严重的地质隐患。"整个小组其实就是一个地质隐患点。"我一直和大伙这么说，"搬迁刻不容缓。"为了尽快让那恰洛小组的村民顺利搬迁，我和工作队员挨家挨户做动员，组织村民们抽房号。经过努力，那恰洛小组的 31 户村民，28户已经抽取了房号，但仍有村民心存顾虑，迟迟不愿搬迁。余春妹家就是其中之一。"主要担心搬到县城之后，这边的产业怎么办，养猪场怎么办。"余春妹坦言。

为了了解村民们的想法，清楚他们心中的顾虑，我带着所有的工作队员见缝插针，一次次去村民家走访谈心，召集大家开会讨论，针对他们心里的想法——解释。"搬到县城后，工作会给解决，国家还会提供免费的技能培训，村里的地和产业还是自己的，不用担心。"在遍访了一些村民后，我们总结出了大家犹豫的原因。一方面是故土难离的思想，另一方面是担心搬到城里不习惯，生活成本高，找不到工作，又丢了村里的产业。在又一次和余春妹等几位村民谈心之后，我们带大家去安置点实地考察。

幸福新区安置点位于贡山县城，一排排米黄色的楼房整整齐齐，极具民族特色。周围还设置了医院、商店等便民设施，生活上十分便利。实地考察结束后，我需要"趁热打铁"，坚持走访。最后村民们心中的顾虑渐渐被打消，那恰洛小组的易地扶贫搬迁工作也画上了圆满的句号。

图 1–15
姚聪学（左一）
帮余春妹合作社
卖蜂蜜

如今，余春妹一家早已搬进了宽敞明亮的楼房。溜索，也不再是余春妹每天的"必经之路"了。

## 内外兼修　扶贫更要扶智

"秋那桶村民族团结杯篮球赛""老年协会文艺汇演""学生暑期打卡"……数一数一年来组织的"党建＋"活动，组织这些活动，根本上还是为了凝心聚力、团结一致，打赢脱贫攻坚战。要打赢脱贫攻坚战，基层党组织发挥战斗堡垒作用至关重要。初到秋那桶村时，我发现当地基层党组织建设并不理想——党员数量少，工作能力只比村民稍好一些，对于带领村民脱贫致富这个目标"心有余而力不足"。

我认为，党建促进脱贫攻坚工作的核心，在于通过党员的带头作用，调动大家自觉脱贫的积极性。我与工作队、村"两委"一起，积极开展党建工作，并通过群众文体活动把大家团结起来。功夫不负有心人，努力很快就收获了成效。

今年 5 月，秋那桶村"两委"以及驻村工作队，发动党员群众、护林员、河道管理员 230 人，沿贡卡至青那河入怒江水口处，清理河道两岸多年沉积的生活垃圾，还了青那河清洁干净的真面目。今年 9 月，秋那桶村发动党员群众近 200 人，在秋那桶村委会所在地尼达当小组主干道垒砌石头墙 400 米，不仅提高了道路的安全性，美化了环境，还为将来打造"怒族藏族文化街区"奠定了基础。秋那桶村共产党员和护林员充分发挥了先锋模范作用，收获了责任感和成就感。

2020 年以来，围绕农村人居环境提升，秋那桶村通过与村民一起制定组规民约对各小组的环境卫生、标准和奖惩措施进行了明确规定，并集中整治了各小组的农村垃圾乱丢乱放问题，多次大规模发动组织老百姓自己动手，积极参与清理河道、垒石头墙、房前屋后栽花种草等活动，引导老百姓爱护环境、美化家园，助力脱贫。脱贫攻坚，不仅需要工作的热情，更需要工作劳动的技能水平。

我始终都相信知识改变命运。我希望通过教育帮扶，为这里的村民打开向外发展的大门。所以我当时联系了自己的母校长安大学。7 月 20 日，秋那桶村与长安大学共建的"暑期社会实践基地"正式在秋那桶村挂牌落地，长安大学每年将派出团队到秋那桶村进行社会实践活动。今年，师生们实践的主题为"推普脱贫攻坚"，主要为村民和学生推广普通话，帮助他们打开交流的桥梁。在此次授课和推普过程中，有 60 余名村民参与其中，其中家长占 20 余人。同学们学习的积极性更是高涨。

我现在最大的心理变化是，虽然现在大伙儿已经脱贫了，但我觉得这就是我的事业。

## （三）记录者说：泪水变成蜜的过程，很幸运，我们是其中的记录者

《溜索下的故事》记录者说（一）

| 摄像蒋文涛手记

在去年的一年，我参与《攻坚日记》节目的拍摄。在云南省怒江州贡山县秋那桶村余金强一家的拍摄中，让我最难忘的事，是余金强一家在这一年之中的变化。关于这个节目，我没有从一开始参与，但是我从之前的片子里能看到，刚开始余金强一家像一个没有了生气，没有了希望的家庭。余金强时常伴有头晕、头痛的症状，但是去当地医院又查不出病因。余金强确切地认为自己有病，但是又查不出病因来，也就因此没有办法治疗。所以他陷入了一种看不到希望的境地中，郁郁寡欢，提不起精神。由于他患病，重活也干不了。家里的活都是由他媳妇儿来干。所以家里的经济条件也不算好。

由于这些原因，让我感到他们家对生活已经失去了希望，被生活压得喘不过气来了。但是在这一年当中，余金强慢慢的开始发展他的养蜂产业，他也很努力地在经营这个产业。慢慢的经济上，有了一点起色。去年的 10 月份，我们带他到北京看病，找了很权威的医生给他诊断与治疗，最后发现他确实没有什么重大的病症，只是可能精神上有些抑郁，他的头痛、头晕这些症状都是他平时乱吃了一些激素类的药而引起的副作用。在医生的劝导和治疗下，他

图 1–16
摄像师（左二）
准备溜索过江

慢慢减少了药物的服用，并最后停止服用。他的身体也慢慢的开始好转起来，头痛和头晕的症状慢慢减轻了。在我们一开始去他家的时候，余金强是一个不爱说话的人。心情很低落，让人感觉他很消沉。

但是从去年 10 月份以后，我们再去他们家就发现他的性格完全变了，活泼开朗、爱与人交流，我们感觉他重拾了对生活的希望。通过辛勤劳作，他的养蜂产业也越做越大，有了比较不错的盈利。先不说在这一年当中他有没有挣到钱，至少我们看到一个家庭从没有了生气，失去了希望，转变为对生活充满了希望，重拾了对美好生活的向往。我们感觉很欣慰。我们相信正是有了这份希望，以后不管遇到多少困难，他都能克服，都能走向更美好的明天。

在中国这样的家庭有千千万，但咱们有勤劳的双手，咱们有国家好的政策，咱们应该对未来充满希望，踏踏实实一步一个脚印，去创造自己幸福的明天。

## 《溜索下的故事》记录者说（二）

### ｜ 导演史宇鹏手记

　　第一次接到拍摄任务，其实我内心里是抗拒的，太远了，而且知道是三区三州，肯定太苦了，记得第一次去拍摄的时候，从北京出发到怒江州的州府六库镇就花了一整天的时间，两班飞机，近3个小时的汽车，第二天天没亮开始前往贡山县秋那桶村，公路还没有修通，晚上是在村子里住的，到达目的地的时候已经是第三天的夜里，从出发到到达目的地，名副其实的两头黑——黑天走，黑天到，而且中间还隔了一宿。

　　第一次见到余春妹一家人，土坯房，一个铁架子，屋子里除了必要的炒菜的木台，只有几把小板凳，那时候余春妹还每天都要溜索过江去收拾草果地。第一次拍摄她溜索，我们都深受触动，要知道这种过江方式差不多已经持续了100年了，之前他们过江只能靠溜索，想想我们在城里的生活，扶贫的意义太重要了。随着拍摄的深入，我们和他们一家人的感情确实越来越好，

图1-17
编导铁桥上拍摄汛期怒江

我们也见证了他们那间，第一次去的时候什么都没有的小破屋到后来有了灶台，有了沙发，有了大伙儿可以一起吃饭的小餐桌。

要说起拍摄《溜索下的故事》这个系列节目的感受太多了，五味杂陈又一言难尽，当想要落笔的时候，反而不知道要写什么内容，因为作为记者，我们很苦，尤其是在这样的地方拍摄，在当地买的胶鞋磨坏了两双，因为去了基本都是要走山路拍摄，而且我们还经历过几次生死瞬间，可之前乡亲们也苦，他们的那种苦，是天生的生活苦，是祖祖辈辈的生活苦，后来我们国家打响了脱贫攻坚的战役，开始和苦打仗、战斗，工作队也苦，总之，我刚开始去的时候，看到的就只有苦，当然还有在苦的时候的挣扎和努力向前。

可随着这场战斗的进行，危房拆了、草果苗发了、养蜂技术培训推广了，苦就真的慢慢的变成了甜，路修通了，我们拍摄组从原来到村子需要 3 天，最后只要一天半就能到达目的地，我们也切身体会到了泪水变成蜜的过程，很幸运，我们是其中的记录者。

攻坚日记

二

三角河村纪事

扫码收看《三角河村纪事》

## （一）攻坚之路：产业发展谋心路　易地搬迁安新家

　　和利文生活的三角河村，位于云南省怒江傈僳族自治州兰坪白族普米族自治县（以下简称云南省怒江州兰坪县）西北部的澜沧江畔，距离省会昆明 736 公里，距兰坪县城 95 公里。从县城到乡上，只能沿着山边建的公路，而旁边就是滔滔澜沧江，一遇到大雨就容易发生山体滑坡，塌方断路。

　　三角河村所在的石登乡，是一个集高山、峡谷、边远和多民族为一体的贫困乡。站在三角河村的村口可以眺望对面山腰上的石

图 2-1
澜沧江畔的石登乡

图 2-2
三角河村的之字路

登乡政府，但是到达那里，得先下到谷底，再爬一条有 25 个拐的"之"字路，开车也得一个小时，走路需要大半天。路只修到村口，

图 2-3
三角河村村民

村子里不通公路，人挑马驮是运送物资的主要方式。

三角河村的建档立卡贫困户有208户，目前没脱贫的有156户，576人，占到全村人口的三分之一。村里的耕地少，而且基本上都是75度以上的坡地，耕作难，只能种些玉米和核桃，除了外出打工挣钱，收入来源很少。在还没有脱贫的人口中，老弱病残占了大多数。

## 养牛合作社困难多　易地搬迁阻碍大

做过八次大手术，还切除了左肾的建档立卡贫困户和利文，在2018年病情稳定以后，借款建起了养牛合作社。乡里有一笔产业扶贫资金，可以用于推动合作社的发展，但是需要村里41户贫困户集体加入，合作社才有资格申请该笔款项。因为养牛合作社的事，和利文的媳妇王福丽赌气回娘家快有十天了。

媳妇怀孕5个月了，和利文心里还是很惦记，于是他抽空去了丈母娘家。媳妇还有些情绪，丈母娘则关心自己的小外孙怎么没来。除了关心小外孙外，丈母娘对和利文养牛也有些看法，当初和利文建牛场的时候，还从她这里借了1万元钱。牛场至今还没看到效益，借给和利文的钱不知道什么时候才能还回来。和利文丈母娘家也是建档立卡贫困户。老丈人前两年去世了，两个女儿出嫁，家里平时只有丈母娘一个人。

和利文安慰了媳妇好一会儿，王福丽的情绪总算是有些好转。王福丽也能看到和利文为了这个牛场是十分辛苦的，她也能够体谅和利文的辛苦，也不再跟他怄气。因为快到中秋节了，王福丽想陪母亲过完节再回去。

安抚好媳妇，和利文的心思又重新回到了养牛合作社的发展上。他觉得产业扶贫资金还是要尽量争取下来，这样牛群过冬的草料才能有保障。

一回到村里，和利文就去了建档立卡户和荣华家。和荣华今年20岁，平时在县城里打工，家里只有一个80岁的奶奶。如果他能加入到合作社来，不仅可以留在家里照顾老人，还可以来牛场干活，除了产业扶贫资金的分红，平时还有一份打工的收入。和利文觉得这对和荣华来说应该是个不错的选择，但是和荣华并不领他的情。

和荣华平时在县城的发廊里打工，对养牛这个事没兴趣。和利文也表示可以理解，牛场刚刚做起来，资金还没有到位，村民们意愿不高也情有可原，但是和利文有信心说服村民们的。

如果不能联合41户建档立卡户签名加入合作社，乡里的产业扶贫资金就下不来。面对僵局，驻村工作队内部召开了一次讨论会。驻村第一书记郑仲觉得要尽快在这一两天时间内，把合作社的事情再在村民中间说明一下。

图 2-4
和利文上门劝和荣华

距离产业扶贫资金申报的截止日期只有十多天了，还有十几个建档立卡户僵持着。村书记余兴堂去了建档立卡户王兴全家。王兴全正因为搬迁的事跟村里僵持着。王兴全家是属于易地扶贫搬迁户，儿子早早就在搬迁协议上签了字，但老人故土难离不肯搬迁，于是只要是村里动员的事，他都很抗拒。到底为什么不签，王兴全找了好几个理由。余兴堂劝到，村里有监督委员，不用害怕。但不管余兴堂怎么解释，王兴全就是不松口。尽管如此，上门劝说还将继续。

余兴堂和驻村第一书记郑仲第二天又去了建档立卡户杨高全家。杨高全最担心的是合作社会滥用这笔资金，余兴堂保证，如果产业扶贫资金被滥用，是会追究法律责任的。村书记的再三解释，终于打消了杨高全的顾虑。

两位书记又约着和利文在村头交谈了一下午，他俩建议和利文再借些钱，多买几头牛，把合作社的规模先做起来，有固定资产摆在那里，村民们或许会更踏实些。可和利文觉得，自己已经欠了二十几万元的债，再借钱买牛，压力太大了。郑仲表示，会帮他想办法。晚饭时间，郑仲把这个事告诉了驻村工作队的同事，商量着能不能凑点钱，借给和利文买牛。大家七拼八凑，最后凑了1.5万元。

和利文跟合伙人和春华一起来到营盘镇的活畜市场，带着驻村工作队借给他的钱，想买几头牛回去。市场卖的大多是本地小黄牛，最近牛的价格看涨，3头牛需要1.6万元。和利文的预期是能买上4头牛，但按照现在的市场价，他连3头牛都买不到。牛价太高，手里这点钱，他还是有些舍不得，最终还是放弃了。

村里的牛中介，从其他村子寻来一些牛。大牛5600元，从中介人手里买牛，价格比牲畜交易市场的低，砍砍价，和利文手里的钱刚好能买上 4 头牛。和利文觉得要多买些牛，让村里的贫困户信任自己才行。这次买牛又借了钱，加上以前盖牛场贷款的 5 万元，治病欠的 20 万元，和利文已经背了 20 多万元的债。但是加上这回买的牛，他的牛场大大小小也有将近 30 头牛。看着这些牛，他心里又多了几分底气，有这么些牛了，应该能说服更多的农户加入到合作社里来。

这次的合作社动员会，安排在和利文的牛场。大家看到这么多牛，心里还是很高兴的。有的村民觉得这个产业应该很有前景，如果支持和利文做好了，以后自家也能多点分红。又有几户贫困户当场表示支持，可是还有几户不同意，他们觉得牛还是太少了，产业规模还是不行。

距离政策要求的资金投放标准还差 5 户，能不能做通这 5 户的工作，顺利拿到产业扶贫资金，不光是对和利文，对驻村工作队，甚至是对加入合作社的这几十户贫困户来说，都是很重要的事情。

离申请截止日期只剩下最后 5 天了，能不能说服最后这 5 户同意加入养牛合作社，这是个大考验。

## 养牛合作社终见曙光 欲当兽医无奈身体不许

白露一过，天亮得更晚了。7 点刚过，和利文就出门了，今天他要去一趟县城。和利文坐了 5 个小时的车，是为了来找同村的和荣华。和荣华在县城的一个发廊里打工。几天前他回村的时候，和利文找他商量过参加养牛合作社的事，当时被他拒绝了。但是和利文并没有放弃。听说和荣华回县城打工了，和利文马不停蹄地就追了过来。看到和利文追到了县城，和荣华的态度明显客气了很多。和利文提出加入合作社，每人可以有 5000 元，两个人就是 1 万元。

这 1 万元在 5 年之内，连本带利带分红。说起养牛合作社的事，和荣华依然不感兴趣，这让和利文觉得有点尴尬，于是他提出先来理个发。

和荣华不愿意参加合作社，是因为他不想回去养牛，但是按着和利文的说法，参加合作社以后，他依然可以在发廊里打工，同时还能拿到合作社的分红，这让他动了心。对于和利文从老家跑来这里，和荣华很感动，最终答应了他。

和利文到县城找和荣华的时候，村民余建华找到了村委会，他也是当初拒绝参加合作社的五个农户之一。他这会儿来，是来要求签字的。余建华看了和利文的牛场以后，觉得发展得还不错，也希望参加他的合作社。

和利文的养牛合作社发展到这会儿，没有签字的还剩下最后三户，一户是担心牛场规模太小的余及光，一户是还在犹豫的余高堂，还有一户是把拆迁跟养牛搅和在一起的老人王兴全。距离产业扶贫资金申请的截止时间只剩四天了，还有没有办法说服他们呢？和利文暂时还没想出什么好办法，因为这两天他正在忙着另外一件事。

和利文想在山上修个水池，明年山坡上要大量种牧草和玉米作为牛的饲料，没有灌溉用水是不行的。高山顶上建水池，可不是一件容易的事，砖头和沙石需要靠驴和马一点一点地运上山，每趟顶多拉 40 块砖，或者 50 多千克沙子，这一来一回就得半个小时。

马上就要入冬了，工程还得加紧。这一回建水池，不但需要钱，也需要技术上懂行的人来弄。和利文让合伙人和春华去把余及光和余高堂请过来，因为他们两个人平时也经常做些泥瓦匠的活，请他们来当个参谋，说一下建水池的事。借着这个机会，还可以再跟他们聊聊加入合作社的事。

和春华领着余及光和余高堂来到了牛场。虽然外面下起了雨，和利文还是坚持让他们上山去看看。作为一名泥瓦匠，余及光对在山上建水池的成本，挖坑、砌砖等工序，一清二楚。和利文觉得，不管花多少钱都要把水池建起来，明年要发展生产，就要扩大饲草的种植，有了灌溉用水，玉米和牧草的种植才有保障。

和利文的这股子认真劲儿打动了余及光。和利文看出了余及光的犹豫，于是趁热打铁，把自己发展牛场的各种想法又说了一遍，他告诉余及光，只要大家加入合作社，明年3月份一定给大家分红。再回到牛场的时候，余及光说话的口气已经有了明显的变化。牛场的牛现在已经到了40头。之前一直嫌牛场规模太小的余及光，这会儿的态度已经完全变了。

余及光最后同意了。看余及光已经同意加入合作社了，不怎么说话的余高堂想着自己再不参加，可能会错过机会，所以也就点了头。

没过两天，最后一户王兴全老人也在协议上签了字。王兴全的儿子在广东打工，外面的世界也给予了他更为长远的眼光，听说合作社的事情后当场慨然应允，父子沟通后，老人也最终同意了。

和利文终于赶在截止日期之前，把产业扶贫资金的申请递交上去了。很快，第一笔资金20万元就划拨到了合作社的账户上。郑仲约着和利文在村委会交谈，鼓励他要好好干，争取早点见效益。

养牛合作社怎么分红，在入社协议里面是有约定的，65万元的产业扶贫资金，加上5.2万元的利息，合计70.2万元，要在5年内分批发放给建档立卡户。按约定，2020年首次给大家分红的金额是5.2万元。和利文打算到时候卖掉4头牛，能收入5万多元，合作社的每个建档立卡户就能分到300多元。虽然钱不多，但是对大家来说，也是雪中送炭。

就像加入合作社的杨高全家，夫妻两个人身体不好，还有一个 90 岁的老母亲，就靠着山上的几亩玉米地和水稻田，人均年收入只有 2000 多元。如果合作社明年分红人均能有 300 多元，对这个家庭来说，是一笔大收入。加入合作社的 41 户建档立卡户，大多数人家的情况跟杨高全家差不多，但现在他们可以通过合作社分红、出售稻草、到牛场打工等多种方式，获得更多的收入。以 5 年为期，每一年都要给农户进行分红，一年比一年多，把建档立卡户的积极性充分调动起来。

霜降时节，天气越来越冷。和利文在牛场边建了草料房，从合作社的成员家里收购了十几吨稻草，作为给牛过冬的草料。合作社的成员到牛场干活，牛场还能给大家提供免费的午餐。其他合作社成员有空也会来牛场看看，孩子们也喜欢来这里玩耍，牛场成了村里人都很关注的一个地方。冬雨绵绵，有些愁人。好不容易把草都背到房子里了，牛场里却有几头牛出了问题，不肯吃料，也不上山吃草，把和利文愁得不行。和利文从乡里请来了兽医。经过云南省怒江州兰坪县石登乡农业综合服务中心副主任和新国诊断，牛出现舌头乌黑，可能是这段时间经常下雨受寒所致，小牛被雨淋了以后，可能有点感冒。这头牛是因为淋雨感冒了，另外一头状态也不好的牛，表现出的症状还不太一样。和新国初步诊断，可能是被其它的大牛顶伤，建议喂点健脾的药，并尽量分群饲养，防止牛群再次打架。

以前和利文家的牛少，只有几头，所以养得比较粗放，现在牛场上了规模，就不能再按照老办法养牛了。和利文听说村里有一个兽医员的名额。兽医员是每个村专门设置的岗位，可以免费学技术，以后负责给全村的牲口看病，每个月还有 200 元工资，他很想争取一下。和新国以前是石登乡兽医站站长，现在又是乡农业综合服务中心副主任。和利文想跟他申请一下当兽医员的事。但是和新国告诉他，一般情况下是，一个村也就是一个兽医员名额，这个人选得靠村委会推荐。

为了能当兽医员，和利文专门去了一趟村委会，找村书记余兴堂，没想到被余书记拒绝了。余兴堂考虑到和利文已经做过八次手术了，身体上可能会吃不消。身体不好就不能当兽医员，和利文不认可这种说法。

兽医员的名额每个村就只有一个，村委会已经推荐了其他人。和利文在这个时候提出要求，让余兴堂觉得很为难。劝了半天，见和利文不理解，余兴堂也不再说话。两人陷入了尴尬的沉默。

第一书记郑仲听说了这件事，怕两人因此闹矛盾，特意去找余书记聊聊。余兴堂一家正要赶着在立冬之前，把种在山上的苦荞麦收割回来。

余兴堂想等和利文慢慢想明白以后，再去做工作。余兴堂认为，当时推举兽医员的时候，不是没考虑过和利文，但是村里的各个小组居住得比较分散，有的还在山顶，万一牛羊生起病来，和利文身体不好，怕他顾不上。

和利文想当兽医员是好事，不应该打消他的积极性，而且他的牛场再发展下去，也是必须得有个懂技术的。但是村里的名额只有一个，怎么办呢？郑仲决定去一趟乡里，找乡长商量一下，看有没有机会给和利文再争取一个名额。和利文想当兽医员的事，乡长也不同意。乡长杨冬春觉得凡是搞养殖的，都不适合当兽医员。如果村里的牛病了，兽医员去为别的牛治病防病，可能会把病带到自己的养殖场，导致养殖场的牛全部感染上，对于他来讲，这是个巨大的风险。乡长的说法是有依据的，兽医员要给全村的牲口看病，一旦有疫病来了，带到他自己的牛场，损失就大了。郑仲以前一直在报社工作，对动物防疫的事不了解，听乡长一说，才明白这事。但他还想给和利文再争取一下，看能不能有学技术的机会。杨冬春表示，所有的兽医员培训，我们可以邀请他参加。听说能让和利文免费学技术，郑仲觉得这一趟也算没白跑。

这个时候的和利文，暂时顾不上当兽医员的事，因为他媳妇马上要临产了。

## 和利文初为人父　搬迁计划再现僵局

和利文 36 岁才结婚，妻子是二婚，婚后妻子怀了孕，眼看着就到了预产期。37 岁才当上父亲的和利文很开心，可听了医生说因为胎位有些不正，可能要剖腹产，和利文显得有些紧张。

妻子王福丽很快就被送进了产房，虽然对于王福丽来说，这已经不是第一次生产了，但她还是很害怕。

和利文家中兄妹三人，他是家里唯一的儿子，从儿媳妇怀孕开始，和利文的妈妈就十分开心，听说今天要生了，老人急匆匆从村里赶到了县城。一家人焦急地守在产房外。下午 6 点 58 分，孩子顺利出生。孩子体重 3500 克，身高 53 厘米。初为人父，和利文显得有些手足无措。终于抱上孙子，和利文的母亲笑得合不拢嘴。和利文的父亲和他大妹也赶到了医院。大妹两口子都在外面打工，平时忙不过来，他们有三个孩子，最小的还在上幼儿园，和利文的父亲平时和他们住在一起，帮着照顾孩子。和利文孩子的出生，让这个平时各自奔波的大家庭有了短暂的团聚。

孩子的出生让和利文很兴奋，可经济上的困难又让他犯愁。如果妻子还没奶水的话，一个月的奶粉钱差不多就要近千元，这次妻子住院他又向妹妹借了 7000 元。

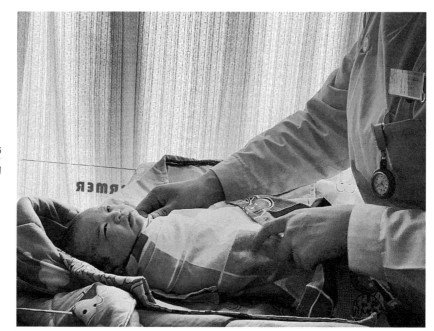

图 2-5
出生第一天的
宝宝

　　立冬以后，天更冷了。和利文的媳妇回村里坐月子，和利文就在家照顾母子两个。为了给媳妇催奶，和利文和他妈妈按照当地的习俗做起了催奶汤。糯米丸子，甜米酒，陈年的老蜂蜜，再打上一个鸡蛋，把这些食材煮成汤，当地人认为这有催奶的功效。

　　和利文接了个电话，是村委会通知贫困户们去开会。这是全村召开的第四次易地扶贫搬迁动员大会，由工作队李芳负责给村民讲解易地扶贫搬迁政策。

　　三角河村所在云南省怒江州98％以上地貌都是高山峡谷，滑坡、泥石流等自然灾害频发，生存环境恶劣，劳动生产困难。按照扶贫计划，全州将有10万人告别交通不便，悬崖峭壁上的村寨，搬出大山。但三角河村并不是整村搬迁，只有57户建档立卡户，因住房是危房、缺乏劳动力等问题，符合易地搬迁的条件，需要搬迁到城里的安置小区。10万人的搬迁并不是一朝一夕的事，动员工作前几年就开始了，可还是有很多人心里有顾虑。67 岁的王兴全老人，就是接受不了搬迁。王兴全的儿子想去城里发展，早早把搬迁协议签了，但老人死活不同意，无论余书记怎么劝，他都丝毫听不进去。余兴堂说村民们已经在这里地方待习惯了，不愿意离开。到现在为止，三角河村还有 14 户没签搬迁协议，这 14 户人就是三角河村整个易地搬迁工作当中的硬骨头。

易地扶贫搬迁作为精准扶贫的举措，在各个贫困地区都有深入推进，主要是将生态环境差，不具备发展条件的地方的建档立卡贫困人口搬迁至条件较好的地方居住，政府帮助解决就业、产业发展等困难，就是搬得出，稳得住，有事做，能致富，然而在动员过程中，还是有些人不愿意搬迁。

和利文家也在搬迁之列，但是目前全家人还没有达成一致。2017 年他签了搬迁协议，当时家里只有他和父母三口人，按照每人 20 平方米的标准，可以分到 60 平方米的安置房。但是这两年，家里的人口增加了，和利文结了婚，妻子带来一个孩子，2019 年又生了一个孩子，原来的三口之家现在变成了六口人，当初签的 60 平方米的安置房显然就不够住了。和利文的父亲帮大女儿在镇上看孩子，母亲却很不愿意住到城里。和利文是想搬的，对孩子来说，以后到城里面还是比较好的，但是和利文的母亲因为担心到城里后吃住等方面很不习惯，所以很不愿意搬迁。

村里还有好几户跟和利文家一样，当初签了搬迁协议，但到现在又遇到了问题。养牛合作社的建档立卡户余及光，也是其中之一。

余及光有泥瓦匠的手艺，要是搬去城里，找工作会很方便，但是他媳妇和芝花不同意搬。余及光之前偷偷瞒着媳妇在搬迁协议上签了字，原本以为有几年的时间，自己能说服媳妇，没想到媳妇知道以后很生气，要闹离婚。余及光拧不过媳妇，只能借钱把家里的危房重新翻盖，希望这样就能留在村里。余及光媳妇到石登乡走亲戚去了，要晚上才回来。晚上，余及光的媳妇回家了。听说村书记又来问搬迁的事了，她有些闷闷不乐。余及光当年瞒着她签了协议，这让她一直生气。郑仲让和芝花考虑考虑自己的子女，劝说和芝花同意搬迁。和芝花不识字，又很少出村子，对陌生的城市生活充满了恐惧，说起搬迁很是抗拒，不管大家怎么劝，她都听不进去。

为了照顾媳妇坐月子，和利文把家里养的鸡都杀了。吃完剩下的最后半只鸡，明天他就得到亲戚家去借了。搬迁的事，按规定，应该在 2019 年年底抽签选房子。和利文虽然在两年前就签了搬迁协议，但临到选房，和利文还在犹豫。除了家里的问题，和利文的养牛合作社也刚刚起步，正需要管理的时候，如果搬到城里去，这些牛怎么办？于是和利文主动找到村委会，说自己不想搬了。第一书记郑仲觉得搬迁与养牛并不矛盾，可以在牛场旁边给和利文保留一部分生活用房，但和利文坚持不搬。

和利文搞养牛合作社的事，让郑仲觉得他思想上很开通，但没想到，连他也提出不搬迁了。搬迁是件好事，政府提供安置房，不让搬迁村民掏一分钱，可有些老百姓故土难离，又担心自己在城市里的生活，始终拖着不愿意选房。村民们觉得进城后，一个月打工挣不了多少钱，还有村民表示，自己媳妇不认识字，进城之后根本什么都干不了。

大家的各种情绪，也让余兴堂和郑仲觉得压力很大。两位书记也觉得委屈，但又想不出更多的办法，于是就去找乡长，希望他能给支支招。乡长杨冬春表示，脱贫攻坚现在进入关键的时期，解决群众住房安全，是达到"两不愁三保障"当中的重要内容。实现易地搬迁群众按时入住的工作，没有商量的余地。乡长杨冬春建议大家要从教育、医疗、经济收入、生活等各方面再跟老乡们算算账，让老乡们切身感受到搬迁的实惠和好处。

易地扶贫搬迁是脱贫攻坚中最难啃的硬骨头，兰坪县精准锁定易地扶贫搬迁对象，共计 11877 户 44774 人，搬迁人口占全县乡村人口的 26%。搬迁的建档立卡贫困户占全县贫困人口的 38%，可以说，易地搬迁扶贫工作成效将直接关系到整个兰坪县脱贫摘帽的目标能否如期实现。

两位书记刚回到村里，建档立卡户余祥忠就主动约两位书记到他家谈谈搬迁的事。余祥忠患有风湿，身体各个关节都严重变形。他是村里第一个在搬迁协议上签字的，为了看病方便，他希望能早点搬。余祥忠着急搬迁，一方面是为了看病方便，另一方面也是为了孩子。余祥忠有三个儿子，为了供老二上学，老大和老三都出去打工了。搬到县城去，能方便儿子们回家里住。为了儿子们，为了下一代能有更好的发展，余祥忠希望能尽快搬入新家。

郑仲和余兴堂知道，不管遇到多少困难，搬迁的思想工作都得继续做下去。易地扶贫搬迁能帮助村里这些特别困难的家庭改善住房、医疗、教育等问题，而且搬进城以后，能给每户提供一个就业岗位，可以保证基本生活。

余兴堂和郑仲商量着，应该带村民们去看看新房子，或许能让大家改变想法。

终于，三角河村的第一批 13 户搬迁户要去城里领钥匙了，郑仲决定约着和利文，还有那些依然在犹豫的村民一起，先到城里去看看房。村里包了几辆车，要把大家拉到县城去看房。

这次要去的搬迁安置小区，在距离三角河村 90 多公里以外的县城北区。县城新建了五个大型的易地扶贫安置社区，每个社区能容纳 6000 多人，将有 3 万多人从大山里搬到县城，这与目前县城人口数差不多，相当于再造了一个县城。和利文也跟大家一起来看房了，但他心里并不是很情愿。

小区的楼层、房号都是事先在村里就抽签了的，村民只需要带身份证、户口本前来登记，不需要缴纳一分钱，就可以领钥匙入住了。兰坪县委书记马国庆正好在小区里检查社区服务情况。马国庆去过三角河村几趟，认识余兴堂和几户村民，便提出一起去看看房子。余祥忠腿脚不方便，让他媳妇和春玉来看房。和春玉觉得自家抽的房子在一楼，没有安全感。马国庆说有监控，一楼都装了摄像头，而且小区里有保安，很安全。三角河村的余松文抽到的新房子在三楼，大家都跟着一块儿去看房。安置房的面积根据每个家庭的人口多少来分配，每个人 20 平方米。余松文家有五口人，分到了 100 平方米。新房宽敞明亮，余松文看了以后非常开心。同村的

图2-6
兰坪县易地扶贫
安置房

和习生就在余松文家楼上。房子都是带装修的,免费的马桶、卫浴、灯具全都已经安装好了。

根据怒江州易地扶贫搬迁规范化建设 18 条标准等政策要求,这些安置点完成了水、电、路、信等基础设施和幼儿园、卫生室、公共卫生厕所、综合服务楼等配套设施的建设,打造环境优美、功能齐全的宜居家园,最终让搬迁群众得以安居乐业。

和全忠家抽到的是靠山、南北通透的房子。村书记余兴堂看到老乡们住上了城里的新房子,心里很羡慕,也特别为大家感到高兴,当场就拉着和全忠唱起了暖房的拉玛长调。看了大家的新房子,别人高兴,和利文也跟着乐。

但是从县城回来以后,和利文更纠结了。城里的新房子确实很漂亮,但是他当初签协议的时候还没有结婚,分到的房子只有 60 平方米,现在全家有六口人,不够住。考虑孩子将来上学,媳妇希望搬到县城去生活,但是母亲坚持要留在村里,而他的养牛合作社刚做起来,也必须在山上发展产业。

## 村民不舍拆旧房 和利文执意调换房

云南省怒江州,地处青藏高原南延的横断山脉峡谷,是闻名的高山深切割地貌。这里耕地面积少,生存环境恶劣,是"三区三州"深度贫困区。

三角河村建档立卡贫困户和利文,2019 年成立了养牛合作社,带动全村 41 户贫困户,申请到了 65 万元产业扶贫资金,发展黄牛养殖。

今年,谷雨刚过,养牛合作社进行了第一次分红。这是三角河村历史上第一次产业分红。根据当初签订的协议,养牛合作社这次拿出了 5 万元，给合作社 41 户贫困户 125 人进行分红，人均能分到 400 元。村民余付得妹一家分到了 800 元，村民杨子荣一家分到了 1600 元。分红根据每户的人数来计算，一家两口人能拿到 800 元，三口之家 1200 元，四口之家以及超过四口人的，都按封顶 1600 元发放。

分红大会结束后，村民并没有马上散去，他们还沉浸在分钱的喜悦中。但是有个村民却在分红现场哭了起来。村民和保祥是因易地搬迁安置房的事儿难过。和保祥觉得，女儿虽然出嫁，也在丈夫家落了户，但老家的户口并没有注销，安置房也应该算上面积，可其他村民认为不应该算。

易地扶贫搬迁，是三角河村现阶段的大事。全村 208 户建档立卡贫困户中，有 57 户要搬迁，村民们在 2018 年就签了搬迁协议，到 2019 年年底，57 户都已经领了新房的钥匙。

可是，要到拆旧房的时候，已搬迁的村民们又都舍不得拆了。易地扶贫搬迁政策规定，三角河村 6 月 30 日前完成旧房拆除，后续要在宅基地上复垦复绿。村党总支书记余兴堂和第一书记郑仲，每天都要挨家挨户做动员。新来的第一书记陆娉婷，也跟着去熟悉情况。不肯搬迁的村民中，66 岁的王兴全是态度最坚决的，后来在儿子的劝说下，终于搬到了县城。但到了拆老房子的时候，老人又舍不得拆了。一草一木，山山水水，老人舍不得。王兴全有三个儿子，老大、老二独立门户，不在搬迁之列，依然住在村子里，王兴全跟三儿子一家住在县城新房子，他最担心的是，拆了旧房以后孙子孙女上学的问题。县城人生地不熟，维持不了的话，王兴全想着孙子孙女可以回村里上学。听村党总支书记说，到县城以后孩子上学更方便，王兴全的心里踏实下来，终于同意拆掉老房子。

陆娉婷是怒江报社派驻三角河村的第三任第一书记，她到村子里有一个多月了，这段时间，她主要是跟着入户做动员工作。

和利文也不愿意拆掉旧房。和当初签订搬迁协议的时候相比，家里人口由 3 人增长到了 6 人，家里人口增加了一倍，妻子王福丽觉得 60 平方米的房子不够住。陆娉婷提议房子可以改造，可以从大床上伸出来一个小床。王福丽觉得，现在他们家是三代六口人，两室一厅的房子根本就住不下，所以她希望增加房子的面积，想争取能再给 40 平方米。

村党总支书记余兴堂，发现了一个关键问题。和利文家易地搬迁协议是在 2018 年 5 月签的，当时户口上是三个人，他们结婚是在 2018 年年底，也就是说，签协议在前，结婚在后。易地扶贫搬迁政策规定，"增人不增面积，减人不减面积"。和利文家现在的户口上，没有妻子王福丽和大儿子，他们的户口依然在老家营盘镇的连城村，因为连城村有水库移民搬迁补偿，也是按照户口人数补的，所以一直都没有迁过来。刚从乡上赶回来的和利文，说出了自己的看法。和利文还是希望能够调剂一下，余兴堂表示调整不了。

和利文还是想再争取一下，他到村里去找好友余平生。余平生也是搬迁户，他们家母子二人，分到了 40 平方米安置房。40 平方米里面除去公共区，电梯、楼梯都要算面积，实际使用面积可能只有 25、26 平方米。和利文和余平生商量，决定还是去乡政府问问情况。云南省怒江州兰坪县石登乡国土村镇规划和项目建设综合服务中心办事员李意松表示调整不了，因为每一户都是定下来的。易地搬迁人均面积，从中央到地方都严格控制，兰坪县人均 20 平方米，不能超标。

易地扶贫搬迁是一项系统工程。兰坪县从 2018 年 5 月签订搬迁协议，最终截止时间 2019 年 1 月，所有信息录入系统，搬迁对象锁定后，无法变更，必须严格按照搬迁政策执行。

兰坪县易地扶贫搬迁的有 11877 户 44774 人。4 万多人的搬迁安置，相当于再造了一个县城。如此大的建设规模，集中了国家财政及地方财政的投入，每一套安置房，都是严格按照签订协议的统计数据来规划和建设的，但在实施过程中，有些搬迁户对搬迁政策还不太理解。

脱贫攻坚到了冲刺阶段，怒江州开展百日攻坚"大走访、大排查"活动，要求党员干部利用"五一"假期，下沉到各个乡镇，随机走访贫困户。怒江州副州长张杰来到三角河村进行入户排查。张杰建议和利文媳妇先到县城住，带着小孩去读书，和利文暂时还在这里养牛。谈话自然落在搬迁安置房上，和利文一时没有琢磨明白张杰话里的意思，此时搬迁户余平生开始插话。

余平生所住的房子是危房，即便是去到城里可以住上安全的房子，但是房子面积太小，住不下，就想着不搬了。张杰劝道，要一步步地来，要靠自己双手挣，将来是可以再去买一套房子的。听到副州长张杰说收入达到脱贫标准，可以退出建档立卡贫困户，和利文突然有些激动。和利文最后表示同意按照政策走。

此时，余平生又提出一个问题，觉得拿着生态护林员的工资，限制了他外出打工。余平生觉得每个月生态护林员发 800 元，拿了这 800 元，就不能出去打工，不出去打工就没有办法脱贫。张杰纠正说，拿这 800 元钱，就必须遵守这个规则。不能是拿着钱，在家里睡着觉，晒着太阳，喝着酒，而是要干活的。

要做通群众的思想工作不容易，此次大排查的目的，就是既要耐心解释国家政策，还要了解村民的困难，但是，对于拿着工资不干活的人，要让他知道自己的责任。

吃晚饭的时候，一个邻居来到和利文家，说他家准备拆旧房子。按照乡里的规定，拆的时候要拍照，然后才能拆，拆完了再拍照，每户每人能补助 6000 元。

和利文来到县城的安置小区看房。去年 12 月，他父亲已经领了钥匙，搬进新房子住了，而和利文却是第一次进到这个新家里。和利文还是有些不甘心，还是想去再争取大一点的房子。村干部帮和利文联系了县扶贫开发办公室，和利文决定再去咨询一下，看还有没有可能帮他家调一套更大面积的房子。云南省怒江州兰坪县人民政府扶贫开发办公室主任熊仕禄建议和利文先搬出来，县里面会统筹考虑，对于居住面积不够的这些居民，调剂到公租房、廉租房。

当地政府已经掌握搬迁户们因人口增加、希望增加安置房面积的愿望，并发布了《关于进一步明确兰坪县 2019 年易地扶贫搬迁有关问题的通知》，通知中明确，待入住后，确因住房拥挤影响正常生活的，由搬迁户提出申请，党（工）委根据搬迁户的实际情况，对新增人口给予安排相应的周转房。和利文表示可以接受。

2020 年 5 月 5 日，三角河村新来的驻村第一书记陆娉婷，结束试用期，正式上岗。第一书记郑仲完成了一年的驻村帮扶任务，将返回原来的工作岗位。2020 年 6 月 30 日前，怒江州搬迁户旧房拆除，土地复垦复绿的工作必须要完成。

## 养牛不顺受委屈　拆房途中再受阻

云南省怒江州，今年的雨季来得有点儿早。芒种一过，村民们就得趁着天晴抢收麦子。山顶的坡耕地，土地贫瘠，亩产不足 200 斤，可村民们不愿意放弃口粮田，便一直种植。生存环境险恶，产业发展艰难，是这里贫困发生的主要原因。

三角河村建档立卡贫困户和利文，2019 年 3 月成立了村里的第一家养牛合作社。和利文跑断腿、磨破嘴，动员 41 户建档立卡户加入了养牛合作社，并且向政府申请到 65 万元的产业扶贫资金。然而成立合作社的一年多后，这些牛却被养得骨瘦如柴。

最近，合作社接连死了两头牛，村民们开始埋怨起和利文，管理不到位等声音不绝于耳。村党总支书记余兴堂知道了此事后，和村民们一起来到牛场。看着牛瘦成了皮包骨，不少村民不留情面地指责合作社管理不善，不能让牛只吃没营养的干草，应该出去放牧……

牛死、牛瘦，影响了效益，村党总支书记余兴堂认为，这个责任不能全怪和利文一个人。余兴堂态度明确，养牛合作社，大家都应当动手，帮和利文一起把牛养好、养肥，而不是只想着分红，更不能看着牛瘦就一味指责。

和利文觉得自己委屈，付出了那么多却得不到理解。和利文在去年运来了很多青贮饲料，但是到这边的时候又下雨，饲料全部腐烂。合作社成员之一的王兴全觉得，和利文应该天天待在牛场里，照顾这些牛。和利文认为自己要抽去一部分时间去做账目，不可能天天在这里呆着。合作社重要的一条是成员间的合作互助，和利文认为自己作为法定代表人，忙不过来，又没人帮忙，村民们却说这些是他应该做的。村民们失望，和利文憋屈。谈话不欢而散。

怒江报社驻三角河村半年换了三任第一书记，2020 年 6 月，第四任第一书记和彪走马上任。正式上岗的第二天，和彪就听说和利文的牛场又死了一头牛，这头牛的损失达到 1.5 万元，和彪去找和利文了解情况。来到牛场，和彪开始查问和利文养牛合作社资金使用的事。和利文的牛大大小小一共有 36 头，目前差不多投了六七十万元，包括地、圈舍、修路、建水池。和利文自己也投入了二十来万元，项目支持了 65 万元。一听到新来的第一书记盘问资金使用情况，和利文情绪激动，把自己承受的压力和困难都说了出来。

"你看我现在做了这么多的产业，我一个生病的人，我一直在努力去搞这样的事情，我在想有什么办法能把我的牛怎么搞好。我牛死的时候，你知道我有多难过吗？包括三角河小组的人，每一个人都不知道我心里面是有多大的苦，我曾经在医院里面，人家跟我说了，你生命才有半年的时候，我都没流过一滴泪，我为了一头牛去流泪。"

和彪又提出想看看账本。和利文憋着一肚子的怒火，此时一下子发泄出来。和利文表示账本没在他手里，都交到了乡里，和利文让和彪去乡里找账本，并表示自己的每一笔钱都没有乱用。

几天来发生的事情，让和利文觉得身体撑不住了，他胃疼得厉害。牛场的合伙人和春华，也很久没来牛场了。和利文跟和春华说自己种的草全部死掉了，再这么下去的话，可能要亏损。不管和利文怎么说，合伙人和春华一句话也不回应。和利文觉得胃又难受了。和春华是和利文从小玩到大的伙伴，也是合作社的合伙人。两人原本商定和利文跑业务，和春华管理牛场，但和春华很忙，很少去牛场。和春华表示等过完这段时间，会全心全意去牛场那边照顾牛了。

此时，硬化路工程也在紧锣密鼓地开展中。

2020 年 6 月，兰坪县持续开展"大走访、大排查"活动。这天，兰坪县委书记马国庆来到三角河村。黄牛角是三角河村最偏远的一个村民小组，因地势险要，道路硬化和人居环境差的问题，一直无法解决。

脱贫攻坚已经到了决战决胜、全面收官阶段，"大走访、大排查"发现的问题亟待解决。和利文听说乡上、县上的领导来了，特意跑到村口等着，想咨询一下，建一个青贮饲料池能否申请到资金支持。

2020 年 6 月，兰坪县易地扶贫搬迁工作到了收尾阶段。三角河村 57 户易地扶贫搬迁家庭，已有 30 家拆除了旧房，拆旧房每人能领到 6000 元的补助，但还是有人不愿意拆。村民杨会荣就是其中之一。驻村工作队副队长和彩云和村党总支书记余兴堂，决定到杨会荣家做工作。

杨会荣家只拆除了几间土坯房，前两年盖的新砖房他舍不得拆。杨会荣一直在山东打工，为了拆房的事特意赶了回来，他提出想保留剩下的房子留作生产用房。和彩云表示，关于生产用房的事，村委会将会跟工作队开一个会议来讨论。但是在杨会荣没回来之前，儿子杨松田已经向工作队提出，房子全部拆除，想领 6 人 36000 元的易地搬迁拆旧补助。而杨会荣却想放弃拆旧款，保留老房子。按照规定，可以保留生产用房，但是"农村一户一宅"政策不能变。杨会荣想不通，提出要退县城的安置房，不搬迁了，强调当时签订搬迁协议，是家里老人做主的，他不知情。他想找村委会副主任杨忠祥讨个说法。余兴堂说杨忠祥去石登乡办公事了，但是杨会荣觉得这是在骗他。和彩云表示，杨会荣可以向村里申请留生产用房，村里会按照程序研究后，最后决定出来，然后负责报到乡里面。杨会荣充满了不信任感，认为村里不会向乡里上报。

虽然城里的安置房分到了 120 平方米，儿子去城里拿了新房钥匙，但是对于拆旧房杨会荣还是非常难过。他觉得自己家两个老人家到县城，生活会很不适应，外加自己抽到房子是在 5 楼，老人年纪大了，也走不动了。

工作做得不顺利，和彩云心里也很难受。2020 年 6 月 8 日，和利文家拆房了。一大早，邻乡的亲戚都赶过来帮忙。吃过早饭，就开始动工了，很快，和利文住了 38 年的房子就被拆掉了。媳妇对城里的新生活充满了向往，和利文却更加发愁了。房子拆了，东西就没地方放，牛场又住不下。去县城里面生活的话，以和利文现在这个条件还是有点支撑不了，而且牛场没人看守。更重要的是在县城的生活，每个月会有很大的花销，但是现在牛场都没有收入。

## 饲料草籽有着落　管理办法有改变

三角河村养牛合作社负责人和利文，为了争取牛饲料费尽周折，跑了乡政府、县农业农村局，经过多番交涉，申请到了饲草的种子。约定好上午 9 点拉草籽，可时间过了，还没见到人。

这批草籽是针对县养殖业发展的专项饲草种子，符合条件的合作社都可以申请，并且免费领取，但能办下来实属不易。将近 1000 斤的牧草种子，能种 150 多亩。如果能赶在雨季前下种，50 头牛的饲草问题就能解决了。

和春华开着拉草籽的车先走了，和利文开着和春华的面包车，落在后面。

堵车的工夫，和利文看到乡产业办发来的一条短信。看了短信，和利文的脸色突然沉了下来。短信内容大概是，叫停简单分红产业扶贫资金，以后归村集体经济，村委会进行二次分配。从成立合作社至今，65 万元的产业扶贫资金，已经花掉近 50 万元，目前合作社账上还有十多万元。和利文想，一定要在资金收回之前，把钱花出去，必须立即借一笔钱把牛先买回来。

此事不能等，如有任何闪失，合作社就无法经营下去了。和利文拨通了亲戚的电话。和利文小姨子的老公在四川经商，手头富余，和利文从他那借到了 3 万元钱。

回到村里的和利文，立马行动，找到一位卖牛的村民打听牛市的行情。今年牛价很贵，一头需要一万四五千元。又过了两天，和利文突然接到乡上的电话。通知他去开会，会议内容没说，和利文心里开始打起了鼓。合作社的牛骨瘦如柴，村民们对和利文颇有微词，这事村里都知道，那乡里肯定也清楚，是不是因为没养好牛的问题，要收回资金呢？又让带上公章去开会，这合作社怕是干不长了。坐在会场上的和利文十分紧张，这次石登乡政府召开的整改大会，要求全乡合作社的负责人、村委会干部、驻村工作队队长全都到会。究竟怎么整改，大家心里是各种猜测。

石登乡共有 75 个产业项目，涉及扶贫资金 4500 多万元。以前的这笔钱都是由合作社主导，逐年以分红的形式，发给入社的建档立卡贫困户。巡视组通过一段时间的走访，发现一些共性问题，必

图 2-7
三角河村村民
大会

须解决。这次会议明确了两点：第一，叫停简单分红，产业扶贫资金不再"一分了之"，本金不动，留给合作社发展，五年后归还村集体；第二，合作社给成员发放的收益金，只占本金的8%，这笔钱必须按劳分配，按积分多少分配。

开完会的和利文，心里的石头落了地。不仅不收回资金，还要求合作社社员按积分参与劳动，这些话说到他心里去了。和利文还没回村，乡里会议的内容，就传遍了三角河村。不少合作社的成员，聚在村口等着和利文。村民们觉得，去年以他们加入合作社的名义才申请下来这笔资金，现在又不分红了，还要参加劳动计积分，假如合作社亏本了，是不是又让自己掏钱赔呢？合作社成员之一的王兴全，对参与劳动没意见，但对打分制度的公平性产生质疑。这两天，大家到各个合作社成员里传达新的管理办法，村民的态度让和利文很欣慰。

脱贫攻坚最难的就是"扶志"，乡上提出的收益金新的分配制度——积分制，就是想激发建档立卡户贫困户的内生动力，带动他们勤劳致富。

三角河村有一个村民，孩子见了他躲的躲、哭的哭。村民余元忠是合作社社员，平常喜欢喝酒，不愿意干活。驻村工作队的熊文智带着和利文来，想劝劝余元忠，看可不可以去和利文的牛场干点活。余元忠表示自己不想去。

合作社新的管理办法出台后，一些村民开始打起了自己的算盘。山上白角烟村民小组的合作社成员余满保，就闹着要退出合作社。余满保有意见，担心和利文做不好，一旦合作社亏本了，要自己赔钱。

村党总支书记余兴堂知道，要跟村民把这些道理讲清楚，必须让大家坐下来好好地说明白。余兴堂回到村委会，召集大家开会，解读合作社积分制的管理办法。村里召开了村民大会，强调了合作社积分制的管理细节和纪律。会议明确，改变合作社的经营方式，每个社员要参与到生产劳动中，不能在家什么都不干，就领取收益金。采取积分制，目的是增强自主发展内生动力，摒除不思进取、懒惰安贫，消除"等、靠、要"，坐等帮扶等思想，形成积极向上的社会风气。

## 和利文冒险上高山　瘦牛群勇闯拉河村

2020年秋季，气候有些异常。云南省怒江州三角河村，今年的雨水格外多，雨落到海拔3500米的高山上，就凝成了雪。本应植被丰盛的季节，却看不到丰美的牧草。因为饲料缺乏，和利文合作社的牛依然很瘦。

牛吃的草料还剩一批去年秋天收的稻草，维持不了几天。和春平希望把牛赶到水草丰美的高山草场，和利文还在犹豫。把将近30头牛赶到40公里外的高山草场，这对于和利文来说是个考验，很多事情需要计划周全。和春平小的时候去过那个草场，他的姑妈就嫁在那个村寨里，小时候和春平跟着姑妈上高山草场放过牛。因为路途较长，道路也不好走，和春平想起多请几个人。尽管还有很多担心，第二天一大早，和利文还是准备出发。

牛场还有28头牛，小牛就有5头。和利文最担心的是其中一头刚出生不足一个月的牛犊能不能长途跋涉40多公里，尤其是跨越河流。

除了和利文、和春平，合作社来了两个帮手，4个人赶着28头牛出发了。这是三角河村的山头，从牛场出发，要横向穿越整座大山，才能到达两山之间的河流。跨过高山河流，到另外一座山头，也就是另外一个村——拉竹河村，沿村庄往上，草场就在海拔 3500 米的高山上。距离看似不远，但山路极其难走。走到两山间的河流，还要穿越三个寨子和三片林地。马上要过河了，和利文十分紧张地追了下去。怒江峡谷，是闻名于世的高山深切割地貌，两山之间的河流是高山雪水融化而来，最终汇入澜沧江。河里的石头很滑，牛要是摔倒，麻烦就大了。山涧雪水，冰冷刺骨，水流湍急。

领头的牛，跨过了河流。很快，十几头牛都踏上对岸山坡。最后就剩那头刚满月的小牛还没过河，和利文担心地在后面跟着。小牛受惊乱窜，腿卡在了石头缝里，拔不出来了。几个人赶紧搬开石头，小牛才得救，还好没有受伤。蹚过河流，就是陡峭的山路，更容易使牛因不熟悉地形而摔下山去。圈养的牛，走这样的高山河流极其不适应，路上基本上没有吃草的时间。和利文此时也是筋疲力尽。

草场在雪山下面，还有将近 20 公里的山路。翻过这座山，就要进入寨子了。

图 2-8
牛群过溪流遇到险情

早上 8 点出发，临近下午 5 点，终于到达邻村的拉玛人村寨，和春平的姑妈就住在这个寨子里。和春平赶紧去姑妈家抱来了草料给牛补充体力。天色已晚，这一夜就在这里安顿下来，他们借住在和春平的姑妈家里。

和春平的表姐夫已经在村口等着，这次他将作为向导带他们上山。表哥和玉华，明天也会上山帮忙做向导。明天面临的危险不可预知，需要更多的人手，和春平表哥和表姐夫的加入，让和利文心里踏实了许多。一行六人，背了 20 斤大米和 30 多斤的土豆，和利文他们还带了几只鸡。姑妈请来了村里的长辈，给他们介绍高山放牧的注意事项。姑妈和村里的长辈一起，教了和利文他们几首传统的拉玛长调，在山上放牧的时候，人的歌声是能让野兽不敢靠近的。

因为要留一个人在山上看牛，这次分三个人，背了将近 100 斤的食物上山。

一直背着补给的表哥累得不行，和春平赶紧接过了背篓。这样的密林还有将近 10 公里的路程，他们现在走的高山密林，海拔已经接近 3000 米。昨晚听寨子里的长辈说，有熊在密林里出没，必须加快脚步。人想休息，但牛是不休息的。密林里雾气很大，他们随时要看到牛群的位置。

突然，和利文发现有几头牛不见了。和利文与和春平两人拼了命地四处寻找，几头走失的牛才终于找了回来。天快黑了，道路似乎还没有尽头。此时的和利文，滴水未喝、粒米未进，早已疲惫不堪，他做过 8 次大手术，身体跟别人不一样，这样高强度的爬坡奔跑，精神紧张，是吃不消的。人和牛都不能长时间休息，只能继续前进。因为只有天黑之前穿过这片丛林，他们才能找到合适的露营地。

终于到达了一片开阔的草甸，牛可以在这里吃草过夜，和利文他们也可以在这里安营扎寨了。大家又饿又冷又累，必须得坐下来休息，开始生火做饭烤干衣裳。火苗生起的时候，大家终于松了口气。山上潮湿，很难生火，能燃起来的干木材，还是从山下背上来的松枝。

最难走的路程基本过去了。这个位置是傈僳族乡亲们放牧时经常扎寨的地点。

一行人一天没有休息，没有吃任何东西，此时的鸡和酒，看着格外有食欲。

拉玛人会用自己独特的长调，来表达此刻的心情。吃完了，唱完了，天黑了下来，此时和利文想起了儿子和媳妇，开始打起了视频电话。

宿营点距离高山草场已经很近了，明早天亮出发，走不了多久，他们就可以找到水草丰美的高山草场。和利文当天就得返回三角河村，和春平会留下来照看牛群，和利文想拜托和春平的表哥帮他们一把。夜有点深了，和春平还没有睡意。和春平的表哥跟和利文一样，从小都是身体不好，重活干不了，也只能靠和春平自己，和春平说，"不管再累的活，我也都能坚持得下来"。

第二天一早，和利文他们把篝火完全熄灭以后，就赶着牛群上山了。终于到达梦寐以求的海拔 3500 米的高山草场了，和利文、和春平一下子放松了，他们希望牛群都吃得肥壮起来。

## 儿子上学起风波　党员带头改旧俗

白露将近，云南省怒江州三角河村唯一的一所学校，开学第一天，挤满了从山里赶来报到的学生。学校遍及从幼儿园到小学的三个年级，今天全村预计有 31 名幼儿生和 58 名适龄学生报到。

这个校舍是 2019 年重新修建的，统计后有 56 名孩子自愿报名住校。校长张志荣正在帮孩子们安排宿舍的时候，教师和健英突然发现，89 名学生中差一个人没报到。没来报到的学生正是和利文的大儿子郝建雄。校长张志荣着急了，决定去和利文家走一趟，他叫上在幼儿班教过郝建雄的老师和健英一起出发。

校长和老师在牛场等了半个小时，也没见到人影。和利文没在家，校长给他姑父打电话，姑父说，和利文愿意把孩子交到我们学校，来我们学校读书，但是他媳妇那边好像不太乐意。不能让一个适龄儿童失学是"控辍保学"的核心内容。校长张志荣跟和利文沟通上，希望他尽快告知孩子到底在哪儿上学。和利文一直想把大儿子接到身边来上学，可一谈起这个事，妻子王福丽就挂了他的电话。

第二天上午和利文带着母亲，去营盘镇王福丽的娘家询问情况。两个月前，和利文到高山草场放牛，妻子王福丽就带着孩子们回到娘家去住，老人这么久都没见到孙子。和利文的妻子王福丽借住姨妈家里，住在镇上的姨妈帮着她照看孩子。大儿子郝建雄并不在，小儿子和昊瑞睡得正香。本来和利文来找王福丽要说大儿子上学的事，可刚坐下，姨妈就不停地埋怨。王福丽的姨妈显然对这个外甥女婿不满意，借说孩子的事埋怨和利文，还要让他们母子挤住在她这个租来的小屋里。

姨妈的数落，让和利文很难堪。和利文冲出门之后，母亲和松芝也坐不住了，来街上找和利文。四处寻找，终于在一个饭店看见了和利文。和利文母亲也在偷偷抹眼泪。牛场还欠着一屁股债，一家人四处借住，聚少离多。和利文给母亲点了一些饭菜，自己一口都吃不下。和利文母亲想让儿媳出来吃口饭，但媳妇并不接电话。吃完饭，和利文母亲又打包了一些饭菜，想带给儿媳妇去吃。

和利文憋了一肚子气，没有再进姨妈家。妻子王福丽刚才虽然没有跟和利文吵架，但她觉得镇上的学校条件更好，离自己更近，所以已经自作主张把大儿子送到营盘镇上小学了。

回去路上，和利文心里还憋着气。和利文的母亲还是想去看看大孙子，他们又绕道去了学校。奶奶偷偷给孙子塞了 20 元钱，还特意去孙子的宿舍查看，一看条件比家里还好，心里踏实多了。

怒江全州实施 14 年免费教育，除了九年义务教育阶段"两免一补"外，还免除学前 2 年幼儿园保育费，普通高中 3 年的所有学费、书本费和住宿费。

白露一过，三角河村的雨季结束。老人会采蘑菇和割青草来晾晒。全村建档立卡贫困户 210 户 811 人，到年底基本能脱贫。三角河村大多数是留守老人。最近，村里的老人们有些愁眉不展。

兰坪县的白族有个习俗，大约 60 岁左右的老人，就开始给自己修坟墓，当地称之为"活人墓"。修"活人墓"占用土地林地，这是政策不允许的。为了引导群众转变观念、革除陋俗，树立文明节俭、生态环保的殡葬新风尚，兰坪县从 9 月开始展开"活人墓"专项清理整治行动。三角河村驻村工作队副队长和彩云，特此去村民家做工作——拆除"活人墓"。

村民耗保元是 2010 年就为自己和妻子修了坟墓。听到要拆墓，耗保元的妻子在院子里哭了起来。耗保元的妻子一直有一个观念，就是自己苦了一辈子，死后一定要在一个好墓里好好睡一觉。前两年攒点钱，老两口就拿去修了墓。墓修好，心里才踏实，现在要拆墓，很难接受。和彩云告诉老人，拆除双人墓国家会给 2000 元的补助，要支持殡葬改革，改掉老的思想。

三角河村目前七家有"活人墓"，三家老党员都表示带头拆。

思想顾虑最大的，就是村民杨保全家。杨保全打心里不想拆，他想再观望一下，特别是想看看村干部家里的拆不拆。村民所说的村干部，指的就是三角河村党总支书记余兴堂。余兴堂的岳父岳母，也建了"活人墓"。余兴堂特意过来做工作，可寒暄了半天，拆墓的事，也没说出口。余兴堂的岳父杨文明刚诊断出食道癌晚期，没有开刀，没有化疗，刚从医院接回来养病。老人从村里人那里听了拆墓的事，他怕余兴堂为难，自己主动提出来明天就能把墓拆了。

驻村工作队和村干部上门做完工作的第十天，正好是秋分。这是白族人的吉利日子，阳光明媚。老党员杨正元带头拆除自家的"活人墓"。这也是三角河村历史上第一次拆除"活人墓"。

依照拉玛人的习俗，动工之前要祭拜山神。杨正元的弟弟帮着主持祭祀仪式，杨家的子孙后代都来到了现场。一切都准备好了，只等着老人过来。墓拆了，老人心里还是有一点难过的。

根据《兰坪县全面开展"活人墓"专项清理整治行动实施方案》的有关规定，在规定时限内自行拆除"活人墓"的村民将给予补助，单人墓补助1200元，双人墓补助2000元，财政供养及国有企事业单位人员本人及其父母（含岳父岳母）修建的"活人墓"一律不予补助。

在老党员带头下，三角河村7座"活人墓"顺利拆除。兰坪县全面整治殡葬秩序，拆除"活人墓"等乱建坟墓5300多座，移风易俗，实行文明、绿色、节俭的殡葬制度，提高了脱贫攻坚的成色和质量。

## 修路受阻畜圈难拆　地势险要事故频发

黄牛角，是云南省怒江州兰坪县三角河村最偏远的一个自然村。这里山高谷深，居住在山顶的 94 户傈僳族村民，因交通不便一直过着封闭的生活，遇到雨季更是不敢出门，人居环境无法改善，生产生活物资依然靠人背马驮。

2019 年，政府计划通过易地搬迁，让黄牛角这 94 户 341 人整组搬迁到交通便利、环境很好的安置点，可村民们故土难离，不愿搬迁。尊重村民意愿，政府决定出资给黄牛角修一条路，但是修路进行得并不顺利。修路，要拆除私搭乱建的牲畜圈舍，可村民们意见不一，工期一拖再拖。

图 2-9
黄牛角村民会议

怒江州委副书记张晓鸣为此事，特意来黄牛角指导工作。需要拆除的畜圈涉及到 60 户，有 38 户不拆。村民余玉全一直不肯拆畜圈。张晓鸣劝到，路打通，肯定就会越来越好，下一代也能上个好的学校，将来能够有个好的生活。

按照政府规划，修新畜圈统一搭建，可是 38 户村民就是不拆。

施工修修停停，工程进展缓慢。

村党总支书记余兴堂和驻村工作队，组织94户村民集体开会，要在十天内拆除畜圈。早上9点的会议，到10点钟，村民才稀稀拉拉地过来。工作组组长和盈忠提出投工投劳，村民们七嘴八舌。另一位挂村干部和永生，实在看不下去了，站出来说话了。他说黄牛角环境卫生确实是比较差，精神状态依然也是一样，部分村民天天喝酒，自己投工投劳一点还不干，如果再这样下去的话，我们永远改变不了现状。会议开了3个小时，村民们反对的声音越来越小了。最后大伙儿都听进去了，有党员带头提出，马上拆除自家畜圈。

说话算话，会议一结束，党员就带头拆了家里的畜圈。动员会开得很有效果，38户村民的畜圈用了5天都拆除了。

黄牛角的新畜圈将在村外选址，修路完成后统一搭建。畜圈拆除之后，沙石拉进来，道路开始整体水泥硬化。可工地上又有村民和修路队吵了起来。村民余香成吵架是因为这一段是他家的宅基地，两年前他已经让出30平方米，修通了一条便道。现在又要拓宽硬化，余香成很不愿意。双方僵持不下，余香成就是不同意让路。

下午，乡政府挂村组长和盈忠和第一书记和彪又追到了余香成家里。余香成是一个退伍军人，家里有三个孩子，他还要照顾生病的母亲。和盈忠和第一书记和彪跟余香成说，去现场量一量，看能否向乡里争取一些补偿。

他们再一次来到这个路边。和彪劝到，如果把这个地让出来，它产生的效益是相当大的，很多老百姓都会受益。见余香成愿意待下来听，和彪又劝了一句。和彪提到余香成当兵的事，没想到，正是这句话让余香成让步了。最终以1000元的青苗补偿费和200斤大米谈妥了。和盈忠说，"他当过兵，切入到这个主题的时候，很可能回顾起他当兵那几年，还是感动他了。最后他说了一句，'你们说到当兵，我就让'那句话，我就非常感动了"。

黄牛角的这条通组路总长5公里，这里山体陡峭，每天只能修100多米。这天，村民们投工投劳除杂草、平整土地。可刚开始，就遇到阻挠。村民杨忠堂家就住在路边，一看村民们动手挖土，杨忠堂夫妇急了。这边一闹事，村党总书记余兴堂就赶了过来。杨忠堂家的房子就在坡上，他担心拓宽路面，导致山体滑坡，他家的房子就危险了。村民杨忠堂夫妇要求，修路可以，但必须把土坡用水泥加固。余兴堂了解情况后，承诺向乡里申请资金加固坡面，也提醒杨忠堂，不能影响修路的进程。余兴堂说，这里会建一个1米高的挡墙，挡墙建出来了，再把这个水泥路打出来。经过一番调解，杨忠堂接受了余兴堂的建议。

今年的三角河村，接连下了多日的暴雨，给修路带来很大困难。昨晚大雨，有一辆拉水泥的车翻到了山下。搅拌水泥区，设在半山腰，这天遭遇了泥石流。石登乡党委书记张兴文知道后，匆忙赶到了现场。好不容易拉上来的水泥，全部被冲垮，成袋的水泥泡水之后都不能用了。

险要的山路，一遇到大雨天气，土坡路无法想象的湿滑，一辆拉沙石的车子陷在泥里怎么都开不出来。承包商也说，没有硬化的道路运输条件特别差，工程抢进度困难。

距离这条路的竣工期限没多少时间了，要想抢出工期并不容易。和利文忙完牛场的事，抽空进入修路队，投工投劳，帮忙修路。

这条5公里的路，黄牛角的村民期盼已久，投资700万元的这条路通车后，将结束傈僳族百姓依靠人背马驮运载物资的历史，方便老人就医、孩子上学，生活物资也能及时运上山，村民们生产的核桃、板栗、药材、苹果、土鸡、牛羊都能运出大山，销往村外，为村民开通了一条增收致富之路。百年大计质量第一，路修好后，两侧将种草植树，加固山体，防止泥石流灾害。

## 年终共话未来　修路再起波澜

立冬之后，云南省怒江州兰坪县将进入漫长的旱季，连续三四个月滴雨不下，牧草枯萎，在高山放养的牛群，都很难觅到干草。和利文已经有好几天没去看牛了，今天他想把牛群赶回牛场圈起来。随着季节的变换，牛群已经顺着山脊，一路向下，从高山草场，吃到了江边。和利文忙不过来的时候，就把牛群托付给好朋友耗艳明照看。

34岁的耗艳明，2016年就在澜沧江边开荒搭棚子养黄山羊，现在发展到了600多只。2019年，耗艳明成立了养羊专业合作社，他与和利文一样是三角河村养殖合作社负责人，带动26户村民养羊。耗艳明告诉和利文，牛群在2公里以外的江边。如果从山路赶过去，都是陡峭的石路，很难走。耗艳明带着和利文走水路，更快捷。

铁皮船是耗艳明花了1000元自己造的，安装动力马达花了5000元，运送生产生活物资就能通过水路完成。

澜沧江纵贯兰坪县全境，分成江东和江西。和利文他们生活在江西面的山上，以前没有桥的时候，就靠溜索和渡船过江。所以，和利文他们对驾船都十分熟悉。

牛群从7月就开始放养在山上，已经过去整整六个月的时间。在牧草丰茂的季节，牛群风餐露宿，跋山涉水，但比在牛圈的时候，都胖了许多。放牧时原有 28 头牛，在山上生了 4 头小牛犊，死了两头，现在还有 30 头牛。天气越来越冷，马上就要霜降，再不赶牛回圈，牛会有冻伤的风险。牛场在海拔 2300 米的半山腰，从谷底上去，还要爬 5 公里的山路。要赶在天黑之前，把 30 头牛安全地赶回牛场，和利文今天的任务并不轻松。从江边上去的路，坡度大、碎石多，很难走。怕牛群走散，和利文他们一路上都不敢休息。经过 3 小时的跋涉，牛群终于回到了牛场。

和利文已经通知合作社成员，明天上午在牛场召开合作社的年终会议，商量下一年发展方向。第二天一早，除了 3 户不在家的，剩下的 38 户合作社成员都到了。村党总支书记余兴堂也来到牛场开会。年底合作社基本收支平衡，社员们没什么异议。大伙儿都觉得这些牛比上半年肥壮了好多。就在村民们觉得要散会的时候，和利文突然给每人发了一根木棍，说要大伙儿帮着赶牛。和利文打开圈舍，放出来四头村民从没见过的牛——西门塔尔牛，和利文瞒着所有人精心喂养了近一年的时间。从外形看，牛身高达 1.5 米，重约一吨。这几头都是公牛，平时一直关起来圈养，放出来空间大了，还互相斗了起来。

村民们远远观看，惊讶看着这高大肥壮的稀罕物。村民常见的是本地黄牛，本地黄牛品种退化，生长缓慢，和利文早就想养长膘快的西门塔尔牛，但是不少人告诉他，西门塔尔牛不适合高海拔环境饲养。

和利文性格倔强，想试一试，但也怕养失败了丢人，就瞒着所有人，买了 4 头西门塔尔小牛犊，圈养起来。没想到，10 个月的时间，400 斤的小牛长到了 2000 斤，平均每头牛能赚七八千元纯利润，比养黄牛强多了。

和利文成功了，他想发动有条件的社员，一起来养西门塔尔牛，只要大家养好了，他负责统一销售。余兴堂一听说和利文有长远的规划，非常高兴。

三角河村最后一条通组公路修完通车了。可修路期间暴露出来许多问题，村民余健祥因施工队欠薪不还，把施工队告到了法庭。石登法庭王五盛法官和书记员一起，来三角河村核实情况。修路时，余健祥把自己的房子，租给了施工队的两对夫妻，施工队承诺最后结账，可没结清就走了。按照余健祥的说法，每个房间，每个月的房租加水电费是 200 元，出租了 4 个月，共出租了两个房间，施工队应该给他 1600 元，但是只给了 100 元。除了房租，施工队还拖欠了他的工资。他找施工队沟通了两个月，一分钱也没要到。余健祥四处找不到施工方的人，一气之下，把他们告上了法庭。王五盛法官了解情况后，决定跟被告核实一下。王五盛法官认为，第一，出租房子双方没有签订合同；第二，工程承包双方也没有签订协议，缺少证据，并且原告与被告对事件的表述差距很大，建议通过调解来解决。经过调解，村民余健祥同意撤诉，以 3500 元结清两项费用。

民事纠纷在村里并不少见，有时因一件不大的事就闹上法庭，王五盛法官他们甚至会在田间地头开庭。

有一次，被告跟原告是表兄弟，两家的土地紧挨着，表弟家的果树，挡了表哥家玉米地的光照，表哥直接把果树砍了，并扬言要砍光表弟家所有的果树。表弟气不过，就把表哥告上了法庭。双方僵持不下，无法调解。王五盛法官决定就地开庭。

如今在农村，绝对贫困已经问题解决，村民生活宽裕了，但村里的社会风气、相互礼让，人与人和谐共处等乡风文明建设工作仍然任重道远。

2020 年 11 月，兰坪县退出贫困县序列。未来的生活，还需要村民们共同谱写。

# （二）使命担当：要真心、要务实、要坚持

《三角河村纪事》使命担当（一）

| 三角河村第一书记、队长和彪驻村工作手记

2020年5月我被选派到兰坪县石登乡三角河村任职驻村工作队第一书记兼工作队长以来，在县委组织部门的领导下，在石登乡驻村工作队大队长、乡党委政府的帮助支持下，在村干部群众的密切配合下，我紧紧围绕"强班子、理路子、建制度、惠民生、促和谐"的任务目标开展工作，迅速转变角色，严格要求自己，团结干部群众，扎实开展工作，驻村以来的工作及感悟如下。

## 一、端正态度，深入进行学习调研

1.开展走访调研，察村情。没有调查研究就没有发言权。为了方便工作开展，入村伊始，我便认真做好调研工作，农忙时深入田间地头，闲暇时聚坐聊天，积极与群众进行交流沟通，了解村情民意，同时多次召开村干部座谈会，深入细致了解村中情况。期间召开干部、群众座谈会十余次，走访党员群众近40户。通过调研活动，迅速掌握了本村情况，在前任第一书记工作的基础上，结合本村实际，制定了年度工作计划，为工作的开展奠定了良好基础。

2.自觉加强学习，提素质。面对陌生的工作环境和新的工作任务，我始终把学习摆在重要位置。一方面坚持学习党务知识、村民

自治相关法律法规、"三农"相关政策、第一书记工作职责等相关材料，积极向老干部、老党员学习请教，夯实理论基础；另一方面坚持村内工作全程参与，参加村里召开的会议和组织活动，积极和村干部处理村务、调解矛盾纠纷，在实践中学习基层干部处理困难问题和驾驭复杂局面的经验，努力提高自身素质，提高工作能力。

3.加强自身建设，树形象。作为组织选派的第一书记，个人形象在某种意义上也代表了组织的形象，而且良好的个人形象也能够赢得群众的信任，便于工作开展。驻村工作期间我严格要求自己，严守工作纪律，遵守社会公德，自觉加强党性修养，时刻保持头脑清醒，不该说的话不说，不该做的事不做，做到不扰民、不添乱，不给村里添麻烦，不给群众添负担，树立起一名第一书记的良好形象。

## 二、扑下身子，切实做好各项工作

1.加强组织建设，强班子。"火车跑得快，全靠车头带。"实践证明，村级党组织和村"两委"班子是农村发展的中坚力量，一个村发展得好不好，关键要看支部好不好，要看班子强不强。为了充分发挥基层党组织的战斗堡垒作用和村"两委"班子的"火车头"作用，我始终把组织建设摆在第一位。一是认真落实党的"三会一课"制度，加强对党员的教育，加强党员之间的交流沟通，提高党员意识，增进党员团结，充分发挥基层党组织的战斗堡垒作用。二是扎实开展党的群众路线教育实践活动，召开专题学习会6次，集中学习相关文件材料，观看教育影片，使党员党性得到锤炼，思想觉悟明显提高，为民服务意识显著增强。三是加强后备力量的培养，在继续做好现有入党积极分子和后备干部培养工作的同时，又公推直选了2名年龄较轻、能力较强的入党积极分子，并做好培养教育工作，使村内各项事业后继有人。

2.争取政策扶持，谋发展。村内基础设施的建设，各项民生事业的开展，都需要经济实力做后盾。本村位置偏僻，基础差、底子薄、基础建设落后，想要依靠自身获得发展困难较大。近年来通过积极申请，努力争取，在各级党委政府部门的扶持帮助下，最终我村的经济发展和基础设施建设得到了良好的改善。

3.严守规章制度，促规范。"无规矩不成方圆。"制度是村干部依法行政的保障，是村内各项事务依法开展的基石。村内不缺制度而缺制度的执行。入村以后，我按照工作要求，积极带动村干部按照相关规章制度进行议事，开展工作并监督落实，村务、党务、财务等都能及时公开。

4.扎实开展工作，惠民生。做好人居环境卫生整治工作。环境卫生关系到群众身体健康，是老百姓关心的重要问题。在上级的支持下，三角河村委会、驻村工作队贯彻落实各级各部门有关文件和会议精神的要求部署，高度重视全村环境整治提升工作，制定了三角河村环境卫生整治村规民约。今年8月初，由乡政府办的挂联干部和盈忠、三角河村委会、驻村工作队全体人员、下派环境整治提升行动的2名干部等共同召开会议，就三角河村环境整治提升各项工作进行讨论和落实。会上，统一了思想认识，制定了三角河村环境卫生整治实施方案，部署了"爱心超市"的开办、"红黑榜"的上墙、村规民约上墙等事项。从8月6日起，由以上4支力量共同下沉到各村民小组，干部下沉一线做表率，带动各村民小组全力全面彻底整治环境卫生存在的问题，到每个小组组织召开环境整治提升宣传动员会议，引导村民改变不良卫生和生活习惯，提高自我管理和自我发展能力，努力让村民成为农村人居环境治理的主体。工作组先后到黄牛角小组、白角烟小组、三角河小组召开小组会议，用通俗易懂的话语做了宣传动员。随后，工作组成员率先垂范，顶着烈日带领各小组的党员和群众，对村组道路沿线、水沟等区域进行集中清理，对侧沟、垃圾焚烧池周围等卫生死角进行重点整治，对乱堆乱放的现象进行批评教育，责令尽快整改。同时，进入部分农户家，手把手做示范，教群众如何整理家庭内务。随后的几天，工作组继续带领其他小组推进环境整治提升活动。建立了每个小组的微信工作群，在群里宣传政策、督办环境卫生清扫、督办整理家庭内务，鼓励群众发小视频或照片晒出家庭内务以及院场清扫的情况，并适时对先进农户进行表扬、对后进提出批评。此外，以三位下派环境整治提升行动的干部伍加平、伍绍云、李树山为重点督查工作力量，不定时到农户家、到各小组进行环境整治提升行动督查、宣传教育。最为突出的是，白角烟小组两家农户分别各自自行动手装订了一个简易的储物架。通过近期声势浩大的宣传动员、教育督办、示范带动、多措并举强势推动，三角河村各小组群众逐渐树立爱护环境、人人有责的意识，各小组群众做好和保持环境卫生整洁、先进督办后进的氛围逐渐形成，村民逐渐改变不良卫生和生活习惯，提高自我管理和自我发展能力，不断成为农村人居环境治理的主体，从群众的思想观念到全村环境可以说发生了历史性、根本性的变革和转变，三角河村爱国卫生专项行动成效初显。花大力气抓黄牛角一二组的户厕、畜圈改造提升项目，抓全村"四有五进一规范"环境整治提升、黄牛角小组通组公路道路硬化、村间入户道路硬化建设、安装太阳能路灯等工作。四支力量进一步把人居环境综合整治工作作为重要事项，高度重视全力推进，第一书记以及村党总支书兼主任是工作统筹的第一责任人，全体成员各有责任各负其责相互配合，形成强大的合力共同推进全村人居环境综合整治工作，与村规民约、生态护林员和保洁员管理、积分制、红黑榜评比、"爱心超市"物品兑换办法等措施结合在一起，常态化推进全村人居环境综合整治工作，让全村群众不断成为人居环境整治的主体，不断提升三角河村人居环境，努力达到农村环境整治一档八条的标准，推进三角河村旧貌换新颜。

5.超前谋划村"两委"换届工作。坚持深入调查研究，超前谋划村"两委"换届工作，通过与村内党员一对一谈心、与村干部座谈的方式，及时掌握了解换届工作的动向，对可能出现的问题进行预判，提前制定预案，确保平稳换届。并于2021年1月5日三角河村党支部平稳换届。

6.按照乡党委政府的部署，认真做好防火、计划生育、信访维稳等日常工作。特别是防火工作，事关人民生命财产安全，责任重于泰山。每到粮食收货季节，我便同村干部提前召开动员会议，明确责任分工，做到喇叭响起来，横幅挂起来，标语贴起来，巡逻动

图 2-10
第一书记和彪
（右一）入户工作

起来，做好防火安全工作，保护群众生命财产安全

### 三、工作心得体会

习近平总书记强调："为民服务不能一阵风、虎头蛇尾，不能搞形式主义。"驻村工作以来，我深刻认识到要想做好群众工作，为群众服务好，成为百姓心中的好干部，就要做到以下几点。

1.要真心。真心才有感情，真心是开启心灵之门的金钥匙。作为一名党员干部，对人民群众有一颗赤诚之心，要带着真心倾听群众呼声，带着真心为群众服务。真心为群众服务，就要树立正确的人生观、权利观、政绩观，自觉摆正同人民群众的位置，始终与群众同呼吸、共命运、心连心；要相信群众，依靠群众，深入群众，进百家门、察百家情、解百家忧，为群众造福。

2.要务实。群众面前要以诚待人，说老实话、做老实人，不说空话套话，不打官腔；要从群众愿望最迫切、最急需要解决的问题抓起，切实解决各种实际问题，真正做到想群众之所想，急群众之所急；要把群众真正的需求作为出发点和落脚点，少做面子功夫，将时间、精力、金钱花在群众真正需要的地方。

3.要坚持。农村工作千头万绪，牵扯面广，情况复杂，受各种环境因素的制约工作难度大，农村各项事业的发展也是一个循序渐进的过程，不可能一蹴而就。因此对待工作不能急于求成，不能遇到问题绕道走，要始终把群众的需求放在心中，有信心、有决心、有恒心，坚持做好本职工作，为人民服务。

2021 年 3 月 11 日

## 《三角河村纪事》使命担当（二）

| 三角河村驻村工作队副队长和彩云驻村工作手记

### 余四发家的日子变美了

两间低矮狭窄的木屋住着一家四口，炊事用具、床单被褥老旧，经年烟熏使得房间四壁黑乎乎的，这是脱贫攻坚以来我挂钩帮扶的余四发家 2019 年之前在农村老家的生活环境。

虽说是挂钩帮扶，但作为普通的工薪族，我们能做的就是每年到帮扶对象家几趟，看望慰问、宣传政策，引导他们养成良好的卫生习惯、生活习惯。

2019 年 3 月，我与怒江报社的四名同事一起，接替上一批同事，到兰坪县石登乡三角河村驻村。期间，我参与、见证黄牛角二组余四发家告别农村的小木屋，搬迁到兰坪县城宽敞明亮的安置房里，居住环境发生了根本性的可喜变化的过程，他两个女儿也到县城分别就读一年级、三年级，每天有校车到易地搬迁社区接送孩子们上学、放学。

2018 年，通过村"两委"和驻村工作队等宣传动员，余四发家也签订了易地扶贫搬迁协议。驻村以来，我一直关注余四发家关于易地搬迁的思想动态，每当我与他交流，他总说等着新房建好就抽签入住。然而，到 2019 年新房房卡抽签的时候，余四发的妻子却不同意搬迁，村"两委"和驻村工作队一行人来到了他家做宣传动员工作。

余四发家居住于碧罗雪山山腰的一个傈僳族村寨中，山高坡陡，他和妻子不识几个字，他妻子听不懂汉话，对于到城里生活，她心有疑虑。工作组当中会讲傈僳话的村党总支书余兴堂等人，晓之以理，给余四发的妻子做思想工作。余四发家每年有一笔数千

图 2-11
余四发家的旧房

图 2-12
和彩云（左二）
去余四发家做搬
迁工作

元的库区土地淹没长效补偿款，加之他生态护林员每月有 800 元补助，到城里安家以后再去打一打零工，足以使他家四口在城里生活过得去，住进 80 平方米的安置房，两个女儿的学习和生活环境也会更好。

对于工作组的动员，余四发的妻子起初根本听不进去，她边哭边用傈僳话骂她老公、骂工作组，情绪十分激动。等她情绪逐渐平复，工作组继续动员劝导她搬迁，并让余四发向妻子保证，到城里以后少喝酒，努力打工挣钱，让妻儿安心、放心。

第二天，余四发打来电话说妻子同意抽签了，工作组上门服务他家抽签，我也给他家买了被褥，他家入住政府装修好的安置房，领到了政府给搬迁户购买的米油、衣柜、床架、餐桌椅，领到了人均 1000 元的搬迁临时困难救助款，生活环境一下子发生了巨变。

在城里安顿好以后，余四发家拆除了老家的旧房。当天，我也十分欣慰，到拆旧现场看望他们，给他女儿带去了零食，给了他家 200 元慰问金。

旧房拆除后，政府补助人均 6000 元拆旧款，余四发家共获补助 2.4 万元。

前不久，我们到城里走访易地扶贫搬迁安置户，到余四发家，他两个女儿从社区水果摊买西瓜回来，母女三人切好西瓜邀请我们吃。看到余四发家其乐融融的生活场景，我们也很欣慰。我们继续给他们宣传如何养成良好的卫生习惯，并继续动员余四发打零工。

近几日，余四发在微信上发语音告诉我，他即将到兰坪县城附近打零工，每天晚上回家住，这样既能贴补家用，也能照顾妻儿。我很高兴，叮嘱他饮酒适量，踏踏实实打工挣钱，争取给老婆孩子过上更好的生活。

"好的，过几天你来兰坪县城，一定要来我家闲坐！"余四发对我说。

"一定一定，你要积极打工挣钱，通过辛勤劳作，相信你们的日子会越过越好，我一定来看望你们！"我回复。

图 2-13
和彩云（左一）
去余四发县城的
新家

## 《三角河村纪事》使命担当（三）

| 云南省怒江州兰坪县石登乡原乡长杨冬春驻村工作手记

### 写在脱贫攻坚结束，离开石登乡去别的地方任职时

一晃眼已多年。石登的岁月就像昨天一样。虽然我要离开，但不敢忘记那艰苦而奋进的岁月。希望我以及大家都坦然。我们都是人民的儿子，做对的都是该做的，做错的都是自己没尽力。石登是个神秘而充满魅力的地方，只有不识她的人，没有她不包容的。

我爱石登，这一生都只会牵挂，我愿用我的泪深刻铭记这平凡而彩色的岁月，无怨无求。我们生而伟大，只因为生在伟大的国，我们都应不弃。

努力吧，我的战友，不为前途，只为不悔。我强忍住不舍，只想未来相聚。相信，离别只是为了更好的相聚。

努力吧，我的战友，坦途大道之前是荆棘。我愿远离家人，只想无愧于家人，为了无暇信念。

感时花溅泪，恨别鸟惊心。青葱岁月，无怨无悔。

我拼尽全力，无悔而离。但得到的可能是一生牵挂一方。

祝愿大家，愿我的石登家人早日成熟，把石登团结公道正派，不畏邪的做派发扬光大。

此情可待成追忆，只是当时已惘然……

我亲爱的同志，看到这个消息我已退群，只因不忍离别苦。

## 《三角河村纪事》使命担当（四）

| 石登乡派驻三角河村工作队队长和盈忠驻村工作手记

澜沧江畔　脱贫路上

我曾经是一名村委会主任，2017 年在云南省招录乡镇公务员时有幸成为了一名乡镇公务员，2018 年被石登乡人民政府分配到三角河村的乡级挂村领导。

### 一、深入了解三角河村村情

三角河村隶属于兰坪县石登乡，坐落在澜沧江畔的西岸，碧罗雪山脚下，这里谷深、山高、坡陡、土地靠天吃饭、生态环境脆弱、自然灾害频发、基础设施建设落后、发展生产底子薄，是"三区三州"国务院扶贫办督战的深度贫困村之一。

## 二、着手开展脱贫攻坚各项工作

了解村情后，开始走村串寨，进村入户，踏遍这个村的田间地头，用心用情用力为群众做实事好事，用实际行动诠释着扶贫人的责任和担当，黄牛角一二组直到今天还记忆犹新，第一次进入这两个小组，连脚踩的地方也没有，小组里全是泥巴路不算，还猪粪、牛粪、羊粪遍地，晴天一身灰，雨天一身泥，私搭乱建更是五花八门，于是我的硬骨头就从这里开始了，面对路烂、喝水难、村民住危房、拆旧建新改造畜圈等困难，通过村"两委"、驻村工作队研究协商并制定出有效的措施和可行性方案，积极汇报到相关职能部门，争取项目。

## 三、取得实质性成效

功夫不负有心人，通过两年多的努力，先后完成农危房改造310 户（黄牛角一二组全覆盖），解决了村民的安居困难；完成了 7 个村组村间道路硬化，实现了户户通水泥路，到村委会和部分通组公路实现了硬化，装设了安全防护设施，从根本上解决了群众"出行难"的问题。拆旧建新改造畜圈 100 间，全面解决人畜混居脏乱差的人居环境问题，全面完成了人畜安全饮水工程，安装太阳能路灯 40 盏，使群众出行更加方便、快捷，如今的黄牛角通过一系列项目的实施，已改头换面了，使曾经一贫如洗的贫困山区，一步一步走上脱贫致富奔小康的光明大道。

（一）产业扶贫情况

面对全村零产业的情况，通过全村群众进行摸排，挑选出脑子活络、责任心强、愿意带领建档立卡贫困户脱贫致富的带头人发展产业项目。目前，三角河村共有 4 个农民专业合作社，分别为石登乡蜂才养殖农民专业合作社、兰坪县牛郎之家养殖农民专业合作社、兰坪小箐核桃种植农民专业合作社和兰坪艳明养殖农民专业合作社，主要涉及养殖业。4 个产业共投资 179.5 万元，带动农户 140 户 484 人，其中 3 家养殖农民专业合作社目前发展较好，2020 年 4 月底首次分红（96 户 367 人受益）。

为进一步发展种养殖业，积极动员村民种植工业大麻，有 57 户申请共 139.4 亩正在种植。

此外，积极为建档立卡贫困户争取小额信贷，卡内 12 户享受了小额信贷，共贷款 47.7 万元，用于发展种养殖业。

（二）就业扶贫情况

为确保增加群众收入，我进村后积极宣传引导外出务工。全村共有劳动力 867 人，争取卡内有公益性岗位 123 人，其中生态护林员 115 人（兼护路员 18 人），村庄保洁员 8 人，累计动员外出 300 余人。

（三）基层党建与脱贫攻坚双推进

一个村庄发展好不好，就看基层党组织战斗堡垒作用发挥得好不好。2018 年 5 月我进村后严格按照乡党委工作指示，结合三角河村党总支的实际情况，完善各种规章制度，认真组织开展"三会一课"、党的群众路线教育实践活动、群众看党员，党员看干部，党员先带头、带领群众共同致富等学习教育活动，提高了全体党员的党性修养，动员全体党员积极参加公益事业活动，以点带面投入脱贫攻坚的这场战役中，积极开展老党员和贫困党员送温暖活动。

紧紧围绕"抓党建、促脱贫"的工作思路，我率先垂范，动员全体党员积极参与易地扶贫搬迁、危房改造、产业发展、劳动力转移、控辍保学等工作中，做政策宣传员、解说员、项目建设先遣队、环境提升模范者、脱贫攻坚的参谋者，充分发挥党支部的战斗堡垒和党员的先锋模范带头作用，实现了基层党建与脱贫攻坚"双推进"，聚焦"两不愁三保障"针对三角河村的特困群体，从帮扶对象最困难、最迫切、最需要解决的问题出发，进行有针对性地帮扶，从而实现在脱贫致富奔小康的路上不落一户、不落一人，切实加快群众脱贫致富的步伐。

### 四、工作总结

成为脱贫攻坚这场战役中的一员，我无比光荣。2021年2月25日中共中央总书记习近平在全国脱贫攻坚总结表彰大会上宣布，现行标准下中国9899万农村贫困人口全部脱贫，832个贫困县全部摘帽，12.8万个贫困村全部出列，区域性整体贫困得到解决，完成了消除绝对贫困的任务。尽管官方尚未正式宣布，但农村人口全

图2-14
和盈忠（左一）
看望建档立卡贫困户

面脱贫意味着中国共产党已完成"全面建成小康社会"的第一个百年奋斗目标。习近平在发言中强调，此举"创造了又一个彪炳史册的人间奇迹"，是中国人民、中国共产党和中华民族的"伟大光荣"。

在以后的工作中我将以更扎实的工作和顽强的作风巩固好脱贫攻坚成果，奋力投入乡村振兴战略与各项工作中的有效衔接。

## （三）记录者说：见证整个脱贫过程，我们是记录者、参与者

《三角河村纪事》记录者说（一）

| 导演黄芳手记

2020 年 5 月 16 日　星期六

从 2019 年 9 月 6 日，踏进三角河村第一天开始，到今天已经 8 个月 280 多天了。五进三角河村，每次去都有不同的感受。

"16 万的贫困人口，10 万人的大搬迁"

"与牲畜混居，草为席、板当床"

"人均只上过 7.6 年学，40% 的人不会讲国家通用语言"……

现实远比想象中的更艰辛，但怒江以蓬勃的生机正发生着翻天覆地的变化。

去年 9 月，进村的"之"字土路，今年终于修成了水泥路……

故土难离的王兴全老人，今年终于开心地在城里跳起了广场舞……

第一书记帮扶的老奶奶，拿着牛场分红的 1600 元，激动不已，寄给了马上要高考的孙女，没父没母的孩子只能靠奶奶抚养和国家的帮扶……

坐在村口，眺望无垠的大山，仿佛时间是静止的；但自从有了驻村工作队，有了全社会的帮扶，村里流淌的岁月，每天都那么鲜

图 2-15
导演黄芳(左一)
与黄牛角的傈僳
族老乡

活、那么温暖！

黄芳于三角河村

2020 年 6 月 8 日　星期一

和利文家终于拆老房子了！看着老太太忙里忙外拾掇，除了一些塑料袋、化肥袋、瓶瓶罐罐，几乎没有什么大件；家中里里外外值钱的就是一个老式橱柜，和利文说有人出 5000 元要买它，他都不愿意卖。对老家的眷恋，我相信很多人都有；故土难离，虽是在贫瘠的大山里。正如老人说的，山山水水、一草一木都有感情，都舍不得啊！大山外面的生活怎样，很多村民仍然充满了恐惧和怀疑！

黄芳于三角河村

图 2-16
导演黄芳(左一)
采访主人公和利
文（右一）

## 2020 年 7 月 14 日　星期二

明天，村里将召开村民大会，探讨合作社改制的问题。

三角河村被国务院扶贫办列为挂牌督战村，大家压力都很大。

三角河村，因贫困程度深、自然条件差、致贫原因复杂、脱贫成本

图 2-17
摄制组住在村委
会的图书室

高，是经过几轮攻坚一直难以攻下来的"山头"，是最难啃的硬骨头，是全国脱贫攻坚的难中之难，坚中之坚。

中央巡视"回头看"整

图 2-18
摄制组与村民一起吃饭

改要求，对产业扶贫资金的"一发了之""一分了之""一股了之"问题和简单分红现象进行整改。石登乡人民政府同意制定项目收益分配方案和建档立卡贫困户积分制管理办法，通过"负面评价""正向激励"措施，以贫困户积分结果确定是否享受村集体收益金，消除贫困户的"等靠要"思想。

明天的大会上，村民们会有什么想法呢？合作社的改革能推行下去吗？

黄芳于三角河村

2020 年 7 月 15 日　星期三
来云南兰坪三角河村蹲点拍摄《攻坚日记》已经一年了，
第一次跟随和利文和牛群去到海拔 3500 米以上的高山草场；
第一次连续爬山 10 个小时；

第一次夜宿高山上的森林里;

第一次感受到高海拔深夜里的极度寒冷……

一路上牛走丢了,我们找牛;

一路上被蚂蟥咬得双腿止不住流血;

一路上累得就想躺在林子里不起来……

当看到高山草场上一望无际绿油油的青草,和利文终于露出了笑容。不管前路多艰险,不管养牛创业多艰难,我们一路前行!

黄芳于三角河村

## 2020 年 12 月 28 日　星期二

这是我们在三角河村拍摄的最后一个晚上,辗转难眠。

今天跟和利文、第一书记和彪等一起去别的村参观了魔芋产业,大家都很兴奋,我也替大家由衷地感到高兴,三角河村的产业终于有了起色,带头人的精神劲也非常足,产业发展未来可期。

一整天,我的情绪却有些低落,因为就我心里清楚,这可能就是最后一次在三角河村蹲点拍摄了。我没有跟和利文说,也没有跟驻村工作队说,甚至没有告诉我们的摄像,大家都觉得下个月咱们又会相见。

不想提离别,离别总是伤感的。《三角河村纪事》从 2019 年 9 月来到云南省怒江州兰坪县石登乡到 2020 年 12 月完成最后一次拍摄,摄制组在村里蹲点 187 天。这 187 天,每天都像是一个猜不到结果的剧本,汇聚成了真实鲜活的《攻坚日记》,躺着门板做成的床,吃着火里烧熟的玉米,看着三角河村民的笑容,生活虽然艰苦,但是却充满着温馨和感动。一年多来,亲眼见证了和利文从蹒跚学步的牛场建设,到会自己琢磨生产,拓宽产业发展门路;亲眼见证了三角河村从没有像样的路到现在道路四通八达、乡亲们从木楞房搬迁到现代化社区等整个脱贫过程。自己也从一个动不动就爱哭、工作起来就总急躁的人，成长起来，学会去冷静地思考、认真看待问题、耐心与人沟通；从一个做了十多年科教片的编导，成长为一个多维度、多思考的记者。脱贫攻坚伟大的战役，我们是记录者、参与者，多年后将成为难忘的回忆。

黄芳于三角河村

## 《三角河村纪事》记录者说（二）

### | 主摄像吴迎新手记

今天在村委会大院，召开了入住"易地扶贫搬迁安置房"的前期动员会。前来开会的大多是青壮年人。会前我们采访了几个年轻人，他们都对即将搬入县城，走入新生活，怀有不小的畏惧情绪。他们所纠结的是，害怕在城市里无法生存。也许这种情绪有一点与驻村工作队讨价还价的味道，但从他们的眼神和表情上，还是会感觉到他们对城市生活的抵触和惧怕。我在山西省临汾市永和县马家湾村和陕西省榆林市佳县王宁山村都有拍摄任务，我所见到的这两个村，都是空心村，村里的青壮年男女都到全国各地的城市打工了，他们早就适应了城市，成为了那里所需要的一员。看来，扶贫重要的是扶智，文化教育跟上了，才会让三角河村的年轻人，像和利文一样，有闯劲，有斗志，也才能让他们想到，为了自己的下一代，也要在城市搏一下。

吴迎新<br>2020 年 5 月

图 2-19
摄影师吴迎新
（左二）航拍
村落

## 《三角河村纪事》记录者说（三）

| 副摄像王志轩手记

### 一山一河一村落

从机场出发，汽车在绕来绕去的山路上已经个跑了将近 4 个小时了，可四周除了山就是密林，以及那条不出 50 米就弯曲不见的路。导航显示只有 200 公里的村庄似乎永远都无法到达似的，从来没晕过车的自己很没骨气地吐了，导演还在一旁哈哈笑着……没过一会儿看她难受地眯着，生怕一不小心步了我后尘的样子，我也就释然了，也跟着眯着，确实感觉好受了很多。又熬了将近三个小时，迷迷糊糊中听见老成的司机师傅说了句"到了"，睁眼望去，依旧的山和密林，唯一不同的是没有了路。绕了一个弯，半山腰一小簇呈梯田状分布的房子映入眼帘，大概这就是我们这次的脱贫攻坚跟踪报道的目的地——云南省怒江州兰坪县三角河村了，只有二十几间房屋的三角河村。一座山脉、一条大河、一个不太好找的小村庄，就是我对三角河村最直观的感受了。

此时我们已经在将近山顶的半山腰上，山脚被绿得过分的澜沧江生生地切成两部分，一个个的山峰像排排倒扣的碗列在两边，另一侧直线距离不超 1 公里，坐车却要将近 50 分钟。一块稍大的平地，坐落着这个村的直属上级兰坪县石登乡政府。作为一个北方农村走出来到大城市谋生的年轻人，我的家庭谈不上富裕，自认为是吃过很多苦，所以觉得到南方边陲山区拍摄扶贫什么的应该是没什么问题，顶多就是吃不到热腾腾的白面馒头，三五天没办法吃顿面条而已。

事实证明，不能盲目自信，果然就被打脸了。2019 年全国已完成了"村村通"，当然三角河村也不例外。不过整个村落依山而建，傍水而居，由于地势原因，并没有那么宽阔的地方来修路，大路只到村口，村里则是沿着房屋修建的一米宽的小路。这也就造成了人力和牲畜依然是这个村落主要的运输工具，说到这儿要感谢热心的驻村工作队和村民们每次帮我们拎着沉重的摄影器材，从村口一直拎到我们居住的相隔很远的村委会大院里，不然就单单进次村都要累得不行，真不知道第二天还能不能正常地起床工作。篇幅有限，只说这一点环境扶贫的所见及所想。村民们几乎家家户户都有牲畜，由于条件的限制，小路上遍地都是牛的、马的、驴的甚至猪的排泄物。第一次到村庄，果不其然，毫无意外地踩了新鲜的冒热气的"工艺品"，好吧，至少回去后有更多事情做了，安逸容易使人堕落，虽然此时并不闲散……

村里说他们有难处，村民进出村子的路就这么一条，很多村民做农活时间也不固定，村里其实已经安排人打扫了，可也总避免不了，还没有太多的资金雇更多的人。也不好太过苛求，总要给人时间。早出晚归，渐渐地，似乎踩上也还好，已经不似起初那样要死要活的了，该刷鞋刷鞋，实在累了，也就那样儿了，门口放一天，第二天直接穿了，就算有味儿大家也都默契地没说什么，毕竟拍摄周期很短，没那么多时候去矫情，就连唯一的女性，我们的导演都已经散发着熟悉的味道了。

山里环境很艰苦，幸运的是拍摄还算顺利地进行了下去，一集一集地被制作出来，三角河村被越来越多的人了解，主人公和利文的经历也成为了人们茶余饭后的故事，越来越好成了这里的主旋律。在我们起初很在意，却已经逐渐适应的地方，也在发生着它的改变。

不知什么时候开始，路上渐渐干净了起来，无论多么晚，也很少能有踩到"宝"的机会了，似乎，各家各户的牲口都被偷偷"宰"了，整个村庄安逸干净得一时间难以接受。

为此，在不动声色的观察下，还是有了些眉目。早晨天刚蒙蒙亮，在我们还在吃饭的时候，街道上就有了村民擦擦的扫地声，诚然以前也是有的，可并没有这么频繁，一周一次提高到了每天一次。村子里唯一的小学里学生有了个更考验体力的课余活动，定期打扫村庄道路卫生，虽然只是一周一次，但每次从他们的欢笑里都能听得出，还是有收获的。偶尔路遇一个牵着马回家的老农，老爷子很慈祥，马儿却很不老实，边走边拉，越走越远，越走越快，看来排泄让它少了很多的负担，脚步都轻快了些许。哎，再怎么打扫都顶不过有马捣乱，不仅感慨人生，似乎顿悟了许多。还没惆怅一会儿，就见那位老爷子拿着一把秃得没有几根毛的扫帚一路打扫着过来了。

驻村工作队和村干部工作是怎么做的不得而知，但这个干净

图 2-20
副摄影王志轩
（右一）教孩子
们识字

的街道，若不是每个人都自律自责，似乎是没办法保持多久的，除
了做通所有人的工作也没其他的解释了。全民脱贫奔小康，不是仅
凭工作队或是记者一腔热血，就可以实现的，只有大家们一起努
力，明天才能更好。

## 《三角河村纪事》记录者说（四）

| 副摄像张勐岩手记

　　在三个月的实习期间里，我十分幸运，先后两次作为副摄去
往扶贫一线参与《攻坚日记》之《宝园的梦》第九期和《三角河村
纪事》第十一期、第十二期的拍摄。我从中获益匪浅。

　　时间过得可真快，出差拍摄的日子历历在目，最让我难以忘
怀的是三角河村。

2020 年 12 月 16 日，我跟随导演黄芳老师和主摄吴迎新老师来到了云南省怒江州兰坪县石登乡。在宾馆放下了一些行李后，我们又马上坐着乡里的车去往三角河村和利文的牛场。这是我第一次见到和利文，之前都是在往期的节目里看到他。当与他面对面的时候，我能够感受到他瘦弱的身躯里有着一股向上的劲儿。当然，他也十分亲切。

和利文带着我们前往他的好朋友耗艳明的羊场，因为今天他们需要把江边吃草的牛群赶到山上的牛场。和利文因为忙，已经有好几天没有去照看牛群了，这期间他的牛群都是耗艳明在照看，一路上的他似乎一直在惦记着他散养在江边的 30 头牛。

山路并不好走。我们拿着设备紧跟着和利文，我也是第一次体验到了山路跟随拍摄的不容易，也预感到一会儿跟拍赶牛群将会是一次更费体力的事。大约走了 15 分钟的山路，我们来到了耗艳明的羊场。耗艳明在羊场设了一个简陋的家，他的妻儿老小也一起生活在这里。我们也可以在他的羊群回来之前在此先休息一会儿。

耗艳明的羊场发展得不错，已经有 600 多只羊，我看着棚里十几只活蹦乱跳的小羊羔，感到高兴。为了能够多捕捉一些羊群归来的镜头，黄芳老师带着我前往羊群回归的路上抓拍。吴迎新老师在羊场边架好了机位，等待拍摄羊群从山坡奔下的镜头。

当我看到逆光下从小坡奔涌下来扬起尘土的羊群，我感受到了纪录片摄影"等待瞬间"的魅力。是啊，一个好的镜头，需要天时、地利、人和，摄影师也需要对事物和光线有一个好的预判，吴迎新老师就做到了这一点。以前的我拍东西，只专注于某一个事物，缺少对于环境事物全局的观察，但是在这一次的拍摄经历中，黄芳老师站在导演的角度指导我拍摄，提醒我更多地去捕捉事物和环境的细节，也正因为此，我捕捉到了一些有用且好看的镜头。

　　我们跟随着和利文及耗艳明来到了江边，坐上了耗艳明的小船，去往江对岸，和利文的牛群正是在那里。湛蓝的江水和天空相辉映，两边是艳阳下的青山，彼时的美景以及利文兄和朋友轻松的交谈，使我愉悦，在船上拍摄的危险似乎并不那么"可怕"，反而因为这些更轻松了。

　　很快，我们来到了江对岸，顺着往山腰走了一小段路，便见到了和利文的牛群。牛群经过六个多月的风餐露宿，和我上一次在往期节目中看到的骨瘦如柴的牛群比起来，胖了许多。和利文清点了一下牛群，30 头牛。但我们接下里要面对的是 5 公里的山路。和利文他们要把 30 头牛从山脚赶回山上的牛场，工作其实并不轻松，对于我们的拍摄亦如此。这一路上的山路坡度大，碎石又很多，十分难走，我们扛着设备边拍边走，我在牛群前头，黄芳老师和吴迎新老师在牛群后头跟拍。才没走多久，我就开始感到吃力，我也时刻担心着作为老摄像的吴迎新老师身体能否吃得消。虽然牛

图 2-21
摄制组与和利文家（前排左一）合照

群也会累，也会停下来休息，但是我们必须得赶在天黑之前将牛群赶到山上的牛圈。经过长达两个多小时的攀登，我们终于来到了和利文的牛场，然而我们并未松懈，看着这 30 头牛慢慢回到了牛圈，我们才来到了和利文的屋子里暂且休息。

从开展养牛合作社开始，经过一年的时间，和利文的牛场没有亏本。和利文买了四头西门塔尔小牛圈养，在 4 个月的时间里西门塔尔牛长到了 2000 斤，很是成功，明天和利文将跟合作社的成员开会，介绍新品种的西门塔尔牛，带动大家一起养，慢慢把整个村子的产业带动起来。

十天的拍摄，我们经历了许多。一心发展产业的和利文、改善了精神面貌的蜂阿面登、从四川打工回来的蜂美生，他们的改变，使我看到了三角河村发展和村民过上富足生活的希望。记录下这份希望，也是我们《攻坚日记》栏目组所有工作人员的责任。

云山村变迁记

扫码收看《云山村变迁记》

## （一）攻坚之路：院士助力新产业　滇西旧貌换新颜

云南省普洱市澜沧拉祜族自治县（以下简称云南省普洱市澜沧县）竹塘乡云山村，地处横断山脉南麓，澜沧江西侧的滇西边境山区，属于全国 14 个特困连片区之一。该村村民张六金一家 4 口，是村里的建档立卡贫困户。

图 3-1
云南省普洱市澜沧县云山村

图 3-2
2019 年张六金
一家四口在旧屋
前合影

图 3-3
摄制组和张六金
一家四口在新家
门前合影

## 置办家具忙里忙外 六金一家终住新房

每个星期五的下午 4 点钟，无论张六金有多忙，都要放下手头的事情，回家换上一身干净的衣服。他要在 4 点半前赶到 5 公里外的乡中心小学，等待儿子放学。张六金的大儿子张玉成今年 9 岁，在乡中心小学寄宿读书，每个星期只有周末能回家。从乡中心小学到家，必须要穿过一条省道，省道上车流量多，车速快，张六金不放心儿子独自步行回家。

大儿子张玉成回家后，拿出了学校给他的一份单子。这是澜沧县学生资助政策明白卡，作为建档立卡户家庭的学生，张玉成在接受义务教育阶段，每年可享受 2490 元的补助，具体包括生均公用经费 600 元，寄宿生补助生活费 1000 元等，这为张六金一家减轻了不小的压力。

大儿子一周才回一次家，张六金的妻子特意去买了肉。妻子买的是猪肚子上面的三线肉，45 元一斤。妻子每次买的肉并不多，主要是为了留给儿子吃。懂事的大儿子在父母做饭时，主动承担起力所能及的家务。

张六金一家居住的土坯房是在 2008 年建造的，如今不仅漏雨透风，墙体也出现了倾斜，属于危房。根据危房改造的相关政策，张六金在政府的支持下，在 2019 年 5 月建好了一栋新房子。因为房子周边配套设施尚未完善，一直没能入住。张六金听村干部说，新房子的水，这周能接通了。

夜幕降临，一家人在对搬入新房的期待中进入了梦乡。

天气一天天转凉，张六金新房子的水电已经陆续接通，入户道路也已经修好，但张六金一家还是迟迟没有入住。因为张六金的老房子里，除了一台电视机还算新一些，其他的实在找不出第二件像样的物件搬进新居。

新家总得有个新家的样子，今天张六金打算到镇上的家具店再去看看价钱。张六金今天带了 3280 元，决定先给新房子添置一套沙发。这套沙发是当初妻子看上的，店主胡兵介绍这套沙发是3600 元。张六金买家具的预算在 2000 元钱以内，结果一问价钱，张六金身上的钱，还不够买一套沙发的。但是新房子没有家具，着实住不进去。张六金想了想，打算和老板商量，能不能先付两千多元钱，其余的进行赊账。胡兵表示可以赊账，等到经济宽裕的时候再来付。

像张六金家一样进行危房改造的贫困家庭，在澜沧县 2019 年就有 24383 户。

这些年在乡镇盖的易地安置新房虽然多，但是很多村民盖房的钱都需要贷款，搬新房的时候，也很难拿出充裕的钱将家具家电一步购置到位。关于赊账，政府也跟胡兵等店主沟通过，村干部也来跟他们做工作，表示自己都会担保。

听老板这么一说，张六金一共挑选了五件家具家电，价值9000 多元，只先交了 2000 多元的现金，就将这些家具家电带回家了。根据危房改造的政策，搬进了新居，也就意味着要拆除老房子。约定拆老房子的日子到了，张六金带着一家人提前回到了老房子，准备再收拾清点一下。新房建设一共花费 8.4 万元，政府出资 4 万元，其余的靠贷款。因为还背负着欠款，张六金想多养几头猪，好多赚些钱。但是，张六金现在手头上的钱并不富裕，新房子周边还没来得及盖猪圈。眼下，张六金很想把老房子门前现有的猪圈保留下来。在拆房现场，张六金把驻村第一书记何朝辉拉到一边，提出了他想保留猪圈的想法。

但是，根据政策，一户农户只能有一处宅基地，不能有两个宅基地。龚老五是张六金所在竹塘乡的乡长，他进一步给张六金解释了政策。同时，他建议到时这片地可以全部种芭蕉，恢复成芭蕉地，张六金也表示同意。

第一书记告诉张六金，猪圈今天先不拆掉，可以等张六金过两天借到三轮车，把砖头拉走之后再拆。考虑到张六金家的实际困难，乡长和驻村工作队的成员们，帮张六金从老房子里挑选出一些可以再次利用的梁柱。一群人围着张六金的老房子忙前忙后，张六金的妻子李娜倮站在老房子的后边，静静地看着这一切。房子对中国人来说，承载着太多的情感寄托。李娜倮是个恋旧的人，老房子里留下过很多美好的回忆，虽然让她有些许不舍，但一想到宽敞明亮的新居，李娜倮开始渐渐释怀。在新房子里，有新的问题等待他们夫妻俩一起解决，更有新的生活值得他们共同期待。

拆了老房子，何朝辉和工作队的同事分开后，独自来到了张六金的新家。早在一年前，大儿子就和张六金提出想要一台音箱的愿望。搬新家买家具的时候，张六金犹豫再三，最终还是舍弃了妻子想要的衣柜和窗帘。一咬牙，把这台价值1500元的音箱，给儿子搬回了家。之前的土坯房里连地面都凹凸不平，新房子里整洁宽敞，张六金说，这也是他第一次看到儿子在家里跳舞。

张六金一家人积极乐观的状态，也让何朝辉对这一家人过上好日子越来越有信心。围着张六金的新家转了一圈，何朝辉和张六金初步确定了一块可以养猪的位置。何朝辉告诉张六金，建新猪圈的事，可以等到开春，天暖和的时候再说。

眼下当务之急，是不能耽误了冬季马铃薯的生产。种下的马铃薯不能放着不管，要想办法把产量搞上去。为了鼓励张六金种好马铃薯，何朝辉特意拿出了前段时间帮张六金拍的照片，让他别忘了院士的叮嘱。

原先只会种玉米的张六金，现在之所以会种马铃薯，正是因为照片（图3-4）上身着迷彩服、跪在地上教授技术的这个人。他就是被中共中央宣传部授予"时代楷模"称号的中国工程院院士朱有勇。

距离手把手教张六金种马铃薯，刚刚过去半个月，朱有勇院士再一次来到了云山村。云山村的冬季马铃薯已经种下，在安装滴灌的当口，朱有勇院士还是不放心地来到村里，查看滴管管道施工进度。

从 2015 年，中国工程院定点扶贫澜沧县开始，朱有勇院士便长期扎根在澜沧县的村村寨寨、田间地头。澜沧县不是传统的马铃薯产区，以前当地村民几乎没有种植马铃薯的。地处北回归线以南的云南省普洱市澜沧县，属于南亚热带夏湿冬干山地季风气候，雨量充沛，日照充足，夏季湿润多雨水、冬季干燥无严寒，年平均气温 19℃，年日照 2000 多个小时，非常适宜种植冬季蔬菜。根据自然条件和市场需求的综合分析，朱有勇团队决定把冬季马铃薯的种植技术带到云山村。

如今，在朱有勇团队的带动下，云山村种植冬季马铃薯的面积已经达到 300 亩。冬季马铃薯为村民们带来了每亩至少 2500 元的收入。

图 3-4
朱有勇院士（右一）跪在地上教张六金夫妇（左一、二）种植冬季马铃薯

春节临近，许多人家都开始杀年猪、做腊肠。但是张六金家里，只剩下寄养在堂哥家的一头猪了，他舍不得杀猪吃肉。近期猪肉价格行情好，张六金指望着这头猪能再长大些，好多卖些钱。

张六金本打算过节的时候，去市场买些肉带去岳父岳母家，一起做顿丰盛的年饭。不成想，临近除夕，新冠肺炎疫情不期而至。人们放下原定的走亲访友的计划，全力应对疫情的防控。为了严格监控人员流动，云山村的驻村工作队在村口设立了外来人员登记点，还利用当地丰富的竹子资源，做成路障。

这天，分管竹塘乡工作的中国工程院挂职县委常委、副县长刘元昕同志，来到蒿枝坝二组调研。何朝辉向刘元昕详细介绍了登记进寨人员的工作流程。张六金的家门口也设起了路障，为了家人的健康，张六金一家取消了原定的拜年计划。春节没能外出会亲友，张六金也没闲着，他的五亩马铃薯在四月份就要收获了，不能外出的这段日子，张六金悉心地看护着这片马铃薯地，期待着今年的马铃薯能卖个好价钱。

疫情暂缓了亲情聚会，但没能阻止科研工作者的步伐。在澜沧县，疫情防控基本稳定的时候，朱有勇院士团队第一时间赶到云山村，查看林下三七中草药基地的春季管护工作。

在防控疫情的同时，不误春耕生产，才能在疫情结束后，迎来新的收获。

今天，张六金把一根新鲜的仙人掌绑在了新房子的窗户上。当地的风俗，这样做有保小孩平安的意思。

## 直播带货卖土豆　小儿子顽疾终医治

云南省普洱市澜沧县地处南亚热带地区。冬去春来的澜沧县，日照充足，干燥少雨，村民们最喜欢这个时节，因为云山村的四月，正是马铃薯的收获季。

这里种植的是冬季马铃薯，冬天种下春天收获，在全国市场上，春季销售的新马铃薯，其中一大部分就产自云南。云山村的村民们也因马铃薯产业实现脱贫致富，这还要感谢一位老人，他就是中国工程院院士朱有勇。

朱有勇院士自从 2016 年把冬季马铃薯的种植技术带到云山村之后，冬季马铃薯产业就成为了村里的特色扶贫产业。

张六金家的 5 亩马铃薯也即将成熟，他期盼着今年的马铃薯能卖个好价钱，好还上一部分盖新房和买家具的欠款。

但是，受到疫情的影响，今年收购商迟迟没有来到云山村。正当村民们焦急的时候，销售的转机出现了。

4 月 6 日，朱有勇院士来到了云山村。这次，朱有勇院士不光

图 3–5
张六金两个儿子
挖马铃薯

是一个人来的，还带来了他的专家团队，二十多人的专家团队包括马铃薯专家、市场销售专业人士、电商运营人员，一同帮助云山村的村民解决马铃薯销售难的问题。这一天，由院士做主播，带货卖马铃薯成了网络热点新闻，多家媒体现场报道。从下午 1 点开始，朱有勇院士 1 个小时的直播，就吸引了 100 万人观看，当天订单量达到 25 吨。

这也是朱有勇院士首次采用直播的方式，帮助村民们销售马铃薯。云山村的马铃薯正式开挖、开卖。冬季马铃薯的种植从 2016 年开始，由云山村辐射到整个澜沧县，带动农户 888 户，其中，包括张六金在内的建档立卡贫困户 452 户 1777 人，每户增收 7000 元到 15000 元。直播现场，看不出谁是院士，谁是博士，谁是村民，站在地里，大家都是为销售马铃薯一起努力的人们。2020 年疫情期间，网络直播带货，已经成为农产品销售的重要渠道。

张六金是云山村的建档立卡贫困户，他现在收获的马铃薯，正是去年冬天朱有勇院士跪在地上教他种的。因为张六金第一年自己种植的马铃薯，收成并不理想。院士亲自教他种植的马铃薯成熟了，而且今年的马铃薯亩产达到了 3 吨的标准，再加上今年的收购价比去年高，达到了 3 元钱 1 公斤。张六金特意挑了个长相可爱的马铃薯，送给朱有勇院士，含蓄地表达自己的感谢。

直播销售让云山村的马铃薯迅速火爆了市场，大批的货车也挤满了村头的小广场，可是装车现场却出现了混乱。在货车前，滞留了近百位村民和几十辆满载马铃薯的农用车。听说装车现场出了问题，第一书记何朝辉赶忙过来了解情况。何朝辉让云山村驻村工作队阿小军书记和郭博士一起计数。短短 2 个小时，通过直播卖出的 25 吨马铃薯，全部装车完成。

然而，几天来，忙着收获马铃薯的张六金夫妇，没顾得上看

图 3-6

张六金送给朱有勇院士一个长相可爱的马铃薯表达谢意。云山村驻村第一书记何朝辉（左一）、张六金（左二）、朱有勇院士（右二）、澜沧县副县长刘元昕（右一）

图 3-7

云山村冬季马铃薯装车的热闹景象

护孩子。这天，小儿子突然晕倒了。小儿子三个月大的时候，左手掌心有一个包，后来被确诊为血管瘤。血管瘤，因血管细胞增生形成，是一种先天性的良性肿瘤。如果血管瘤破裂，导致大出血，后果将不堪设想。4 岁的小儿子，随着年龄的增加，血管瘤也长到如今的直径 3 厘米大小的肿块，占据了大部分手掌，连握紧拳头都做不到。

　　小儿子的突然晕倒，让张六金觉得，孩子的病不能再拖了。夫妻俩带上家里仅有的 4000 元积蓄，天刚亮，就直奔县医院给孩子看病。但一听说要做手术，而且还有风险，夫妻俩犹豫了，妻子李娜俣决定再去找医生问问清楚。医生建议孩子的手术一定要做，但李娜俣还是担心，万一手术失败，导致儿子左手残疾，长大后该怎么生活。

　　澜沧县第一人民医院主治医师韩甫说，"切了以后功能是有一定影响的，但是以后他能干农活、拿东西，一般是不影响的。但这个最主要的是怕做了以后有可能还会复发。"李娜俣继续问："复发会再长大吗？"医生表示，不管去到哪里做手术，它都会有复发的风险。张六金还是在犹豫，妻子却下定了决心。手术的风险夫妻俩有了心理准备，让张六金心里没底的是，这样的手术费用到底要多少钱。

　　三年前，张六金曾带着小儿子去省城看病，医生让准备 3 万元钱手术费，现在张六金手里也只有 4000 元钱，还差 26000 元钱。张六金给妻子的妹妹打了电话，但还是没有勇气开口借钱。这让张六金内心十分煎熬。

　　就在夫妻俩为借钱发愁的时候，县医院的专家针对孩子的病情开始会诊，讨论出一个最佳方案，实施手术。考虑到患者年龄小，手术精细程度高，医院最后决定，手术由上海市奉贤区中心医院的朱龙章医生与本院外科主任江鸿一同主刀。在澜沧县医院怎么会有上海的医生呢？

　　从 2016 年起，上海市奉贤区中心医院就跟澜沧县第一人民医院结成对口帮扶关系，定期会有"东西部协作扶贫医疗队"从上海来到澜沧。朱龙章就是上海市卫生健康委员会对澜沧县精准扶贫派来的第八批医疗队的队员。

张六金夫妇没想到，等了三年的手术，今天由上海和当地的专家共同完成，这让张六金夫妇感到很踏实。但手术开始后，张六金两口子还是坐立不安，每一分钟都觉得那么漫长。手术进行了一个多小时，当孩子被抱出来的时候，小儿子还没从麻醉药效中醒来。当听到医生说，手术很顺利，肿块完整切除了，夫妻俩悬着的一颗心终于落了下来。两天之后，经过复查，小儿子的伤口恢复得很好。

在当地，建档立卡贫困户住院看病，享受先手术再付费的政策，到出院结算缴费之前，张六金一直都不知道这次手术到底花了多少钱。

守在医院的缴费窗口，身上只剩 3200 元现金的张六金和妻子，既想看到费用单，又怕看到费用单。兜里这 3200 元是张六金家里全部的积蓄，距离 4777 元的手术费，还差 1500 多元。张六金一家每年都参与新农合医疗保险，作为建档立卡贫困户，医疗保险报销比例是 90%。如果需要缴纳 4700 多元的费用，推算下来，也就意味着手术费花了近 5 万元。妻子李娜倮慌张了起来。

在等待妹妹汇钱的过程中，李娜倮想看一下结算单，生怕自己跟妹妹借的钱还不够。4769 元是小儿子这次手术费用的总额，根据新农合医保报销政策，让一家人担忧了三年的手术，实际花费仅为 477 元。

据 2019 年末数据显示，全云南省建档立卡贫困人口医保报销总额达到 51.89 亿元，住院报销比例达到 88.96%，切实减轻了像张六金家一样的贫困人口看病就医的负担。

从孩子手术到复查耽误了四天的时间，张六金夫妇赶紧回到村里，将家里还没收完的五亩马铃薯全部挖完。最后一箱马铃薯完成装车，他拿着前两天的收据，到旁边的结算点领取现金。自 4 月 7 日直播以来，云山村的后续订单不断，云山村蒿枝坝村民小组

300 亩马铃薯，共产出 632 吨，在 5 天内销售一空。

2020 年，云山村种植马铃薯的农户平均收入 25578 元。通过种植马铃薯，云山村所在的竹塘乡 2019 年贫困发生率降至 1.46%。

当村民们都沉浸在丰收的喜悦中时，第一书记何朝辉却面露焦虑。澜沧县距离计划脱贫的日子，还有不到半个月的时间。

4 月底，是云山村第三方考核组的考核时间，而在这个拉祜族世代聚居的村寨，村民们平时都用拉祜语交流，还有很多拉祜族贫困户不会讲普通话，这对何朝辉来说，是巨大的挑战。村民们怎么与考核组成员无障碍沟通，成为他最大的困扰。

## 六金执意还全款　书记为他找工作

每年的五六月份是该来的雨季，但今年一直都没有来。云南省普洱市澜沧县云山村的村民们盼着下雨，因为下雨就能开始播种。

血管瘤切除之后，经过一个多月的恢复，云山村建档立卡贫困户张六金的小儿子张友生，左手已经很灵活了，也几乎看不到疤痕。

一年中最惬意的是丰收后的农闲时。

卖马铃薯挣了 2 万多元钱的张六金，特意花了 1000 多元钱为妻子添置了期盼多年的大衣柜。现在的欠款是，房钱还欠 1.4 万元，贷款 2 万元，家具总共还欠 7000 元。盖房欠下的钱一时还不清，张六金夫妇打算先还一部分买家具的欠款。

出门前，张六金装了一兜自家种的马铃薯，准备送给店主胡兵。到店里还完钱后，李娜倮又看上了一台冰箱，但是看到 3000 多元的价格，就放弃了购买的念头。胡兵看出了李娜倮的心思，说可以赊账，但被张六金拒绝了。买冰箱舍不得花钱，盖猪圈舍得。五月初，张六金四处请人，用十天的时间，就建起了一个新的猪圈，他希望养个十来头猪。

云山村一直都有养猪的传统。张六金是孤儿，但他打小就跟着亲戚学会了养猪，加之现在猪肉价格高，张六金盘算着手里这5000多元钱，能买回来几头小猪，把猪圈填满，他觉得养猪能让家人过上好日子。

猪圈盖好了，眼下最重要的是把猪仔买回来。张六金夫妇喜欢当地有名的小冬瓜猪，原本一头满月的猪仔也就二三百元，可现在猪仔的价格每头涨到了1000多元。同村的张六家里有十来头猪仔，可人家一头也不卖。张六金连续跑了几家，都没买到猪仔。

一听说隔壁的募乃村有人在卖猪仔，张六金夫妇有些着急了。相中的人家不卖，想卖的又相不中，跑了好几天，张六金夫妇也没买到一头合适的猪仔。自家猪圈也有一头母猪，那是堂哥送的，按理说都养五个多月了，早该发情了。张六金两口子整天泡在猪圈旁，但这头母猪每天平静地吃了睡睡了吃，肉长了不少，就是不发

图 3-8
张六金家新建的
猪圈

情，真让人头疼。

根据危房改造政策，张六金家 2019 年改造完成，新房共花费 8.4 万元，其中，政府出资 4 万元，自筹 4.4 万元。当时，张六金只申请到了 2 万元的贷款，其余的 2.4 万元是由施工单位垫付的。

李小波是施工单位的负责人，他突然来到张家。张六金知道他是来要债的。看到李小波要不到钱不走的架势，李娜倮突然走进屋内，拿出来家里所有的 5100 元钱，认真地数了起来。

听说张六金家跟李小波发生了争执，第一书记何朝辉连忙跑了过来。何朝辉建议，这次先还 2000 元，剩下的钱等张六金手头宽裕了再说。在气头上的张六金，没听何朝辉的话，坚决把 5000 元让李小波拿走。

李小波离开后，张六金在屋里待不下去，想到家里只剩下 100 元的生活费，心里就堵得慌。他开始在村子里四处游走，发泄情绪。越想越气，回家后，张六金把自己反锁在了卧室里，谁叫都不出来。大伙儿敲门喊话足足有 40 分钟，倔强的张六金就是不露面。李娜倮害怕了，跑到卧室的后窗劝丈夫。张六金终于从房间里出来了。何朝辉提出借张六金 9000 元，但被张六金拒绝。娜六家的农家乐开业了，何朝辉想趁着这个机会和张六金一起去吃个饭，或许张六金的心情会好些，喝一顿酒，也许能缓解张六金的情绪。但是家里仅剩的 100 元钱，连维持生活都困难，更谈不上买猪仔了。

张六金家的问题还待解决，第一书记何朝辉就接到了山岔河小寨养牛大户李扎倮的求助。山上的养牛合作社有几个问题，李扎倮自己解决不了，需要何朝辉去商量一下。

36 岁的李扎倮，带动山岔河小寨的 50 户村民，在 2018 年成立了养牛专业合作社。其中，建档立卡贫困户有 42 户。目前一头牛的价格在 6000 元到 7000 元左右，李扎倮发愁他养的牛价格太低。

图 3-9
摄制组和驻村第一书记何朝辉（右一）、养牛合作社带头人李扎俅（左二）在草山的合影

在牛市上，一头成年肉牛的价格，通常要超过 1 万元，但是李扎俅他们养的本地黄牛，体形瘦小，难育肥，自然卖不上价格。

李扎俅所在的山岔河小寨村民小组，地处云山村北部的高海拔地区。跟张六金所在的蒿枝坝村民小组不同，这里石头多耕地少，属于典型的喀斯特地貌，村民世代以养牛为主要收入。

品种没有改良，牛自然越养越小。长期的自繁自育，品种严重退化。李扎俅想让何朝辉帮着把当地的黄牛品种进行改良。何朝辉对李扎俅想寻求牛的品种改良和技术表示很欣慰，并安慰到，朱有勇院士在这里带着我们定点扶贫，放心就好。

李扎俅养牛跟其他地方不一样，山岔河小寨山上有很多天然形成的石头圈舍，李扎俅他们就利用这些天然石圈来养牛。

石圈里的牛粪是不清理的，不仅能用的石圈越来越少，还对环境也有污染。如果牛粪和品种退化的问题不能尽快解决，肉牛产业将难以顺利发展；而针对张六金家还债后只剩 100 元的现状，第一书记何朝辉这几天东奔西跑，终于为张六金找到了一份到酿酒原料加工厂的工作。

## 李扎俣牛种改良 张六金花穗采摘

一大早，云山村养牛合作社理事长李扎俣，听说合作社成员彭扎迫家要卖牛，就赶紧放下手头的活，赶到他放牛的山坡。彭扎迫要卖两头已经怀孕的母牛和一头小牛犊，三头牛加起来卖两万元钱。李扎俣觉得他至少卖亏了七八千元钱。

64 岁的彭扎迫，是云山村的建档立卡贫困户，三年前加入合作社跟着李扎俣养牛，虽然 2018 年已经脱贫，但卖牛是家里主要的收入。

李扎俣非常心疼老人亏掉的钱，如果自己早来一步，也不会是这样的结果。根据当地的习俗，买卖双方选好牛、定好价，李扎俣便无法再抬价，只得帮着牛贩子抓牛装车。

云山村山岔河小寨地处海拔 1600 米的喀斯特山上，位置偏僻，村民们卖牛都是靠商贩来收购，价格的高低自然由商贩说了算。牛不想走，因为这些牛一直生活在草山，不想离开，而且牛因为从来没被拴过，所以四五个人用了四十分钟的时间，才把三头牛装上了车。

卖牛还有一关，就是结账，不仅要数对了钱数，还要识别真假币，李扎俣帮着彭扎迫甄别真钞假钞。无论李扎俣怎么说，彭扎迫并不认为自己卖亏了，他心里明白，这两头母牛一直是只吃料不长膘，怎么都喂不胖。现在怀孕了，看着胖乎乎，赶紧趁机卖个好价钱。李扎俣这才明白，同时他的话提醒了自己，不是彭扎迫没把牛养好，而是这个小黄牛品种严重退化，无法育肥。李扎倮知道，改良品种这件事再不解决，会影响到更多合作社成员家庭的收入。

7月初，澜沧县进入了雨季。

对于养牛合作社来说，眼下最重要的事，就是要趁着雨天，抢种皇竹草。这是一种牧草，能够在土壤稀薄的喀斯特地貌生长。一株皇竹草能截成四五段，把小段插到土里就能生长起来。一年能保障牛群80%的饲料。李扎倮的养牛合作社现有265头牛，每年需要200吨的牧草，抓紧时间种牧草对李扎倮来说非常重要。

按照规定，参加合作社的50户农户，每家至少要出一个人，在6天内把皇竹草都种到田里。看到种草的人数紧张，云山村驻村工作队都跟村民一起忙活起来。

山岔河小寨种植牧草的山坡地，距离村庄有七八公里的山路，为了节省时间，大伙儿每次外出劳作，都会提前备好午饭在山上吃。趁着村民们刚吃完饭休息的时间，李扎倮把大伙儿召集到一起，就合作社下一步该怎么经营，看看大家还有没有更好的主意。养鸡、养猪，村民们的建议拓宽了李扎倮的经营思路，但是，要把想法变为现实，需要实实在在的资金支持。李扎倮第一个想到的，就是驻村第一书记何朝辉，他决定晚上请何朝辉在自己家喝顿酒。何朝辉不赞同李扎倮进行多种经营的思路，可李扎倮并不死心，依旧坚持，话不投机，李扎倮突然离开了饭桌，留下了何朝辉一个人。

这天是星期六，云山村建档立卡贫困户张六金的妻子李娜倮，让张六金到山上采松树尖，说有大用处。张六金采摘的松树尖，其实是松树的花穗。张六金的妻子李娜倮把采回来的松树花穗，用清水煮熟，再把水和了玉米面。

张六金夫妇一直想养猪，两个月前也建好了猪圈。他们跑了好几次，想在周边村屯买猪仔，也都没买到。猪仔买不到，他们把希望寄托在家里唯一的一头母猪身上，希望母猪能够产下几只猪仔，赚些钱。可母猪都 7 个月了，就是不发情。李娜俣的亲戚告诉她一个土办法，用松树花穗煮水喂猪，猪很快就会发情。李娜俣按照亲戚的说法，边喂边观察。最后李娜俣彻底失望，她觉得这头母猪变成公猪了。

这段时间李娜俣几乎什么农活都干不了，一直在家养病。两天前，李娜俣在家突然昏倒，没敢告诉刚到酒厂上班的张六金。

5 月底，张六金还了 5000 元的建房款，当时家里就只剩了 100 元钱。驻村第一书记何朝辉，帮张六金在村酒厂找了份工作，一个月能有 2000 元的稳定收入。

中国工程院院士朱有勇今年第 10 次来到云山村，《蒿枝坝的花儿开了》这首歌，是朱有勇院士为了推广农业科技，特意作词改编

图 3–10
中国工程院院士朱有勇（左二）、云南省草地动物科学研究院院长黄必志（右一）为李扎俣（左一）养牛出谋划策

的。何朝辉发现，这次云南省草地动物科学研究院院长黄必志也来了。何朝辉请朱有勇院士和黄必志院长到养牛合作社来给把把脉，黄必志说可以利用技术控制牛犊的公母。连生公牛还是生母牛都能控制，李扎俫高兴得有点语无伦次了。黄必志院长答应，在接下来的一个月，帮助李扎俫实施品种改良。

澜沧县在第三方专项评估检查中，获得较高评价，但是产业扶贫还有很多事情要推进。

## 珍贵公牛意外跳车　云山村民视若珍宝

云山村养牛合作社理事长李扎俫这几天特别开心，十多天前，第一书记何朝辉告诉他一件大喜事，上次来村里的云南省草地动物科学研究院的黄必志院长，要免费赠送给合作社一头种公牛，让李扎俫到昆明把牛拉回云山村。

云南省草地动物科学研究院副院长金显栋领着李扎俫来到当地的养牛场，养了20年牛的李扎俫大开眼界。同样是3岁的成年公牛，这里一头体重有800多公斤，可合作社里养的黄牛，体重只有300公斤，三头黄牛也赶不上一头云岭牛。

要赠送给云山村养牛合作社的种公牛，黄必志院长已经选好。李扎俫看到种公牛的第一反应，是拿起手机拍照发朋友圈，他想在第一时间，让村民们都看到这头牛。今天，要送给云山村的这头牛，是黄必志特意挑选出来的。

黄必志从事牛育种30多年，对改良牛品种经验丰富。他一再强调，一头种公牛合理的配种频率是每个月可配30头母牛。这头拍卖价值20万元的云岭牛种公牛，正式由黄必志院长捐赠给云山村的养牛合作社。

　　李扎俅对拉牛并不陌生，但对长途运输这么大体格的牛还是第一次。他从村民那里借来一辆微型货车打算把牛运回去。种公牛上车的过程还算顺利，但一进到车里就开始焦躁不安。这头种公牛800多公斤重，而李扎俅找来的微型货车自重只有1000多公斤，种公牛在车厢里一走动，整辆车都会跟着剧烈抖动，李扎俅有些慌乱。李扎俅用绳子把牛绑起来，避免牛跳动带来车辆的晃动，他认为等到车子差不多开几十公里以后，牛就会睡起来了。

　　就在李扎俅他们认为种公牛已逐渐恢复平静，可以离开时，种公牛突然探出半个身子，想跳车。李扎俅认为还是继续走，待在这个牛场，牛还是会跳。根据以往养牛的经验，李扎俅认为，只要种公牛离开了它熟悉的生活环境，就会平静下来。

　　就在李扎俅认为事情可控时候，运牛的车出事了。种公牛踩碎了车厢里的塑料桶，四个蹄子都被划伤了。而这些塑料桶其实是酒桶，里边的酒是李扎俅他们顺车捎到昆明来卖的。不曾想，顺道卖酒赚了几百元钱，可酒桶却伤了种公牛。

　　受伤的种公牛更加焦躁不安。同行的李扎发看到形势失控，赶紧跑到种牛场向技术员求助。云南省草地动物科学研究院技术员迟合权认为不应该把牛拴起来，这会让牛不自在，但是李扎俅还是害怕牛不拴的话它会跳出来。

　　技术员并不紧张，他们开始想办法。迟合权开始找木头，打算用木头固定一下。但是牛受惊了，800多公斤的种公牛，从2米高的货车围栏上往下跳，头部着地，重重地摔了下来。

　　在所有人还没缓过神时，种公牛返身向牛棚走回去。种牛场的技术员建议李扎俅换一辆更大的货车，才能把牛拉回去。

　　这辆拉牛的微型货车是李扎俅向朋友借用的，不需要出钱。可如果再找一辆大的货车，至少需要花2000元的运费。李扎俅不舍得花钱，他想再用这辆微型货车试一下。车厢里的围栏装好之后，微型小货车又回到了刚才装牛的地方。

李扎偲担心种公牛刚才那样摔下来，会不会有问题。迟合权解释，牛当时是前脚落地，不会受到影响。如果它整个身子摔下来，就可能会有内伤。迟合权对李扎偲嘱咐道，回去要观察它吃草料的情况，还有喝水的情况，以及它的各种体温，还要注意观察它的鼻露。

那么珍贵的牛，应该找一辆大吨位的货车安全运输到村里。技术人员虽然没说出来，但还是觉得李扎偲他们不够重视、准备不足。李扎偲则认为上一次是帆布没绑，方法不对导致了牛跳车。

云南省草地动物科学研究院所在地——云南省昆明市小哨乡，距离云山村有 700 多公里的路程，预计要走 12 个小时的高速路和 8 个小时的山路才能到达。李扎偲在车上，一点都不敢放松，他最害怕种公牛在路上又闹起来，后果将是难以想象的。

走了 18 个小时，可算到了澜沧县城，但一进入山路，情况更糟糕了。牛已经在车上站了近 20 个小时，路况实在太难走，但李扎偲他们根本不敢停车休息。

经过近 20 个小时的奔波，种公牛终于安全运到了云山村。得到消息的村民们，也早早地在村口等着。李扎偲把种公牛拽进了自家的猪圈。这个猪圈前年刚建成，也是村民小组里条件最好的圈舍。安顿好种公牛，李扎偲首先想到的是喝杯酒来庆贺一下。酒还没倒满，种公牛又出事了。李扎偲回到猪圈一看，种公牛的生殖器正好卡在猪圈的水泥围栏上。这头云岭牛种公牛从昆明宽敞舒适的大型养殖场，关进低矮的猪圈，很难适应。被解救下来的种公牛，无论怎么拽拉，就是不肯再回到猪圈。

几经折腾，还不到 24 小时，这头种公牛眼见着消瘦了。这头

图 3-11
几经周折，云岭牛种公牛到达云山村

种公牛几经周折，终于在合作社成员李扎俣家的牛圈里安顿了下来。此时的李扎俣也没了困意，跟合作社的成员们喝起了酒、吹起了牛。

第二天早上，这头种公牛开始吃草了。村民们听说，用种公牛跟本地牛配种生的牛仔长大后，一头牛能多卖一两千元钱，都跑来看看这头牛长啥样。

第一书记何朝辉，约上了村党支部书记李明、驻村工作队队员饶江红，到牛圈商量着怎么能管理好这头牛。何朝辉认为最好是出台一个规定，能形成文字的东西，包括今后配一次多少钱，怎么个配法。李扎俣认为，配牛的话，本寨子的牛，配一次 50 到 100 元钱；外面寨子的牛，配一次 200 到 300 元钱。

山岔河小寨村民小组目前有母牛 136 头，按照种公牛每个月 30 头母牛的配种标准，在一年内就能完成对本地母牛的配种改良。两年后，村里 80% 的改良牛能作为商品牛出售。按照相同的饲养条件，一头成年牛能卖到 1 万元以上，一头牛犊能卖到 5000 元左右。一头牛能多卖 1500 到 2000 元钱。

李扎俅和村民都很期待，这头种公牛的到来能让当地黄牛品种得到成功改良。按照种公牛到新的环境后需要在隔离舍进行隔离饲养的要求，种公牛要在 15 天之后才能进入本地牛群，进行配种改良。种公牛带着改良当地黄牛品种，让村民获益的使命来到了云山村，村民们都很珍惜它。

## 探秘溶洞生惊喜　申请转正遇难题

云南省普洱市澜沧县云山村第一书记何朝辉，最近正在忙着一件大事。乡里开发乡村旅游，建了一条栈道，这条栈道将连接云山村所在的竹塘乡大部分旅游景区。何朝辉一直在思考，政府设计的旅游路线，云山村一定要融入其中，给乡亲们增加一个增收的渠道。

云山村属于喀斯特地貌，如果有可以开发的溶洞，那就最好了。张六金 10 岁在山上放牛的时候，发现了多个溶洞，但已经 20 多年没来过，这个洞口长什么样，他已记不太清了。澜沧县的地貌复杂多样，喀斯特地貌并不多见，云山村所在的竹塘乡是澜沧县喀斯特地貌分布比较集中的地方。

一行人走了 20 分钟的山路，突然听到一声尖叫。溶洞被发现了。

张六金带大家来到的溶洞，是在一个小型天坑的底部。进口很小，十分隐蔽，溶洞和地面之间有七八米的距离。在进溶洞前，大家戴上探照灯。张六金叮嘱大家当地流传下来的进洞规矩：进洞之前不能吐口水，不能够大喊大叫。

从小在这一片区域放牛的张六金，第一个进入溶洞。进入溶洞的唯一一条通道，坡度接近 60°，加上前段时间持续不断的降水，冲刷下来的淤泥更是增加了进洞的难度。

何朝辉心里清楚，因为路途和景观，这个溶洞能作为一个旅游景点单独开发的可能性不大，但转念一想，这个洞作为酒窖储酒，或许是个好地方。

进出一趟溶洞，花了 3 个多小时的时间。张六金觉得大家没看上这个溶洞，他说还有一个洞可以去看看。

第二个溶洞的洞口明显开阔了很多，能同时容纳五六个人并排站。进入溶洞的通道也非常平缓。这个溶洞不仅洞内通道宽阔平缓，还有地下河贯穿其中，潺潺水声不断，作为一个观赏洞，应该还不错。走了几十米之后，一个宽阔的空间呈现眼前，大家兴奋起来。何朝辉和李扎倮觉得做酒窖和开发旅游都是可以的。在这个有河流的溶洞里，大家对于未来旅游开发的价值，有了很大的信心。何朝辉建议可以修建一条栈道，把游客引到这个地方来。这个

图 3–12
张六金带大家探寻的第一个溶洞

有地下河的溶洞，虽然没能走完全程，但洞内的景观让大家都兴奋不已。

对云山村的旅游开发，何朝辉思考了很长时间，他想的更多的是，如果旅游开发起来，村民们发展多种经济，可以开民宿、农家乐、小卖部，能带动大伙儿致富。今天看了这两个溶洞，何朝辉心里有了数，但想更好地开发，还需要有专家的考证才行。

趁周末，何朝辉赶到昆明市富民县，找到了正在溶洞内考察的张帆。张帆是云南大学地球科学学院的副研究员，从事洞穴探测研究及旅游等方面的工作多年，有着丰富的经验。何朝辉此次拜访，是想让张帆去云山村的溶洞看一下，有没有开发价值。

听到何朝辉开发溶洞主要是为了带动村民脱贫致富，张帆给出了一个新奇的溶洞开发模式——在溶洞中种植菌类。菌类不需要光线即可生长。张帆建议用洞穴来种蘑菇。喀斯特洞穴空气当中含二氧化碳的含量通常会比外边高一点，这正是菌类生长最需要的。一听说溶洞还能做农业开发，何朝辉赶紧拿出云山村溶洞的照片。

对于是否可以做酒窖，或者种蘑菇，何朝辉有些迟疑，他害怕山洪暴发了，会把东西全部冲走。张帆建议，要看洞穴历史上的水位，这个需要调查才能知道。

张帆没有亲自去云山村考察过，不敢单凭照片就做具体规划。但是，张帆告诉何朝辉，其实溶洞的开发利用多种多样，除了可以用作传统的旅游开发外，还可以做洞穴主题餐厅、做特色酒店、探险实训基地等等。张帆接着建议，"大规模的旅游洞，要投资很多，但是企业就是来赚钱的，如果企业把大部分的利润都带走了，留给你村子里边，留给当地人的就很少了。反倒是探险旅游的开发模式，需要的资金很小，这个模式很接地气，操作性很强，可以把最大的利润留在当地"。

这一趟没有白来，专家的启示让何朝辉对于云山村的溶洞开发有了新的思考。

星期一，从昆明赶回云山村的何朝辉，照例到酒厂给员工开会。何朝辉跟大家交代转正事宜，并让张六金再重新写一份转正申请。十几个字的转正申请表格，让张六金十分为难。会说的字不会写，感觉会写的字，又不知道写得对不对。张六金只得向比自己多读了几年书的妻子李娜倮请教。正在读小学四年级的大儿子张玉成，也过来帮忙，但也被难住了。十几个字难倒了一家人。用了一个多小时，张六金填好了转正申请表，信心满满地去交给第一书记何朝辉。何朝辉问到文字部分在哪里，张六金这才明白，何朝辉让他重新写的是入职后的感想以及表达转正诉求的一两页纸篇幅的转正申请书，而张六金刚刚填写的只是转正申请表。转正申请书该怎么写，对于张六金来说，需要好好想想。

前两个月，李娜倮晕倒在家，后来去县医院做了很多检查，只显示血清中氯含量超标。医生除了嘱咐少吃盐，暂时没有查出其他问题，但李娜倮还是会出现不明原因的身体乏力。妻子李娜倮的身体状况还没搞清楚，张六金的岳父又出现了情况，这急坏了当女婿的张六金。岳父的体温太高了，温度降不下来，又没有钱，也不愿意去医院，张六金决定用上 2000 元钱给岳父看病。张六金和同事简单交代了一下，便赶到岳父家。

张六金与岳父一家有着深厚的情感，因为张六金从小是孤儿，在大伯家长大，认识李娜倮后，才有了属于自己的家。俩人结婚时一贫如洗，挤在岳父家住了三年，张六金也成了岳父最好的帮手，岳父母对张六金像自己儿子一样。岳父今年 52 岁，有两个女儿，李娜倮是他的大女儿。小女儿李三妹在景迈机场附近打工，平时不经常回村。

岳父已经发烧 20 多天了，无论张六金和李娜倮怎么劝，岳父就是不去医院。张六金两口子没办法，只能叫来李娜倮的妹妹去给父亲做思想工作。看到小姨妹的劝说起了些作用，张六金带着一家老小 8 口人，冒着雨匆匆赶往县医院。

## 村民抢报院士班　娜倮求学终成愿

寒露时节，云南省普洱市澜沧县云山村，玉米、高粱长势喜人，再有一个月就到了收获季。农闲的时候，朱有勇院士团队开设的第四届院士专家技能实训班，开始面向澜沧县的农户招生，全县近 2000 人报名，录取 700 名学员，录取比例接近 3∶1。马正发是首届院士专家实训班的学员，见到朱院士格外亲切。他是酒井乡坡头老寨的哈尼族村民，上实训班那会儿还是贫困户，现在成了远近闻名的致富带头人。马正发第一年栽种了 100 亩冬季马铃薯，整个寨子赚了 50 多万元，自己也赚了 7 万多元。

朱有勇在 2017 年招了 4 个班，2018 年招了 10 个班，2019 年招了 10 个班，已经培训完成的学员 1440 人，在册的、还有旁听的一共有 1500 多人。这两年，像马正发一样的产业带头人已经有四五百人，在当地，村民们都争先恐后地报名。今年是院士专家实训班在云山村开设的最后一届了，大伙儿都想成为院士、专家的学生。养猪、养鸡，大家兴趣很浓厚，加上院士实训班，对当地有很大的带动效应。

云山村驻村第一书记何朝辉是面试官之一，这一届招生要求更高，希望能找到更多有潜力的村民，成为村里的产业带头人。

听说是最后一届了，云山村建档立卡贫困户张六金的妻子李娜倮很想去学习。昨天，实训班给李娜倮打电话，询问李娜倮家养了几头猪牛鸡。院士专家实训班在云山村已经办了三年，前两年，孩子太小，李娜倮一直脱不开身。

李娜倮和丈夫张六金有两个儿子，大儿子张玉成在小学寄宿读书，很省心。小儿子张友生今年4岁，正是需要人照顾，也正是该上幼儿园的时候。小儿子最近迷上了用手机看动画片，李娜倮担心影响孩子的视力，不让儿子拿手机。懂事的大儿子，看妈妈有些疲惫，就带着弟弟出去玩。

李娜倮最头疼的就是，假如自己考上实训班去学习，从早到晚都要上课，小儿子谁来管呢？村干部早就在催促，让村里的适龄儿童去上幼儿园，从来没有接触过学前教育的李娜倮不知道顽皮的小儿子能否适应。

每个星期六，上海市对口帮扶的学前班都会在云山村开课。这是李娜倮第一次带儿子来上课，她想先带小儿子体验一下学前班。从来没见过这么多小朋友，小儿子张友生在教室里坐了不到10分钟，忍不住就要跑出去透透气。

何朝辉让李娜倮的小儿子选书包，在李娜倮看来，小儿子还不能一下子适应学前班的生活。然而，从学前班回到家后的第二天，小儿子却主动背起了领到的书包，说要去上学。这让李娜倮很意外。院士专家实训班面试的日子近在眼前，李娜倮想尽快把儿子送进幼儿园。

这天是小儿子第一次去幼儿园的日子，一家人早上6点就起床，张六金催促着儿子刷牙洗脸。李娜倮害怕小儿子不去，就让丈夫张六金送孩子上学。让张六金意外的是，小儿子到了幼儿园门口，按照老师的指挥，乖乖地走进校园。

今天是院士专家实训班面试的最后一天，李娜倮终于赶上了面试。今年院士专家实训班一共开设了 7 个班，有畜禽养殖班、冬季马铃薯班、茶叶加工班、电子商务班等。朱有勇院士召集了 100 多位专家，为贫困山区的村民办学习班，四年时间，院士、专家每次都跟村民们面对面沟通，了解他们的诉求。什么技术实用，就开设什么班，手把手教给农民，效果很明显。

朱有勇面试李娜倮，他比较担心如果录取的话，能不能保证上学，旁边的面试官刘元昕补充到，家里的两个孩子怎么办，李娜倮表示，孩子一个是住校，一个是在幼儿园，可以让自己爸妈去接送。

朱有勇最看重的是学习积极性，学员不仅要致富，要做好产业，还要有一定的基础知识，能听懂普通话，能做一个必要的笔记。

何朝辉介绍说，今年竹塘乡一共报名了 216 人，72 个指标，基本上是 3 选 1 的比例，但是报名对各个专业还是不均衡，200 人，其中有将近 100 人是报畜禽养殖班。10 个名额，相当于要 10 个里面挑 1 个来畜禽养殖班。在分数上，对于建档立卡贫困户是要酌情加分的，李娜倮的分数还是很高的。

一个月后，李娜倮收到了录取通知书。

10 月 18 日，第四届院士专家技能实训班开班仪式在云山村院士科技小院召开。朱有勇作了开场发言。之后，云南农业大学刘学洪教授说："我们就讲生产当中用得到的实用技术为主，原理不讲，但是知识要讲的。下边我们比如说：这个牛圈要怎么盖、你要达到个什么标准，然后你要买牛怎么买。"

由院士、学科带头人、教授、副教授组成的教师队伍，给农

图 3–13

2020 年 10 月 18 日，第四届院士专家技能实训班在云山村院士科技小院开班

民上课很接地气。

第一堂课就是实战课，专家现场告诉学员，哪些牧草是可以喂牲畜的。云南植被丰富，很多植物村民都见过，但哪些能喂猪喂牛并不清楚，听了专家的讲解，村民们长知识了。可一天的学习下来，很多知识一下子也记不住。

星期天，李娜倮在上课，张六金要加班，张六金把两个儿子也带到了酒厂里。酒厂里突然来了一拨客人参观，张六金要接待讲解，两个儿子在外面吵闹不停。没办法，张六金让岳父赶紧把两个孩子接走。张六金的岳父前段时间生病住院，现在身体基本恢复了，也能帮忙带孩子。

妻子上学的日子，张六金忙着工作、照顾孩子、喂猪喂牛。以前这些家务事都是和妻子李娜倮一起干，现在都得张六金自己来动手。好在 10 岁的大儿子，也能帮忙干些农活了。

## 种公牛配种遭排挤　李扎倮经营遇难题

9 月初，从昆明市的云南省草地动物科学研究院，历经一路颠簸，运回云山村的云岭牛种公牛，按照养殖要求，经过单独喂养，结束了 14 天的独立饲养观察。村民们都期待着这头健壮的种公牛，能尽快和村里体格瘦小的黄牛配种，进行品种改良。大家给它起了一个名字——康康。

一大早，李扎发就把康康从牛圈里拉出来，等在村口。按照约定，赠送给云山村种公牛的云南省草地动物科学研究院院长黄必志，今天要从昆明来到云山村，查看康康的生活和健康状况。

好不容易过了观察期，可以出来走动了，康康也很兴奋。看到康康的精神状态还算正常，黄必志院长来到康康的圈舍查看。黄必志看了一下，觉得牛粪还是可以的，稍微稀了一点。他分析道："牛粪稀说明它吃的是青草，含水量太高，按道理牛粪拉出来以后，要像一顶草帽一样，上边还要有个尖。弄点苞谷面给它吃。苞谷面不要磨得太细。""要加点蛋白质，下一步买一点豆粕。要喂接近 20—25 公斤，按它体重的 2.5% 来算。"

看完粪便看饲料，黄必志认真地讲解种公牛所需的饲料配比，但在一旁的李扎倮听得有些心不在焉，他更关心康康能不能和本地黄牛配上种。黄必志解释到，对于配种，公牛也是很挑剔的，母牛太小、太丑，公牛是不会爬跨的。要等到夜深人静的时候，它才去交配。黄必志建议李扎倮把康康先放到母牛群里面，观察一下。

抓住黄必志院长在村里的机会，李扎倮决定，今天就让李扎发带着种公牛康康上草山，那里有母牛正在发情。他们盼望着，康康去了草山之后，能成功配种。从牛圈到草山，有七八公里的距离。自从康康来到村子里，这是第一次走这么远的路。李扎发从前

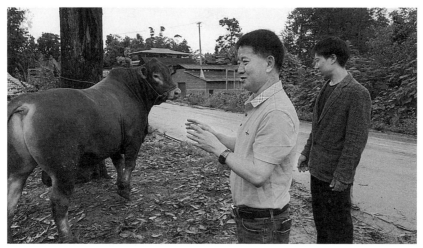

图 3-14
黄必志院长（左一）来到云山村查看云岭牛种公牛康康的健康状况

不敢拉它出来，害怕自己一个人拉不回来，所以不敢走远，只能在寨子里拉着转。

种公牛康康独自住了十几天，好不容易看到一头小牛，它不顾一切地奔了过去。李扎发终于控制住了不停奔跑的康康，一边安抚，一边让康康休息。

七八公里的路程，村民李扎发和康康走了一个多小时，终于到达草山了。这里的环境，跟康康以前生活在昆明小哨乡的草场很相似。

云山村养牛合作社的 256 头牛都在草山上，其中有 136 头是母牛，有的正在发情。一头戴铃铛的母牛发情了，屁股后面跟着三四头本地公牛。为了争得交配权，本地的公牛们相互冲撞，大打出手。种公牛康康也发现了这头发情的母牛，慢慢靠了上去。刚才还在混战的本地公牛们，发现康康正在靠近发情的母牛，立刻停止争斗，一致对外，冲着康康包围过来。云岭牛种公牛康康的体形，要比本地公牛高大得多，但是头上无角、性情温顺的康康，很快被本地公牛们驱赶到一边。

李扎俫和村民们，都希望康康能尽快和本地母牛交配，于是，赶着康康再一次靠近母牛。没想到，本地公牛强势驱赶，不许靠近，康康再一次被顶走。由于本地黄牛个体小、长得慢，品种严重退化，从来没有外来血缘改良过，村民们都盼着康康来帮忙，让本地牛像它一样，长得高大魁梧，那样的话，一头牛村民们能多卖2000多元钱。

可是，不遂人愿，康康两次靠近母牛，都没有交配成功。李扎俫和村民们，开始怀疑这头云岭牛种公牛会不会配种。作为国家肉牛牦牛产业体系岗位专家，黄必志并不怀疑康康的能力。黄必志解释到，康康一直是在通过气味进行判断。因为发情的母牛，雌性激素会分泌一种味道。发情到不到位，或者该不该配种，康康是知道的。

看到本地公牛一直在阻止康康和本地母牛交配，黄必志给李扎俫提出了一个建议。"那个本地小公牛，尽量不要让它到处爬跨。因为小公牛爬跨射精以后，母牛的味道就变掉了，康康去闻，它就知道是配过种的母牛了。一般小公牛爬跨是6个月，要不你就把它赶开，把它阉割掉，然后育肥。"

云山村这个养殖小区是2020年3月份由澜沧县投资50万元建设的，于当年6月份建成。投入使用后，可同时容纳400多头牛。这也是云山村第一个养殖基地。

按照黄必志院长的建议，李扎俫把种公牛康康和几头即将发情的母牛放在了一个圈里，让它们彼此熟悉，加深感情，为配种做准备。

一个月后，养牛合作社并没有传来母牛怀孕的消息，这让第一书记何朝辉很着急，于是叫上村干部，一起去养殖小区查看情况。在最尽头的圈舍，何朝辉看到了种公牛康康，惊讶得半天没说出来话。康康从昆明运回来的时候，有 800 多公斤，膘肥体壮。这才两个多月，现在康康的体重，何朝辉目测也就有 600 多公斤了，已经瘦得肋骨凸显。何朝辉看着心疼，这么珍贵的牛，照顾不好，可怎么向村民们交代。何朝辉看到牛后腿上全是牛粪，问李扎倮当时黄必志院长让准备一个刷子，准备了没有？李扎倮不说话，何朝辉继续说，县城里应该有卖，而且牛也喜欢被刷一刷，这会让牛很舒服。

　　见李扎倮在一旁不说话，何朝辉心里越发着急。他觉得这事等不了，赶紧到院士科技小院，找到正在给村民上养殖技术课的老师。何朝辉把大体情况跟云南农业大学教授刘学洪说了一番，刘学洪怀疑是不是寄生虫的问题，认为应该先去看一看饲料。康康刚来一个月的时候，吃的是从黄必志院长那里拉来的饲料，现在饲料改了，刘学洪建议应该慢慢换饲料，开始少一点，后面慢慢地喂新

图 3–15
摄像穆玉刚（左一）拍摄云南农业大学刘学洪教授（右一）为云岭牛种公牛做诊断

饲料。

提到配种，刘学洪说："你最好还是放出去。一定要注意，运动量不够它是不发情的，真的。所以种公牛现在配种不行的话，我跟你说，可能就两个原因。第一个，母牛跟公牛的体形差别太大。牛的心理我们不知道，但牛肯定有心理。看着不像同类，怎么配种。第二个就是，这个牛性欲不强的话，就是运动量不够。你至少一天给它运动 4 个小时。"

现在，李扎偌考虑的已经不是这头牛会不会配种，而是他怎么才能养得起这头牛。自从康康来到云山村，每天除了要喂 20 公斤的皇竹草之外，至少还要吃 4 公斤的精饲料。每天的饲料要二三十元钱。两个月下来，光饲料就花了近 2000 元钱。喂养种公牛花费太大，但是至今还没有成功配种过一次。

李扎偌有了其他的想法。他想把这头牛先放去牧业公司配一下。云山村的草山周边，有几家养殖肉牛的牧业公司，都提出过代养种公牛康康的想法，条件是要康康给公司里的母牛配种。李扎偌动了心，但是他没有勇气跟何朝辉提及这件事。因为康康来到云山村的任务，是为了给村里改良本地黄牛品种、为村民们增收致富的。康康不会配种，也只能养着。李扎偌怕别人说闲话，说他连头牛也养不起。

## 种薯集约化社员不解　劳作付费制村民解忧

大雪时节，澜沧县的冬樱花正灿烂开放，日平均最高温度仍有 24 摄氏度。跟很多地方不一样，云山村没有冬闲，村民们正忙着种植冬季马铃薯。切好的种薯，需要过上肥料，这样才能够更好地生根发芽。

图 3-16
村民们冬种时的
喜悦

云山村是少有的冬季种植马铃薯的地方。这里地处北回归线以南，属南亚热带气候，再加上四周环山，形成了冬季无霜冻的独特小气候。2016 年，朱有勇院士团队发现了云山村的地理优势，引导村民种植冬季马铃薯。2020 年，冬季马铃薯平均亩产 3 吨，亩效益 5000 元钱以上，种马铃薯能致富，已经深入人心，结束了村民们世代靠种玉米维持生计的历史。

2020 年，是云山村种植冬季马铃薯的第 4 年。云山村村民张六金家有 5 亩地，全部种植马铃薯。2020 年张六金在酒厂上班了，根本没有时间管地里的活儿，这 5 亩地该怎么种，让夫妻俩很头疼。换工，是拉祜族互相帮助的传统劳作方式，农忙的时候，村民间既增加了情感，又解决了缺少劳动力的难题。换工的时候，东家不付工钱，只管乡亲们吃饭，等到对方家里有事，去还上相同的工时就可以了。往年张六金家就是用换工来种马铃薯的，今年却行不通了。张六金算了一下，如果换工种马铃薯，妻子李娜俣一个人，得花至少一年的时间来还工，太累了，他不忍心。张六金以前打零工，收入很少，现在到酒厂上班，有了稳定工作，每个月收入

图 3–17
云山村冬季的清晨，张六金夫妇整地准备种植冬季马铃薯

2500 元钱，也付得起请人的工钱，他更愿意花钱请人来种马铃薯。一星期的时间，请了 10 位亲戚帮忙，张六金家的 5 亩马铃薯总算种完了。第一次用雇工完成农业生产劳动，对于刚刚脱贫的张六金一家是难以想象的变化。

再过四个月，马铃薯就能收获了，按照往年的经验，一亩地至少能有 5000 元到 8000 元的收益。云山村的马铃薯种植临近尾声，村合作社突然发了个通知，让村民们炸开了锅。通知说，合作社 2021 年要从每亩收益中收取 10% 的费用，很多村民不同意。张六金就特别不理解。他算了一笔账，自家种了 5 亩马铃薯，2020 年净收入接近 25000 元钱，成本不到 1000 元，2021 年如果按照收入的 10% 来扣除，成本要增加到 2500 元钱左右。同时有些村民也接受不了。往年，为了鼓励村民们发展马铃薯产业，种薯、滴灌、地膜等都是帮扶单位扶持的，很多费用不用村民们承担。

2020 年，村合作社已经成立一年了，要进行统一化经营，这10%的费用包括统一购种、统一整地、统一肥料、统一购买滴灌设施、统一销售，以及日常管理，农户只需要把马铃薯种下去，收上来就行了。

有的村民已经算明白这笔账了。这其中，最大的费用，就是滴灌设施。云山村的年降水量能达到 2000 毫米左右，但降水多集中在四到十月的雨季。而冬季马铃薯的生长，正赶上澜沧县的旱季，所以滴灌必不可少，但合作社的投入还不仅仅是这一项。

虽然张文清跟村民们说清楚了 10%投入的由来，但是一些村民跟张六金一样，还是不愿意接受。第一书记何朝辉和合作社负责人张文清特意赶到张六金家来做工作。

云山村马铃薯产业是按高标准农田规划的。对于冬季缺水的云山村，高产高效是在合理投入的基础上实现的。如果让村民自己来种植管理，大部分村民都不舍得花钱投入到管理设施当中，更达不到亩产 3 吨的产量，也赚不了那么多钱。

张六金终于明白了这笔投入和自家收入是紧紧连在一起的，也明白了统一化经营的重要性。对于其他村民，何朝辉和张文清也一一到家里进行沟通，经过细致的沟通，终于得到了村民的理解。2020 年，云山村 354 亩冬季马铃薯全部种下，澜沧县的示范种植面积已达 1 万亩。

种完了马铃薯，李娜倮回到院上专家实训班，继续学习。这是李娜倮期待已久的一堂课。之前，自己养的母猪不发情，最后只能折价卖掉。李娜倮很想知道到底是什么原因。李娜倮从没给猪仔打过针。虽然是第一次给猪仔打针，但是李娜倮还是完成了这次训练。李娜倮通过这次培训，学会了识别牧草、建猪舍鸡舍、猪病防疫等知识，终于能在自家养殖产业派上用场了。

村办企业让张六金每月有 2500 元的稳定收入，冬季马铃薯产业每年也能有 2 万多元钱，这让张六金一家人生活压力减轻了不少。发展养殖走向富裕，一直是李娜俣的梦想。经过实训班的学习，李娜俣也越来越有信心。

# （二）使命担当：科技让拉祜山乡插上了腾飞的翅膀

## ┃ 云山村第一书记何朝辉驻村工作手记

2019 年 8 月，我怀揣万丈豪情，从首都北京来到了祖国的西南边陲。澜沧，是全国 52 个挂牌督战贫困县之一，也是云南决战脱贫攻坚的主战场。我所在的云山村，离缅甸边境的直线距离只有 45 公里、离省会昆明还有 700 公里。

过去的工作，看起来还挺高大上；而现在的我，成了一名吃百家饭、进百家门，大口吃肉、大碗喝酒的扶贫干部。黝黑的肤色成了我骄傲的"勋章"。

拉祜族是平均受教育年限不到 6 年的"直过民族"。拉祜兄弟生性羞涩腼腆，不少人连普通话都说不来。素质性贫困，是制约澜沧发展最短的短板。

但这里光热资源、水资源、土地资源和生态环境资源都极为丰富，成为了这里的长处。如何扬长补短，是工程院科技扶贫的攻坚任务。2015 年底，朱有勇院士率领团队，一竿子插到底，把院士工作站设在了偏远的、深度贫困的云山村蒿枝坝，树起了科技扶贫的旗帜，也成了我开展工作最坚强的依靠。

澜沧冬天雨水少，光照强，昼夜温差大，没有霜冻，非常适合推广种植朱院士团队的科技成果——冬季马铃薯。冬天种、春天收，与北方主产区形成错峰上市，能卖出个好价钱。农户劳动 100

图 3–18
第一书记何朝辉（右一）和摄制组在村里吃工作餐

天，平均亩产达到 3 吨，1 亩地脱贫一个人。张六金是蒿枝坝种植冬季马铃薯脱贫致富的代表。2019 年 11 月，朱院士单膝跪地，手把手指导六金夫妇科学种植的照片被我抓拍到，旋即被各大媒体竞相转载。

2020 年 4 月，蒿枝坝马铃薯基地喜获丰收，疫情影响下的许多地方农产品出现了滞销，虽然蒿枝坝基地的马铃薯早就被订购一空，但我们还是引进了国内电商平台，请朱院士当主播，走进大会堂的马铃薯瞬间被抢购一空，一时传为佳话。2020 年 4 月，我们首次在蒿枝坝引种了酿酒型高粱，全部由酒厂收购。11 月，我们开始实施由"合作社＋农户"的方式管理蒿枝坝基地，充分发动群众，紧紧依靠乡农技中心和村"两委"班子，所谓"扶上马、送一程"，逐步把蒿枝坝冬季马铃薯基地放心交给村里，并培养致富带头人。眼下，郁郁葱葱的马铃薯花竞相开放，又一个丰收年正在等待我们。从一开始推广冬季马铃薯时大家的不理解、不积极，怕赔钱，到现在热情主动，扩种面积创历史新高，拉祜兄弟把马铃薯种到了世界水平，这就是科技的力量。

澜沧有大面积的森林，很多老百姓家里都有松林，却不知道能用松林干什么。朱院士长期研究生物多样性、植物相生相克的原理控制病虫害，创建了具有自主知识产权的林下有机三七生产技术体系，实现了不用一滴农药、不施一粒化肥的原生态种植，让中草药回归山林。2019 年 10 月，林下三七首次上市，初来乍到的我受命主持首场竞卖会，竟以每公斤 8400 元干品成交。一亩林子产出 30—50 公斤，即便按照 2000 元每公斤田间收购，也有 10 万元的产出，林下三七可谓种到哪里，哪里的百姓就能脱贫致富。云山村本没有集中连片的林地，2019 年底在邻村租了 50 亩林地，由朱院士团队亲自指导种植林下三七。出苗率稳定在 60％以上，今年底丰收可期，将成为村集体经济的重要支柱。

一个地区要繁荣、要发展，特别是巩固脱贫成效，走向乡村振兴，最终还是需要一批掌握实用技能的乡土人才。从 2017 年开始，我们在蒿枝坝开办技能实训班，开设林下三七、冬季马铃薯、茶叶、电子商务等 10 个专业 25 个班。四年来从这所"抗大"毕业的 1500 多名农民学员就是澜沧脱贫攻坚的星星之火，不仅自己脱贫致富，还把技术教给身边群众，带动大家共同致富。700 多名学员在学，六金爱人李娜倮便是其中养殖班里的一员。

2020 年下半年，这个在村里开办四年多的技能实训班就要搬到县城，那里将建成一所离国门最近、辐射东南亚的职业院校，并且未来还会有一个响亮的名字——澜沧江国际学院。参加扶贫工作一年多，我有一个很深的体会就是，我们就是在干一件从零到一的事，干前人没有干过的事，我们在将一个个不可能变成可能。

2020 年注定是历史上极为不平凡的一年，国际形势风云变幻、新冠肺炎疫情严重冲击实体经济，但在脱贫攻坚主战场，我们干得热火朝天，迎接脱贫摘帽冲刺。特别是我们按照朱院士指导，白手起家创办了云辉酒业。从起心动念，到募集资金、注册公司，不到半个月；从破土动工，到复工复产、竣工验收、生产线安装启动，也就用了 3 个月的时间。其间，我们还选派了张六金等 4 位农民兄弟赴昆明接受专业的烤酒培训。5 月 14 日，北京疫情形势缓解，陈建峰秘书长考察定点扶贫工作，我们就地购买 10 吨苞谷开始煮粮。6 月 11 日，李晓红院长考察当天，我们宣布云辉酒业正式投产。无论是在国家第三方评估考核，还是在省级脱贫成效考核、脱贫攻坚普查，云辉酒业都备受关注，成了延伸林下三七产业链、促进三产融合发展的标志和名片。12 月 31 日，云辉酒厂产酒突破 30 吨，这一天我带着六金等 8 名员工登上了景迈山跨年，组织收看了习总书记新年贺词。当听到"每个人都了不起""征途漫漫，惟有奋斗"时，我们激动得几乎落泪。元旦后，酒厂实施新的劳动制度和薪酬制度，团结一致，迈向了新征程……

如今的澜沧，走出了一条依靠科技向绿水青山要金山银山的产业发展之路，冬闲田变成了脱贫田，生态林变成了致富林，贫困村变成了新农村，实现了"一步千年"的历史性跨越。2020 年 11 月 13 日，云南 88 个贫困县全部摘帽，像云山村这样的 8502 个贫困村全部出列。这场脱贫攻坚战，我们打赢了！科技让拉祜山乡插上了翅膀，云山村腾飞在即，未来可期！

## （三）记录者说：我总在遗憾，没来得及和云山村做个具有仪式感的告别

### 《云山村变迁记》记录者说（一）

| 编导孙雅楠手记

　　2019 年 10 月 13 日　澜沧　暴雨转阴

　　我做农业节目记者，也有近十年的时间了，中国的农村地区走过了不少。但当我第一次到云山村，见到张六金一家的生活状态时，还是有些许的惊讶。

　　那是一间墙体已经发生倾斜的土坯房，漏雨透风，土坯房没有窗户，屋内非常昏暗。房间内两张单人床，床边立着五六块包装箱纸壳，起初以为是防潮的，后来，女主人掀开纸壳子才发现，是

图 3-19
2019 年 10 月，编导孙雅楠（左一）到云山村采访第一次走进张六金家

为了遮挡老鼠洞的。那间土坯房的墙体，已经被老鼠咬了许多洞，一到下雨天雨水就会顺着墙上老鼠洞涌进屋子。

云山村是一个拉祜族聚居村寨，村民们平时都讲拉祜语，张六金两口子只能用简单的汉语和我们交流。在聊天中得知，张六金夫妇都是"80后"，有两个儿子，小儿子4岁，左手有一个突出的肿块，被确诊是血管瘤。

张六金两口子有两个最大的心愿，一个是能尽快搬进安全稳固的新房，另一个就是小儿子的血管瘤能尽快得到治疗。

我当时第一个反应是疑惑，一对"80后"的年轻夫妻，身体健康，干点什么不能赚到钱，怎么就会成为贫困户呢？

在深入了解到云山村的情况之后，我才明白，世代以种植玉米为生的村民，想要赚点钱真的太难了。没有技术，不会利用当地资源致富；没有文化，不敢走出大山闯荡。生活只能日复一日地不断复制。

张六金一家要如何摆脱贫困？云山村未来如何发展？第一次踏上这片土地的我，也充满着疑问和期待。

**2020年4月9日　澜沧　云山村蒿枝坝村民小组　晴**

澜沧的旱季，太阳能把人晒透。

前两天，云山村的冬季马铃薯丰收，朱有勇院士在村里办了场直播，在一个小时内就把村民从地里收上来的15吨马铃薯卖完了。今天是村民们去结账的日子，张六金第一次靠土地里的收成赚了2万多元，别提多高兴了，数钱的时候乐得合不拢嘴。

跟踪拍摄了几个月，这个小村子的变化真是惊人！

云山村的驻村工作队一直努力地帮助村民改变生活条件；

中国工程院朱有勇院士和他的专家团队，带着产业项目扎根

图 3-20

2020 年 4 月，云山村村民的冬季马铃薯喜获丰收

图 3-21

朱有勇院士（左前一）在云山村冬季马铃薯收获现场准备直播带货

到这里；

经过几个月的跟踪拍摄，我们眼见着张六金一家四口搬进了干净整洁的新房，眼见着张六金小儿子的手术有了着落……

在后续的拍摄中，我们期待着能记录云山村更多的变化，能记录张六金一家人更多的笑容。

## 2020 年 8 月 16 日　昆明　多云

这次去拍摄之前，我和主人公李扎俫一样兴奋。因为听说上次去云山村的云南省草地动物科学研究院院长黄必志，要免费送给云山村一头云岭牛种公牛。做农业节目记者多年，之前就听说过云岭牛的厉害之处。历经 30 多年，凭借几代科研人员的努力才培育出了这么优秀的品种。用云岭牛改良云山村的本地黄牛，肯定能为村民们增加不少收入。想想，我都替李扎俫觉得高兴。

然而，在拍摄期间，我的心情又极为复杂，甚至可以说是生气占据了大部分情绪。

尽管李扎俫从澜沧开了近 20 个小时的车赶到昆明，但我们一看到车，就觉得货车吨位太小，一头种公牛的重量肯定要超出普通商品牛，更何况李扎俫养牛多年，这个道理不会不懂。

可是李扎俫极其自信，坚信自己找来的微型货车拉牛回村一定没问题。果不其然，拉牛当天状况百出，不仅不顺利，甚至种公牛从车上直接跳了下来，重重地摔在地上。这么珍贵的一头种公牛，如果不能好好地运回村里，这得辜负了多少人的期望。

种牛场的工作人员建议李扎俫再找一辆大货车，本以为李扎俫会答应，没想到他以大货车花钱多为由拒绝了。这真的是出乎我们的意料。

想想自己送给朋友的礼物，如果不被珍惜，都会生气感慨，更何况是一头肩负着整个云山村黄牛品种改良的、拍卖价格高达20万元的种公牛呢？越想越气，为了不让情绪影响后续拍摄，我想办法跟自我和解：或许这就是拍摄《攻坚日记》的常态，我们在记录的历程上，不仅会看到同情、看到希望，也会看到愤怒和不解。世界本就是复杂且矛盾的，人性也是如此。每个人做事情的出发点不同，处事方法也会千差万别。

或许，先进的技术能为贫困地区提高劳动产能，但这里更需要与时代接轨的思想和眼界，跨越山峦沟壑，来激发村民的内生动力。

2020 年 10 月 18 日　澜沧　晴

张六金一家人最近的变化真是太大了。

先来说说他家的小儿子张友生，尽管到了该上幼儿园的年纪，但张六金和爱人李娜俅一直觉得小儿子年龄还小，一直带在身边舍不得撒手。10 月份，两口子终于下了决心，将顽皮的小儿子送进了幼儿园。

一般的事儿还真没办法让李娜俅下这个"狠心"。之所以下了决心要让小儿子去上幼儿园，是因为李娜俅要完成自己多年的心愿——去当一回院士的学生。

2017 年，朱有勇院士就带领团队在云山村开设院士专家实训班，高校里的专家、教授手把手给农民教实用技术。李娜俅也想去学养猪技术，但那会儿小儿子才 1 岁，着实离不开自己。

听说，今年是院士在云山村开设的最后一届实训班了，以后有可能到其他村寨去开班授课，李娜俅开始着急了，赶忙把小儿子送去幼儿园，自己好好准备实训班的面试。

再说说这家的女主人李娜俅。大儿子寄宿读书，小儿子也上了幼儿园，李娜倮也如愿通过了朱有勇院士的面试，进入了实训班学习。开班前，还要进行 3 天的军训，站军姿、踢正步。本以为从没参加过军训的娜倮会不适应，没想到她却说，军训这几天身体轻快了许多，不再像之前那么乏累。相比于之前操持家务的辛劳，在实训班学习的日子里，李娜倮脸上的笑容也变多了。

　　最后说说我们的男主人公张六金。现在的张六金和一年前我们看到的他，完全是两种状态。以前，六金只需要照顾好家里那五亩地，再偶尔出去打打零工就好。现在的六金，又要在酒厂上班，又要接送孩子，还要喂猪喂牛，俨然一副"超级奶爸"的模样。这一年的变化，于一家人如此，于一个村子更是如此。要问我最大的变化是什么？我想，那应该是云山村的村民们，从原先的害羞、胆怯、害怕接受新鲜事物，到如今积极、勇敢地接受这个时代的改变。

图 3-22
李娜倮准备将小儿子送入幼儿园

**2021年1月16日　澜沧　一对新人家　晴**

从没想过，村子里办婚礼能这么热闹！

在没有疫情影响的滇西边境小山村，迎来了时隔一年多的第一个婚礼，也是云山村蒿枝坝走出的第一个大学生婚礼。

新郎刘兵从小生活的云山村，他和弟弟两个人读书都非常努力，成了村里唯一的两个大学生家庭。用寓意多子多福的木材搭青棚，村里的亲戚朋友自发地来帮忙，男人们杀猪宰牛，女人们洗菜打酒。夜晚，当烟花照亮夜空，村民们不分男女老少，都会手拉手围成一个圈，唱歌、跳舞、把酒言欢。这是属于脱贫之后，拉祜族村寨的快乐！

整个婚礼从准备到宴请，总共花了3天时间，这3天，不光有欢声笑语，也有新人一家的苦尽甘来。

新郎刘兵每每回忆起以前家里穷苦，母亲为了供他读书，借

图3-23
云山村蒿枝坝村民小组第一个大学生刘兵回村办婚礼

图 3-24
云山村村民刘
兵、妻子赵小
青、伴郎伴娘

钱的途中发生车祸，至今还留下疤痕，刘兵就忍不住地落泪。都说"男儿有泪不轻弹"，但这件事，是刘兵内心最柔软的角落。

新郎刘兵的父亲，平时不善言谈，在儿子婚宴当天，几杯酒下肚，对我们开始畅言："最舍不得的人是朱院士。我最舍不得的就是他了。如果他要离开，我第一个去告诉他，我舍不得他……"

拉祜族的村民们平时害羞，不善于表达自己的情感，但是，对于朱院士的情感，他们由衷地、发自内心地愿意表达给所有人。

**2021 年 3 月 10 日　北京　霾**

再过两天，就是播出《云山村变迁记》最后一集的日子。

回顾在云山村拍摄，偷偷落过两次眼泪，分别是第一次拍摄和最后一次拍摄，现在想来，着实巧合。

2019 年 10 月，农忙过后的傍晚，村民在小广场唱歌跳舞，我们拍摄结束后准备离开，不想村民们自发地排队出现在路边，手挽手给我们唱《实在舍不得》："我会唱的调子，像山林还要多，就是没有离别的歌，我想说的话像茶叶满山坡，就是不把离别说……"我们的车伴着黑夜驶离村庄，歌声却萦绕心间，眼泪偷偷在眼眶里打转，我那时候在想，一年的时间，我的节目将呈现怎样的云

图 3–25
拉祜族村民吹芦
笙跳摆舞

山村?

2021 年 1 月，在云山村拍摄的最后一期节目，终于拍到了我期盼已久的拉祜族婚礼。村民们不分男女老少，都在热闹喜庆的烟火下，围在新人家狂欢。此刻的狂欢不仅为了一对新人，更为了脱贫后的自己，那种甩掉贫困帽子的自信和喜悦。那一刻，我的鼻子又开始发酸。一年多的时间，我们记录了家庭命运改变的喜极而泣，见证了村民们摆脱贫困的过程，见证了拉祜族"一跃千年"的变迁。

我总在遗憾，没来得及和云山村做个具有仪式感的告别。

或许，《云山村变迁记》的 11 集纪录片，就是我们与云山村最好的也是永恒的情感见证。如果有机会，下一次再去云山村，或许六金家小儿子的个头，应该能长起来了吧？娜倮家的那头母猪，应该能下崽了。村民们还能认得出我吗？下一次，我见到的云山村，又会经历了怎样的变迁，发生了哪些故事……

## 《云山村变迁记》记录者说（二）

| 摄像王志轩手记

　　2020 年 10 月 25 日，中雨。有感而发，随手而记。

　　扶贫节目拍摄以来，看过太多的吃惊与无奈，慢慢性子似都淡了，诸多大事小事在身边发生，自己似乎真成了吃瓜群众，故事主人公喜跟着喜，悲跟着悲，体会百态，感同身受，但到头来总是与自己无关的，事情过去也就过去了。

　　我们和拍摄主人公张六金已经很熟悉了，至少除了拍摄已经可以聊一些无关的闲事了。不知怎么的，这次来总是找不到张六金的人，电话也联系不上，四处都找过了，家里没有，工作的酒厂没有，培训班也没见他去过，最后考虑或是在他的岳父家。张六金是个孤儿，自打结婚以来，很长时间都是在岳父家里住，不是亲儿子胜似亲儿子。所以摄制组就打算直接去他岳父家，虽然说略显唐突，但总好过什么都不做。

　　到张六金岳父家的画面把我们都震惊了！张六金全家都在岳父家，一个不少。张六金妻子娜倮在火塘边满脸愁容，两个儿子在旁闹着要吃方便面，娜倮拗不过，一人给了一包，两个孩子也不用水泡，就那么干吃着，乐呵呵地听我们导演和她妈妈聊天。稍微一聊，才知道为什么有了我们刚来时的画面：张六金岳父蜷缩在房前屋檐下，面目呆滞，本就瘦小的身子越发的单薄，旁边一把大的出奇的雨伞撑在旁边，老爷子身子还没有雨伞三分之一大，残存的雨水还在伞上倔强地不想下来。旁边和娜倮长得有几分相似的姑娘默默地哭着，不时激动地和老爷子说些什么，后来得知这就是娜倮的妹妹。张六金正在帮着给岳父家的那几头老水牛准备饲料，不时经过也插上几嘴，同样情绪激动。

原来老爷子不知得了什么病，已经好几顿没有吃下饭了，身子日渐消瘦，问他什么也不说，一直在说难受。二女儿在劝老爷子去医院看看，老爷子不同意，说不用去小病自己能扛过去，二女儿觉得很严重，一眼就能看出父亲消瘦得有些不正常，总感觉父亲是得了什么很严重的大病，不停地哭着说着。老爷子少有的吐出几个字，更多的是低着头，无声地反抗着。我们这才看出来，老爷子这是担心医药费的问题，毕竟家里本就不富裕，自己年纪也大了，挣不来就少花点。

记者无奈地笑了，老爷子八成是曾经在医院看病时被高昂的医药费吓到了。记者把张六金拉到他岳父近前，一边笑着说着政策一边催六金翻译给他听："现在不比往前了，国家富有了，养得起咱们普通老百姓了，国家有政策，建档立卡贫困户看病是有报销的，到最后，自己花不了多少钱"，记者把心里早滚瓜烂熟的各种规定政策一条条地说给老爷子听，老爷子在一旁也不知是听懂了，还是仅仅是信得过外面来的人，就像很多村民说的那样，外面的人懂得多说什么都是对的，既然记者让去医院就去。总之老爷子最后爽快地答应，当天就去医院瞧瞧。

医院瞧病什么都顺利，虽说疫情期间手续繁琐了些，但人同样是少了。老爷子外观给人感觉让人不放心，医院也不敢懈怠，各种检查不断地做着，最后总算确定了病因，只有一种病——牙疼。这么瘦弱只是因为牙发炎，长时间不吃东西，恶性循环厌食导致的。

病情总算确定，虽说折腾这么大一圈，但老爷子没什么大毛病才是万幸。忍不住去想，要是换成自己，在没有现在医疗保障的情况下又会做何选择？

攻坚日记

四

杰村牧羊记

扫码收看《杰村牧羊记》

## （一）攻坚之路：雪域高原的脱贫梦

杰村，位于西藏自治区日喀则市萨嘎县加加镇，海拔4700多米，地处雅鲁藏布江上游，距中国与尼泊尔边界仅200多公里，一直是海内外游客前往旅游胜地冈仁波齐的必经之路，有着"阿里驿站"的美誉。然而这里也是以牧业经济为主的深度贫困村。2019年12月9日，萨嘎县宣布脱贫摘帽，杰村原有的72户贫困户，共285人，已全部达到脱离绝对贫困的基准线。但由于偏远的高海拔的地理位置，畜牧业销路短缺，产业贫乏，所以依靠传统放牧，维持生活的家庭依然不在少数。这里草场广阔，但气候常年高寒严酷，正值冰封时节，生活在这片土地上的牧民，此时都在为牲畜过冬的食草是否充足而发愁。

图4–1
萨嘎县扶贫工作
标语牌

## 寒冬袭来牧户愁　第一书记送温暖

罗布，是杰村的一位普通牧民，也是杰村中建档立卡贫困户中的一员。四十多岁的罗布，一家四口，小女儿一直在外打工，平时只有他儿子尼玛和妻子普赤生活在牧区。为了相互有个照应，他与妻子的哥哥一家在同一个牧场生活。2016年，萨嘎县政府为杰村的牧民在加加镇盖起了新房，但由于放牧，罗布大多数时间仍然住在牧区。旧的牧场已经使用了三月有余，草已经被羊群啃食殆尽。罗布要在不久的日子里跟村中所在草组统一搬入新牧场。他需要尽快为搬入新牧场做好准备。前不久罗布通过国家贷款买了一辆新的拖拉机，往年这时候罗布一般会在县里租一个房子，帮县城里的超市做着装货卸货的工作。然而本想靠拖拉机运输缓解家里经济困难的罗布，未料遇到冬季县城工地停工。不但没有赚到钱，还因此欠了银行总共四万多元的贷款。这让距离还款还有两个多月、却没有任何存款的罗布倍加焦急。所以，罗布为了尽快还上贷款把所有的工作重心都放在了牧场管理牲畜上来。

从小便跟随父亲罗布放牧的尼玛，已经在这片牧区生活了20多个年头。如今照顾好这80多头羊，已经成为他每天全部的工作。尼玛因为小时候家庭条件困难，上学时因为喉咙的某些病症，在住院期间把学业耽误了，后来再也没有去过学校。然而，好学的尼玛自己说不管是挖掘机还是装载机，都想去了解学习。尼玛辍学在家之后，只能靠去县城打工来赚取微薄的收入。由于冬季县城的工作稀缺，他只好先帮家里放羊。当谈到以后的打算时，他说来年春季开工时，他要去县城找工作，努力赚钱给妹妹开一个藏茶馆。为解决当地牧区牧民饮水问题，萨嘎县政府实施了牧区安全用水工程。但由于罗布一家距离安全用水房路途较远，他们还是选择从离家更近的河中取水。每天要至少打上三四桶水才能维持一天的饮水和日常生活。天色渐渐变暗，忙碌的一天终于即将过去，妻子普赤已做好了晚饭，罗布终于能回到家中歇一歇身子，享受着一天中唯一能放松的时刻。在开饭前，罗布还是先叮嘱了儿子尼玛明天的任务和安排。2019 年的产业分红大会明天就要开始了，因为罗布明天要转场搬到新的牧场，所以罗布让儿子尼玛去村委会参加产业分红大会，放牧则让叔叔家的两个小孩儿去放。把任务分配好了以后，罗布才安心地吃饭休息。

　　第二天早晨，天刚蒙蒙亮，罗布就已经开始把生活起居用品装上了车。尼玛也准备前往村委会参加产业分红大会。加加镇杰村洛德唐民族特色畜产品农牧民专业合作社，于 2019 年年初成立，全村入股，这是他们今年第二次的分红大会。在这次分红大会中，尼玛注意到主席台上出现了一张新面孔。一遍简单而又细致的自我介绍，让村民认识了这位新的朋友——顿珠，他是刚刚到任的萨嘎县杰村党支部书记，因为 2019 年在萨嘎县昌果乡和如角乡扶贫工作成绩优异，今年被调派到了萨嘎县加加镇杰村。2018 年他带头

图 4-2
罗布搬家

创办的风干牛肉厂为当地全村村民带来了总共 12 万元的经济收益。在 2019 年的产业分红大会上，尼玛领到 700 元钱分红，这使他感到非常开心，因为这些钱可以解决他们一家一个月的生活费用。

另一边，在亲戚的帮助下装完车的罗布，也开始驱车前往两公里外的新牧场。惦记着家里父母还在忙着搬家，尼玛急匆匆地领完分红后就赶到了新牧场。刚到新牧场的新家，父亲罗布就在亲戚的帮助下搬家具了。一年未住的房屋，显得有些破旧，玻璃也不知被谁给全部打碎了。但从小院墙角边的一处被推翻和侧房的毁坏程度来看，罗布认为是山上的狗熊所砸。虽然这位不速之客让罗布父子俩大为恼火，但夜晚气温将会骤降，迫使他们必须在日落前装好新玻璃。正所谓"打虎亲兄弟，上阵父子兵"。父亲罗布和儿子尼玛在共同的努力下终于在天黑之前把所有毁坏的玻璃全部替换完毕了。除此之外，车上还有最后一件大家需要小心翼翼地搬进房屋，这就是藏区太阳能户用电源。这是政府为偏远牧区放牧点分发的发电设备，现在也是他们生活的必需品。这件正正方方的电源设备使杰村的牧民们摆脱了蜡烛照明，使家家户户都能用上白炽灯，以及冰箱、洗衣机等家用电器，为手机充电更是不在话下。收拾完新牧场的房子，一身的疲惫，在温暖的炉火边，被慢慢烘干驱散。但新牧场的草究竟能维持羊群多长时间……，罗布内心还是没底 ……

第二天，杰村新来的党支部书记顿珠，开始了他在任第一天的工作。入户调查了解贫困户的真实情况，是顿珠展开扶贫工作的第一步，而罗布家就是他的第一站。顿珠曾说："自己以前是农牧技术人员，在负责草场承包、制定奖励机制这一块，以及基本草原划定这一块工作时，带着一个 GPS（卫星定位仪），走遍了工作区域内的山间小路、山坡，什么样的地方都去过待过。"顿珠认为基层扶贫干部，到了某个不熟悉的村庄，也必须要爱上这个岗位，离开这个地方的时候，要想一想，自己做了什么，自己给这个地方留了什么，给同事和师弟师妹传授了什么。最重要的是顿珠认为自己在做了大量的工作，却不被群众认可，是最令人恼火和不甘的事情。来到杰村当党支部书记是顿珠个人申请的，他认为自己是适合在基层工作和服务村民的一名扶贫干部。顿珠的爸妈在日喀则，老婆在萨嘎县达吉岭乡完全小学当教师，女儿也在达吉岭乡上小学一年级。虽然顿珠与家人聚少离多，但是他认为这种舍小家为大家的作风本就是基层扶贫干部该有的作风。顿珠开着车，不久便来到罗布的新牧场，开始了调查。

由于冬季牧场草地贫瘠，房屋附近的草很快就会被羊群吃完，因此牧民必须搬到大山更深处放牧和居住，一顶结实保暖的帐篷才能保证罗布一家在大山深处居住的安全。罗布所遇到的困难和问题便是牲畜过冬期间的饲草有点短缺，以及在牧场转场这一块，原有的帐篷已经有点破损。顿珠书记一五一十地把罗布所讲的问题记录下来后，便决定驱车前往萨嘎县民政局试一下运气。功夫不有心人，顿珠书记通过跟民政局和农牧局局长沟通和协调，终于把帐篷和饲料问题初步解决了。这一天罗布也没有闲着，搬入冬季新牧场，让罗布家到县城的路程更远了，为了减小买菜的频率，罗布一般每次去县城都会多采购一些，以备过冬之需，顺便他还想看望一下在县城打工的女儿。罗布的女儿仁增琼珠已经在县里的酒店打工了一年有余，三个月才能回一次家，每天除了整理房间外，基本没有其他的娱乐活动。一月 2000 多元钱的收入，除了留下 200 元自用外，剩余全数交给家里。当一天的工作结束后，仁增琼珠会打开手机，为一天空乏的生活寻找一点乐趣。

一天后，按照之前的约定，一吃完早饭，顿珠书记就来到了冬季物资储备库门口来为罗布领取物资。货车还没到，罗布和妻子就早早守在了门口。看到草料和帐篷的罗布，难掩内心的喜悦，这个冬季可以顺利度过了。悬挂国旗，是每家牧民都会做的事情。而亲手将国旗竖立在门前，就是罗布对领取到物资后的心情最直接、最深切的表达。

## 扶贫攻坚更扶志　帮扶干部连夜帮

进入 4 月，新型冠状病毒肺炎疫情被逐步控制，萨嘎县的生产生活也开始步入正轨。酥油茶配糌粑，是当地牧民的早餐惯例。一碗热乎浓郁的酥油茶，不仅解乏醒脑，也为接下来要承担的繁重体力劳动提供着能量。父子俩难得一起吃个早饭，但因为各有心事，两人都默默不语。几天前，罗布通过熟人，在杰村附近找了一份搬砖的临时工作，薪水还不少，一天能赚 500 元钱，这让面临还款压力的罗布稍稍松了口气。牧场的羊群有了顿珠书记给解决的草料，这段时间都长得挺好。新出生的小羊羔各个顽皮可爱。为了给父亲当帮手，儿子尼玛只能把放牧的事儿，交代给母亲普赤打理，自己从牧场骑摩托车赶到新家与父亲集合。在罗布家，拖拉机可是全家的功臣，帮罗布干过不少活儿。可是，打工的第一天，拖拉机受到深夜极寒天气的影响，不能启动运行了。不能因为拖拉机罢工而耽误打工的时间，罗布让尼玛骑着摩托车先出发。在尼玛骑上摩托车离开的时候，眼睛看了看父亲，慢慢地走了。落在父亲身上的这个眼神，罗布并没有看到。儿子尼玛想替父亲分担，却又力不从心。好在没有迟到太久，罗布一到工地，就马上忙了起来。毕竟，在疫情期间能够得到这样的工作，是很不容易的。因为罗布不懂普通话，所以在工作的时候也会把侄子叫上，在一天能赚到 600 元到 700 元的工资里会拿出 200 元给侄子。这 200 元，罗布说是给侄子的翻译费。像罗布这样因为基本的普通话水平不过关，而丧失就业和增收机会的人不在少数。这也成为扶贫工作的一个突破口。

帮助贫困户找工作，是顿珠书记扶贫的日常工作。每一个就业机会，他都不会轻易放过。不久前一家酒店想就近在杰村找一名服务员的消息，传到顿珠书记耳中。离约定的时间还有一小时，他就招呼报名的村民出发了。在酒店老板面试村民时，看着村民答不上问题，顿珠书记赶紧充当翻译。顿珠书记忙不迭地把村民的各种就业优势和盘托出，像极了要给自己闺女找个好婆家的大家长。他急切的表情，把老板都逗乐了。应聘的结果自然也是出乎意料地顺利，同去的两个姑娘都被录用了。半个多小时的交流，顿珠书记还有另外一个更大的收获：那就是他坚定了推动群众夜校培训普通话的信心。

位于西藏自治区西南部的萨嘎县杰村，一直是海内外游客前往旅游胜地冈仁波齐的必经之路，有着"阿里驿站"的美誉。每到旅游旺季，来到此处的人络绎不绝。服务员会普通话，成为酒店老板选择员工的必备条件，也为精准扶贫打开了新思路。进驻到杰村担任党支部书记以来，顿珠一直在思考"授之以鱼，不如授之以渔"的问题。导致贫困的原因很多，但实现脱贫的办法也有不少。从根本上阻断导致贫困的诱因，才能巩固扶贫攻坚的成果。开办群众夜校，应该算是"授之以渔"。2020 年 4 月成立的杰村夜校培训班，由 5 名驻村工作队成员和乡村振兴专干任课。每天晚上 8 点到 9 点，这间由村委会 80 平方米闲置房改造成的教室，便传出琅琅的读书声。日常普通话、脱贫政策解读、种植技术培训、法规常识等内容里，普通话学习最受欢迎。夜校培训班的成效是显而易见的，但更为现实的情况是，出勤率却开始减少了。群众对这个夜校的入校率积极性不怎么高的情况使顿珠书记极其重视，绝不能让这个夜校成为一个空壳。顿珠书记为此事召开了村委会会议，并在会后带着扶贫干部一起入户调查。面对面走得越近，解决问题的办法越能快速找到。在会上提出的帮助入校的学员照看孩子的办法显然有了效果，顿珠书记决定把这个事再落实下去。

其实，最应该补习普通话的还有罗布。可是，眼下他最急切要解决的是归还银行贷款，总数是 5 万元，虽然可以分期，但他打零工赚来的钱不够，他依然入不敷出。罗布的这些愁事儿，顿珠书记都清楚，心里也不确定能不能说服他走进夜校的教室，所以特意抽出时间来他家里与他讲解普通话的意义和重要性。

周六一天的任务忙完后，好久没有回家的顿珠书记准备回家看望老婆和女儿。杰村离顿珠书记的家有 40 多公里，十天半个月回去一次是常事儿。这一次，又是晚了一周才回家。到了顿珠书记回家的日子，女儿央央是最高兴的。家里的气氛也与平日大不同。四个热菜，三碗米饭，这顿看似普通的晚餐，一家人吃得别有一番幸福的滋味。但是顿珠书记却这样说："在那边回家的话，是我老婆跟我小孩就是一个家，在杰村的话总共有 178 户，城镇户口加上

图 4-3
顿珠的妻子和
女儿

的话 194 户，他们 194 户需要我，那边一户需要我，所以我要顾着人多的这边（杰村）。"

工地上的项目依然在如火如荼地进行，但唯独没有了罗布的身影。儿子尼玛还在坚持着，显得有一些孤单。原来，由于罗布干活比较粗心，搬砖卸货时损坏了不少砖，工地负责人不得不将搬砖的工作交给他人。失业在家的罗布也没闲着，正在准备牧场转场。没有亲戚和儿子尼玛的帮忙，他和妻子干得有些费力。这次转场，实属迫不得已。去年曾经光顾过的一只狗熊，今年又来捣乱了，并把去年存放的糌粑和青稞全吃了。狗熊破坏罗布家的事儿，顿珠书记是第三天才知道的。再次见到罗布时，他正在牧场上守着他的羊群。这时候，对于顿珠书记来说，也许等待是最好的方案，因为顿珠书记明白罗布的心思全在家里的羊群身上。看着家里刚出生不久的小羊，罗布的心情颇为复杂。羊群一天天壮大起来，但距离售卖期还有很长一段时间。前几天，罗布靠亲戚的接济，先把银行的 5 万元贷款还上了。他重新又申请了 5 万元贷款，用于眼下的生活，还款日期是在 2021 年的 3 月份。

夜幕降临，2020 年入春后的第一场雪悄然而至，杰村的夜晚在雪中显得更加宁静祥和。忙完一天的生计，杰村的十多位牧民在顿珠书记的劝说下，来到夜校学习普通话。这些日子，罗布更不爱说话了，常常静静地待在房间里想事情。

## 牧羊生活去与留　罗布一家心未定

距离上次丢掉工作已经过去了整整两个月，罗布在顿珠书记的帮助下，在杰村洛德唐民族特色畜产品农牧民专业合作社找到了一份新工作。新建牛羊圈的活儿不难，但罗布干得极为小心翼翼。

儿子尼玛和侄子珠扎也在身边忙碌，罗布多少也要做个表率。干活儿不上心，赚钱的机会可能马上就丢了。这一点，曾经尝过失业无奈滋味的罗布心里很清楚。看到儿子有些心不在焉，罗布忍不住自己上手了，但此时他心里还惦记着在家的妻子普赤，因为最近家里频频出现狗熊，妻子现在只能住在牧场。罗布担心普赤一人在家，想着早点回家照顾羊群。历经半年的风雪，杰村的牧场终于迎来了属于它的春意盎然。朝夕相伴的羊群，是普赤的依靠。丈夫和孩子在外面打工，她独自一人在牧场操劳。两年前，羊群还不足 20只，现在已经壮大到 130 多只。但最近她确实被一件事搅得心神不宁——狗熊又来了。狗熊频频到访，是冬眠后找不到食物的结果。这个春天，反复多次，让普赤心有余悸。塔吉是普赤的邻居，两家相隔不过 200 多米。前不久，她家里仅有的两只羊被狗熊咬伤了。每年，狗熊咬死咬伤小羊的事件都在 50 起上下。牧民垒高围墙，再多养几只狗，这两招，在今年看来好像没起多大的作用。这段时间罗布都是早早收工回家。这也让普赤心里踏实多了。

生活在牧区，一年四季都有忙不完的事儿。羊毛是牧民重要的收入来源。羊毛品质的好坏，关键还要看成羊的健康水平。罗布选羊的本事是从小练就的，只要在牧场，干什么都是自在且得心应手的。提前储备希望，静静等待不远的未来，这也许就是辽阔的牧场给生活定下的基调吧。

挤羊奶，是牧场里女主人的活计。羊奶，对牧民来说，既家常又珍贵。一日三餐必不可少，剩余的羊奶常常被制成易于保存的奶酪和奶渣。奶酪的制作工艺非常繁琐，要经过两天反复的熬制才能完成。而奶渣，还需要揉搓、晾晒，直至凝固。这种传统手艺，保留了食物最本真的味道，但由于制作过程耗时长、损耗多、效益低，只能作为家庭的自给自足，而无法形成产业。这也是以牧业为主的杰村经济收益不高的问题症结之一。

天气一天比一天的好，顿珠书记和扶贫工作队准备一起去杰村各草组，跟大家讨论集中放牧合作社的事儿。在会议现场，气氛看似平静，但问题并没有得到实质性的推进。顿珠书记知道，大家心里还是心里有疙瘩。赤列，杰村草组组长，当着顿珠书记的面儿，他不好反驳，但去年在合作社发生的羊丢失和死亡的情况不解决，村民参加合作社的热情就不会高。参加合作社的好处是明显的，但村民的顾虑也必须打消。两难中，顿珠书记坚持：先做起来。同意加入合作社的村民都拿到了羊群的保险。其次因为最近频发的狗熊偷袭事件，也让顿珠书记更加坚定了扩大合作社规模的想法。集中放牧合作社，不仅可以把牧民的损失降到最低，还能在年底带来稳定的分红，一举两得。

在草组讨论会上，顿珠书记没有见到罗布。知道罗布家也遭到狗熊的骚扰，顿珠书记不顾天色已晚，还是赶在落日前来到罗布的家。去年，罗布就已经参加了合作社。虽然他只入股了两只羊，到年底，和大家一样，如期拿到了分红，共计 200 元。顿珠书记参加合作社的优势的解释，让罗布看到了希望。他决定拿出 20 只羊来入股，是去年的十倍。但在旁边默不作声的普赤，一直看着罗布。听到丈夫要把所有的羊群都入股，普赤手里的活计一下子停了。已经在牧区生活了大半辈子，生活的重心一直围绕着羊群转，如果没了羊群，普赤的日子要怎么过下去呢？罗布没有意识到妻子的顾虑，年底要怎么偿还 5 万元的贷款，才是他最关心的。顿珠书记不断向罗布解读扶贫政策，并对罗布家所面临的困难都精准地分析。眼见着顿珠书记对自家的事情，都惦记着、也都安排得很周到，罗布也觉得，认真支持顿珠书记的工作是值得的。

在罗布家进行完工作后，一行人并没有回到宿舍，而是直接来到了村委会进行总结汇报，此时已经是夜里 11 点多了。牧民上报的入股数字，一直不准确。这次，顿珠书记以草组为单位逐一进行核对，这才把入股的牛羊数核实清楚。除了合作社，顿珠书记为杰村谋划的脱贫致富之路，还有很多。黑暗中有灯的地方就有人的坚持和信念。

罗布家羊圈的灯晚上也会经常亮着。暗夜中，普赤再次来到羊圈。每晚，她都会来照看一下，已成了习惯。然而这一夜，普赤在羊圈待了好久，都没有回屋。

在杰村村委会召开例会的日子。顿珠书记和扶贫干部都早早到场，但牧民却迟迟没有来齐，拖拖拉拉晚了一个小时。大家都听得出来，顿珠书记压着火，没发作。他使足了劲要带着大家往前跑，却没有从村民那里得到回应。第一届语言培训班结业仪式的气氛，也被冲淡了许多。这次例会的重点，放在了统计合作社入股数量上，顿珠书记对在场的村民做了最后的确认统计。散会后，顿珠书记来到合作社新建的牛羊圈，到下个月，这里就要启用了。还有18 户村民没有加入合作社，有的是外出打工，没找到人，有的是

图4-4
顿珠书记在进行
记录

家里的牛羊数不多，舍不得拿出来入股。也许牛羊圈交工的时候，请大家来参观参观，对打破僵局有些好处。

杰村合作社的奶渣粉再有一周就要上市了，趁着包装还没到，顿珠书记要再去看一看。奶渣粉厂，不过是杰村产业链中的一环。顿珠书记马不停蹄，又赶去之前已经谈好要合作的棉被厂和风干牛肉厂。顿珠在过去的工作中，有过开办风干牛肉厂的成功经验，因此，对杰村即将开办的风干牛肉厂充满信心。

就在顿珠书记忙碌规划的时候，普赤在自家的牧场也没闲着。满眼的羊群，是她生活的支柱和希望。普赤的心里其实还是不愿意入股合作社，她认为自己卖羊或者自己杀了吃都很方便，入股了以后羊就是公家的了，自己也不能卖也不能杀。在普赤看来，没有了羊群，牧羊人便失去了依靠，也失去了心灵的支撑。男人可以外出打工，但草原上的女人呢？尤其是像她这样的年纪……夏季到来的这些日子，普赤跟羊群待在一起的时间越来越长了……

## 产业大会喜开颜　学厨之路事事艰

盛夏八月，加加镇杰村因为一场盛会的如期举行而热闹起来。这届"农牧民运动会暨产业大赛"是第二次在杰村举行。整个会期一共4天，一些打破传统的新式运动项目，反而更吸引牧民的兴趣。不少女性牧民的参与，让草原多了几分与众不同的色彩。休息娱乐之外，牧民也通过这次难得的机会，寻找商机和新的工作机会。这届农牧民运动会暨产业大赛的参与人数将近1500多人，杰村村级合作社通过出售商品赚了可能有3000元钱。然而最后一天的傍晚，原本是期待已久的篝火晚会，却被突如其来的一场雨浇灭了。杰村迎来了属于它的漫长雨季。

雨季，最担心的是牲畜死亡和房屋漏雨。顿珠书记忙着处理牧民反映的各种问题，驻村工作队办公室漏雨了，也还没来得及管。连绵的大雨，光临草原。牧民心底是欢喜的。

罗布还在不远的镇子上打工，普赤一个人在家里忙着家务事。因为牛羊都加入了合作社，她一下子没了事做，就从牧场搬到镇子上的新房子里住了。在新家里，一张特别的全家福被普赤摆在了最显眼的位置。这是他们家唯一的合照，因为大家都不在一起没法合影，就只能找人合成了一张，虽然是合成的但普赤还是很欣慰很满足。一家四口人，各忙各的事情，一年到头聚少离多。普赤盼着能有机会，全家人能天天在一起，不用这样三天两头见不到面。窗外的雨，一直没有停的意思，普赤几次停下手里的活计，向村委会的方向张望着。因为下午她要到村委会去，一件她期待已久的事情正在等着她。明天，杰村中式烹饪培训班要开班了。这是杰村在推行合作社之后，解决富余劳动力的新举措。来报名的人完全超出了预期。普赤一直想开一家餐馆，挣不挣钱倒在其次，重要的是有了餐馆，一家人就能在一起了。人多名额少。最终，还是老规矩：抽签决定。普赤所在的草组，名额不多不少，所以她顺利地拿到了报名资格。杰村中式烹饪培训班举行了开班仪式。穿上厨师服，普赤盼望的新生活算是开了个头。平静的外表下，这一张张面孔，承载着不同的心情。结束了自家放牧的生活，他们要面对的是一次艰难的蜕变。有的人，40多岁了，还是第一次当学生；有的人，肩负着一家人开餐厅的愿望，倍感压力；有的人信心满满而来，但能不能把真本事学到手，心里也没底。不同的心事，相同的期待，定格在照集体照的这一刻。教学用具，是从700公里外的拉萨运来的，花了整整一天时间。日后要朝夕相处了，大家像是欢迎客人一样把用具一一打理好。未来的希望，像是已经握在了手里。忙了一天，普赤到傍晚才有时间坐下来，手里依然没闲着。儿子尼玛这段日子一直没有找到工作，就帮家里干点儿杂活儿。不过他还是听妈妈的话把留在产业大会上的帐篷从牧区带回家。因为小时候生病，辍学在家，尼玛一直耿耿于怀，现在尼玛既没有学历也没有一技之长，独自在外打拼，真是难上加难。

　　把放假的孩子集中在村委会，是顿珠书记在推行合作社之后想出来的办法。牛羊都归合作社喂养，闲下来的中青年人去务工了，孩子们可不能没人管。一个假期下来，在童伴之家待过的孩子超过了 40 人。悄悄地，每个孩子身上都有了一丝丝的变化。牧区的生活在慢慢转型，孩子们应该是受益最多的群体。不久前，尼玛给妈妈带回来一个好消息：顿珠书记替他报了一个培训班，让他明天就去 400 公里之外的白郎镇学习蔬菜种植技术。顿珠书记的好意，尼玛是知道的，一方面想让他看看外面的世界，另一方面也想让他掌握一技之长，回来可以承包蔬菜大棚。不善言辞的罗布，不会像城里家长那样对孩子反复叮嘱，但大轿车启动前他那关切的一瞥，满满都是对儿子的期待与关爱。目送着儿子尼玛乘坐的大巴车一点点走远，罗布也要赶回工地继续打工了。一个月后，尼玛结束培训，父子俩才能再见面。

　　儿子走了，普赤也能暂时放下牵挂。今天，是她学厨师的第一天，她特意找出一件漂亮的衣服穿上。杰村的习俗就是这样，但凡遇到重要的事，总要打扮一下，心情也都看得见。厨师，是个辛苦的职业。光是颠勺和切菜这样的基本功，就会难倒不少初学者，更何况还有不少女同胞。虽然抱羊、赶牛也不轻松，但好歹比较自由，好几个小时重复同一个动作，普赤真有点儿吃不消了。这也只是开始，普赤心里想着一家人团聚的情景，也就坚持了下来。

　　白罗和尼色夫妻俩，都上了年纪，家中也没有劳力。这样的家庭，在杰村为数不多。顿珠书记和扶贫工作队总惦记着他们。两位老人带着 7 岁的孙女一同生活，祖孙三人生活不易。这个月，在顿珠书记的帮助下，白罗家只留了两只牛，其余的牲畜也都入股到了合作社。两位老人家不用再上山放牛，生活靠年终的分红也能有些富余。孙女在假期也去了童伴之家，顿珠书记看到白罗天天骑着老旧的三轮车接送孙女，实在不安全，就悄悄帮老人置办了新车。这么多年来，默默付出，总是会不经意间收获充满温情的回报。

## 厨师考核添新愁　垃圾处理换新容

　　距离萨嘎县城两公里的工地上，贫困户罗布在这里做临时工已经有 30 多天了。到今年年底罗布要还银行 5 万元贷款，这一年他逐渐变得对每一份工作都特别上心，这一个多月他每天天蒙蒙亮就出发，一直到晚上 9 点多才回家。虽然累但看着手上积攒的钱越来越多他的心也踏实了好多。工地的工作一直挺顺利，偏偏今天又停水又停电，一大早来了却干不了活儿。工地停工近 3 个小时了，再这样下去半天的劳务费可就没了，罗布和大伙儿都有点儿着急。协调了半天，最终也没有解决。现在只能等，给别人打工好多事都受限，总是不如自己做来得痛快。罗布也盘算起自己家要开藏餐厅的事。

　　经过两周的学习，杰村中式厨师培训班的学员们，迎来了第一次模拟考核。这对平生第一次当学生的普赤来说，有些紧张。这次模拟考核分两轮，考查颠勺和端锅的基本功。看着一起学厨，基本功还不错的学员多数都没有及格，普赤的心里突然没了底。不出所料，普赤的颠勺和端锅考试都没有及格。这一天，普赤和丈夫罗布都提早回到了家。普赤没有和罗布多说什么话，就开始张罗晚饭。罗布明显感到，自从妻子参加了厨师培训班，在家里经常能吃到新式的菜肴。如果拿不到厨师资格证，就开不了餐厅。一家人借着餐厅而团聚的愿望也就没法儿实现了。

这时候，普赤对自己能否开起餐厅来有点儿不自信了。顿珠书记一直惦记着普赤的学习，生怕她在最关键的时候放弃，便来到她家中访谈。聊天中，顿珠看出了普赤的犹豫，于是一直不停地劝慰她。顿珠书记暖心的话，对此刻的普赤来说是最需要的。周六是厨师培训班的休息日，普赤忙完家里的事情，来到临街经营商店和餐厅的邻居家想取取经。

邻居白玛是跟普赤一起参加厨师培训班的同学，不过她已经很有经验了。普赤心里清楚，对于没有工作经验的她来说开个餐厅没那么简单。所以普赤问得很细，投入多少，哪一种方式更赚钱等等都是她眼下最关心的问题。白玛和普赤是多年的邻居，以前的生活都以放牧为主。现在牛羊入了合作社，大家都要面对生活方式的改变和重新选择，彼此自然感同身受，心也更近一些。白玛的安慰让普赤一下宽了心，凝重的脸上也有了笑容。

从2020年年初开始，每天早上9点杰村的街道上都会准时传来一阵阵轰鸣声。这是杰村新承包的萨嘎县垃圾分类处理厂的垃圾压缩车，这项工作也是杰村扶贫工程中的一环。通过垃圾处理厂，杰村解决了8个人的就业，其中5个人每个月可以拿到4000元，另外3个人是驾驶员，每个月可以拿到2000元。他们现在已经有了自己的一个工作，已经有了稳岗的能力。近些年随着游客的增多，杰村牧区的生态环境也开始恶化，牧区垃圾收集分类的工作显得尤为重要。且增曲措和久杰是新上任的两名员工，他们负责萨嘎县8个乡，38个村的垃圾收购工作。萨嘎县山路多，乡与乡之间的距离，最长的有108公里，最短的也有30多公里，只是在路上的时间，就要两三个小时。在达琼村，因为收购价格没有谈妥，且增曲措和久杰一无所获。马不停蹄，他们又赶往 30 公里之外的提布卓娜村。为节约时间且增曲措经常边收着垃圾，边随便吃点东西填肚子。且增曲措曾经营肉类生意多年，去年生意不好做，欠下了15 万元的外债，成为杰村第一个存在返贫风险的村民。

顿珠书记和扶贫干部了解了他的情况后，帮他安排了这份司机的工作，每月有 2000 元钱的固定收入。这个工作没有固定的午休时间。如果一切顺利，且增曲措和久杰两人还可以去吃点热乎饭。他们会去最经济实惠的餐厅，一碗泡面就会让他们感到满足。他们就是以这种默默付出的方式，保护着牧区的生态环境和自己的家园。饭后没来得及休息，两人又出发了。他们要把当天收的垃圾运回杰村垃圾处理厂。

且增曲措一家徘徊在返贫的边缘，让顿珠书记格外担心。顿珠书记，除了给他安排固定的就业岗位，也为他争取到了一笔赞助款。其实顿珠书记最担心的是怕且增曲措好酒的老毛病又犯了。看着且增曲措的工作日渐稳定，一家人的生活慢慢步入了轨道，顿珠书记也放了心。当顿珠书记结束对且增曲措的家访时，且增曲措女儿那一声清脆稚嫩的"书记拜拜"温暖了顿珠一行人的心。这是扶贫干部以心换心换来的亲近，也是群众对他们工作的一种肯定。


## 高原愈冬有奇招　新店开张四处忙

寒来暑往，四季更迭。进入冬季的杰村，风物突变。紧邻杰村的雅鲁藏布江上游，水位降到了一年之中的最低点。这预示着，与大自然有着很强依存关系的牧民们将迎来最艰难的一段时光。而最早感知到这种变化的，是与这片土地最亲近的牧羊人。除了需要提早储备草料，全村的"防抗灾物资"也得及早落实到位。杰村的村委会主任且增，这几天都在忙着储备。牛粪在青藏高原的牧区是不可缺少的，牧民们用它来建筑家园和围墙，把牛粪当作燃料在藏区已有千年的历史，晒干后的牛粪没有异味，而且很容易燃烧，在资源匮乏的雪山脚下这是最佳选择。杰村平均海拔4700米，植被稀缺，可燃物少，牧民们依然沿袭用牛粪取暖的传统方式。这几日，是普赤所在草组统一捡牛粪的日子，因为家人都在打工，捡牛粪的活儿，又落在了普赤身上。普赤多年在牧场生活练就的娴熟动作，让她干起活来游刃有余，一会儿工夫就收获颇丰。开茶馆，牛粪的用量比平时多了一倍，普赤也捡得更起劲儿，虽然够平时的用量了，但她还没有停下来的意思。藏族妇女的生活，大都这样，独特的气候环境不仅塑造了她们坚韧的性格，为了家人生活得更好，她们也更能吃苦耐劳。按规定，每户牧民要交两袋牛粪到旧村委会仓库。杰村的冬季物资储备，每一户牧民都很看重，即便生活在山路崎岖的牧区，也会让有车的邻居，将他该交的那一份运来，放到仓库里。罗布家的牛粪，也在亲戚的帮助下送来了。这整整齐齐、堆满一屋的牛粪，没有落下一人。这份蓄积在牧民血液里的凝聚力，让杰村的冬季有了保障。世代延续至今的古老习俗，既是自然的力量促成，也是牧区生活独特的魅力所在。

　　经过45天在中式烹调厨师培训班的学习，普赤终于拿到了初级厨师资格证，还学会了三十二道中餐的制作方法。顺理成章，普赤家的藏式茶馆也随即开业了。大半生都过着自由自在的放牧生活，而开茶馆凡事都得精打细算，普赤有点手忙脚乱。藏面，是藏式茶馆的"主打食材"。试营业三天，就卖光了。普赤让在县城打工的罗布临时请假，赶紧进货。今天能来多少客人，普赤的心里也没谱。对藏区妇女来说，制作藏面是家常便饭。但如果是做生意，那就不一样了。普赤对每一个环节，都很上心，她是最想把好的味道呈现给客人。这份心情，她仿佛期待了很久。普赤的期待没有落空，中午来吃饭的人一直不断。因为人手不够，普赤还请来了同在厨师培训班学习的邻居来帮忙。这间住了两年的小屋，第一次迎接这么多客人，罗布和普赤忙得一刻不得闲。不过，心情格外畅快。普赤的藏茶馆虽然只是试营业，但三天下来，她却越来越有一个老板娘的样子了。

藏茶馆试经营，生意还不错，但经营的手续还迟迟没办，普赤准备自己去县城办理营业执照。本来罗布答应去办这件事，但他打工没时间，就只能落在普赤身上。普赤一直在牧区生活，也不会讲汉语，自己去办营业执照少不了麻烦。普赤刚到村委会，远远就看到罗布来了。他还是不放心妻子一个人操劳，就请了半天假。带着新开的茶馆证明，他们向县城出发了。到了县城，罗布没有马上去工商局，而是先来到了照相馆，拍了他人生中第二次的证件照。顿珠书记虽然忙着村委会的事情，但他也挂念着罗布夫妻俩办执照的事儿，提前向照相馆老板打好了招呼。虽然对萨嘎县城再熟悉不过了，但罗布带着妻子来办营业执照，还是走错了路。庆幸的是他们资质齐全，办理的过程很顺利。以普赤为法人注册的营业执照，当场就拿到了。临近中午，罗布夫妻俩没有着急往家赶，而是想借着这次难得的进城机会，把藏茶馆的家具用品再添置几件。冬天来了，茶馆大厅里，没有火炉可不行。挑来选去，掂量了半天，罗布和普赤最终选中了一款火炉。东西好，但价格太高，罗布想和老板再砍砍价。费了半天口舌，老板依然紧咬着价格不松口。火炉对藏茶馆来说是必需品，罗布虽然很不情愿，但最终还是买了下来。跑了大半天，夫妻俩置办了满满当当好多家具物品回到了家。简单吃了口饭，罗布又赶回县城去打工了。

从一位传统的藏区妇女，到如今自立自强开起了藏茶馆，这样的转变，让顿珠书记也佩服。为了祝贺普赤的藏茶管正式开张，顿珠书记默不作声地帮她订做了一个招牌。顿珠来到杰村当第一书记已有一年时间，他与罗布一家也相处了一年。看着他们告别传统的生活方式，从牧场搬入新区，又开起了藏茶馆，其中的步步艰辛，是他一路陪伴着走过来的。如今的这份收获和喜悦，也让他感同身受。罗布和普赤也有信心，在大家的祝福中，开启新的生活。

2016 年年底，杰村人均收入 6297.8 元，达到人均 3311 元的脱贫基准线，实现全村脱贫。2019 年杰村人均收入 9643 元，三年时间增长了 53.1%。杰村村民正通过他们勤劳的双手，在小康之路上稳步前行。

## （二）使命担当：防疫生产两手抓！他说村民们共同努力，困难一定能解决

### 《杰村牧羊记》扶贫手记

┃ 萨嘎县加加镇党委副书记　杰村党支部书记顿珠

2016 年打响脱贫攻坚战以来，我开始了扶贫脱贫工作。期间，多年的基层工作经验和村上实际情况告诉我，必须将工作的着力点首先放在走访党员、村干部、群众的调研和了解村情民意上，通过汇报、座谈、勘察、调研、帮扶慰问等方式，认真、扎实地开展驻村工作，全面了解村上的情况和存在的问题，及时掌握第一手资料，梳理出了我在各村遇到的几个突出的问题：一是全村老百姓平时生活上理发难、充值难、网购难；二是村干部的力量薄弱，干事创业的信息不足；三是村级产业发展不足，缺乏致富带头人，又没有像样的产业发展项目。这些问题的梳理使我有了工作的方向和思路，我时常告诫自己，作为基层干部，一定要捧着一颗为民之心、努力办好为民之事。我和我的同事不忘初心逐梦前行，牢记使命奋力作为，用责任担当书写"如角信心"、以苦干实干改变落后面貌，发挥好驻村职能和个人优势，通过党建引领、思想教育、劳务输出以及合作社组建，全力助推脱贫攻坚，带领群众跨越脱贫攻坚路上的一座座"险峰"，取得一个个胜利。

工作期间，紧紧围绕宣传党的十九大精神、助力打赢脱贫攻坚战、推进乡村振兴战略、维护基层社会和谐稳定、强基础惠民生

工作、精神文明建设、全面建成小康社会、"四讲四爱"群众教育实践活动、"不忘初心、牢记使命"主题教育等主要任务，组织召开村民代表大会，广泛征求群众意见，深入了解群众实际困难，把群众的所需、所急、所想、所盼进行整理汇总，对群众关心的难点、热点问题进行热心解答，始终坚持思想上尊重群众、感情上贴近群众、工作上依靠群众，真正当好群众的"知心人"，真正成为群众的"贴心人"。对我工作的村经济发展、维护社会稳定、矛盾纠纷、教育卫生、淡化宗教消极影响等方面开展逐户深入调查研究，全面摸清了村中基本情况，对存在的问题，提出了建议和意见，理清了促进村经济发展及促进村民增收致富的经济发展思路，为下一步驻村工作的开展奠定了很好基础。

积极扛起助力打赢脱贫攻坚的使命和担当，本着宁肯自己掉下几斤肉，也要让群众走上致富路的劲头，主动担起政策宣讲员、思想引导员，通过村民大会上集中宣传、开办夜校集中学习、入户讲解、微信群推送宣传资料等方式，制作扶贫政策音频资料，把扶贫政策和惠民举措送到每个群众家庭，把荣辱观和自力更生意识渗进每个贫困群众的心田。采取一核实家庭基本情况，二核查建档立卡基本情况，三询问"两不愁三保障"解决情况，四询问帮扶责任落实情况，五核查贫困户是否熟悉各自所享受的政策内容，确保"不漏一户、不落一人"的脱贫任务，切实做好入户宣讲培养政策"明白人"，让群众真正明白惠在何处、惠从何来，不断增强党的感召力、祖国的向心力和中华民族的凝聚力。期间，开展各类政策宣讲学习 150 场次、覆盖全村 194 户 2000 余人次，开展包户帮扶宣传累计 600 余次，全村群众政策知晓率达 99% 以上，群众满意度保持在 100%。在每一个我工作过的地方，结合当地群众政策知晓率低、充值电话费难、理发难等实际，成立了村级便民服务站，开设了政策解读、充值话费、网购、理发、政策咨询等功能，极大方便了群众的日常生活，切实办好办实为民之事。期间，利用便民服务站为群众充值电话费 12000 余元，网购各类物品 120 余件，政策咨询群众 180 人次，解决群众难题 30 余次。

因地制宜、广泛动员，切实做好农牧民专业合作社组建工作，由项目区富余劳动力参与其中，充分发挥示范带头作用，注重发展贫困户示范户，并对其他牧户引导开展集中放牧、解放劳动力，为提高劳务输出、增加现金收入奠定良好的基础。通过示范引领，率先垂范，转变群众传统经济发展模式，引导群众积极发展牧区畜产品深加工，并逐渐把厂房建设成党员、贫困户的实用技术培训基地，通过建设合作社，加快畜产品深加工产业结构调整，促进牧区产业扶贫又快又好发展，为指导和引导村级经济发展与贫困户脱贫起到良好的带动效应。初步估计，合作社将带动贫困人口人均增收 6507 元。我更加充分认识"脱贫攻坚工作"的重大意义，切实增强自身的政治责任感和历史使命感，通过这几年的扶贫工作，我深知一个道理，那就是我们所做的工作最终群众认不认可、高兴不高兴、理解不理解，支持不支持是我们工作的重点。

## （三）记录者说：雪域高原驻村日记

### 《杰村牧羊记》记录者说（一）

| 导演王小伟手记

我们摄制组在接到西藏这个选题的时候，已经是 12 月份，虽然已经做好了充分的思想准备，但从日喀则机场出来的一刹那，还是被雪山环抱的美景所震撼，接踵而来的便是呼吸困难与寒冷。为了适应这种突然而至的高原反应，摄制组特意在日喀则待了一晚，第二天才前往萨嘎县杰村。经过 8 个多小时的漫长车程，临近晚上 9 点才到达萨嘎县。我们从日喀则市的大约 3800 米海拔攀升至了 4500 米，高原反应更加明显，我们中的一名摄影师，便因为身体不适，只能躺在床上吸氧。

贫困户罗布一家是我们的拍摄对象。因为教育落后、思想固化、不懂汉语，很难找到工作机会，一家四口除了小女儿在酒店打工，其他人都靠放牧为生。像罗布一家的情况是该地区贫困典型。如何解放双手，增加务工人员，学到一技之长，不仅是罗布一家要解决的，也是杰村要面临的实际问题。

一年的拍摄过程中，我们遇到了频发的不可控事件，譬如新冠疫情的爆发，拍摄对象罗布家中遭遇狗熊袭击等等，频频考验着扶贫干部，也让我们的拍摄工作增加了难度。

杰村第一书记顿珠也是我们的拍摄对象，从最初对他寡言少

图 4-5
普赤（左）、尼玛卫色（中）、罗布（右）在家中吃晚饭

语的初步相识，到最后看到他耐心务实的工作态度，也让我们拍摄团队对他有了新的认识，常常暗自佩服。

顿珠书记因为离家较远，所以一直住在杰村村委会，一两个月回次家是个常事，他也因此常常感到亏欠家庭。第一次去顿珠家拍摄的时候，本以为像他这样的干部，居住条件应该会还不错。而让我们惊诧的是，他们竟然一直住在妻子单位提供的宿舍楼里，居住面积仅 40 多平方米，拥挤的居住条件，留给我们采访的空间都很紧张。顿珠书记有一个上小学的女儿，妻子是名小学教师，可能是职业的原因，妻子一直有着顾全大局的奉献精神，虽然自己带孩子照顾家里，但非常支持顿珠书记的工作。在与他们闲聊的过程中，深深体会到了一个基层工作者的不易，还有他们坚韧的吃苦精神。

像这种条件艰苦的情况很多，产业大会最后一晚本来是要举行篝火晚会，结果由于一场大雨，泡汤了。我本来以为扶贫干部们会沮丧，去他们帐篷里，发现他们在满地泥泞的地上铺上坐垫聊天，很开心，书记跟我说，这几天他们很辛苦，给他们放了一晚上假，让他们好好放松放松。我这时才意识到，这场牧场的盛宴，承载那么多欢声笑语，都是他们背后辛勤工作的结果。有部分人承担了这份责任，才让有些人得以安居乐业，享受快乐。

经过扶贫干部一年多的努力，现在杰村的生活越来越好了，大多数人已经离开牧区入住了政府修建的新家。每家的羊群也都加入了合作社，年底都有分红，杰村也有了自己的蔬菜大棚，每月都可以领到免费的蔬菜。8 月份还开展了厨师培训班，罗布的妻子普赤在这里学习，拿到了厨师证开起了餐厅，这让他们一家人不仅收入有了保障，也不用再四处奔波打工，生活越来越稳定，收入来源也多了起来。

## 《杰村牧羊记》记录者说（二）

### ｜ 摄影师王旋手记

拍摄时有两方面的困难。

一个是拍摄难度大。我们拍摄的牧场，海拔最高的时候 5300 米左右。刚开始的时候，低温冻得机器开不了机，高原反应是日常，光走路都觉得呼吸难受，更别提拍摄了。天气特别多变，有的时候拍着突然下冰雹，让人头皮发麻，刮风的时候，人站不稳睁不开眼，机器镜头上全是沙粒。第一期拍摄的时候，我们设备的音频口进沙损坏了，导致导演天天为声音犯愁，每天晚上拍摄结束后第一件事就是清理设备。最麻烦的是语言不通，拍摄沟通交流有障碍，等翻译完，很多重要的东西就错过了，只能根据主人公的行为动作抓细节，对于摄影及时去捕捉人物的情绪和拍摄方式很要命。

第二个就是扶贫。说一个有关杰村的顿珠书记的很有趣的事情，我们每一期拍摄见他，他的头发都比上一期少一撮。他原本已

图 4–6
2020 年 1 月，西藏导演王小伟和摄像，在海拔 4000 米的西藏顶着大雪进行拍摄

经完成下派驻村的工作任务了，但再次申请来了杰村。这里讲讲他日常工作的一些事例。劳务输出的时候，他和驻村工作队给村里的贫困户们介绍工作，为了帮助语言不通的牧民组织培训，牧民上课时间有问题，他们挨家挨户劝，带着驻村工作队上到家里上课。贫困户外出打工没时间照顾孩子，他们把小孩子们安排在村委会，由驻村工作队照顾孩子们学习生活。我感觉最难的还是牧民思维上的转变，为了入股合作社的事情，顿珠书记一直去草组里给每户牧民

图 4–7
抓拍顿珠书记

做工作，可以苦口婆心地从草地坐着解释政策、解决问题，一直到天黑，再到牧民家里继续。有一天晚上拍摄的时候，通过顿珠书记和家人视频聊天，我们才知道 8 个月里他只在我们拍摄第二期节目的时候回过一次家。

顿珠书记长期在牧区坚守，对每户牧民家里情况如数家珍，扶贫工作细致入微，所以对他说过的那句"杰村 194 户牧民也是我的家人"，我深信不疑！

五

## 雪山下的生活

扫码收看《雪山下的生活》

## （一）攻坚之路：扶贫干部用心付出，村民日子越过越好

阿尼玛卿雪山，位于青海省东南部的果洛藏族自治州（以下简称果洛州），平均海拔 6000 米左右，是黄河源头最大的山脉，山脉连绵起伏，山势巍峨，气势磅礴，这里积雪终年不化，独特的气候条件造就了壮美的自然风光，但恶劣的生存环境严重影响着人们的生产生活。位于阿尼玛卿雪山脚下的年扎村，平均海拔 4300 米，属于典型的高原寒冷气候，这里距离省会西宁 700 多公里，是深度贫困地区，全村共 184 户，其中建档立卡贫困户 102 户 352 人，是一个纯牧业村，恶劣的自然条件、不便利的交通，使整个村子生产生活条件落后，产业结构单一。养牛羊是村民们的主要收入来源。

图 5-1
阿尼玛卿雪山

## 心想致富力不足　小额信贷又遇难

　　今年 39 岁的才让公保是果洛州玛沁县下大武乡年扎村的村民，也是该村的建档立卡贫困户。冬季来临，雪山脚下的气温已经降至零下 30 摄氏度。清晨，才让公保和妻子已经早早起来，熬制奶茶，一碗奶茶，代表着才让公保一家一天的开始。才让公保有三个孩子，大女儿在县城寄宿制学校读初中，家中平时还有两个姑娘和姐姐家的孩子需要他们照顾。

图 5-2
才让公保一家人

　　进入冬季，下大武乡各个村子的合作社都会把种公羊卖到其他牧区，来增加村民们的收入。2011 年，年扎村成立了生态畜牧业专业合作社，以白藏羊养殖为主，村民们可以把自家的草场和白藏羊入股到合作社，参加分红，也可以通过报名到合作社当牧工，领工资。每年 2 至 3 月份是购买白藏羊的最佳时机，因为这个时候购买，羊的价格会比出栏高峰期便宜近 200 元。虽然便宜，但对于才让公保来说也是一件困难的事，因为他没有多余的钱去够买白藏羊投入到合作社。2018 年，他向当地的银行申请了精准扶贫小额贷款，一年过去了贷款还没有下来，这让他很苦恼。由于手机信号不稳定，每次打电话才让公保都要跑到半山腰上，才能找有信号的地方去询问贷款什么时候拨款下来。

扎西闹吾是下大武乡年扎村驻村第一书记，今年 37 岁的他是 2018 年由邮储银行果洛州班玛支行派驻到这里的。接到才让公保的电话，第二天一大早扎西闹吾就和工作队的同事前往他家了解情况，乡政府距离才让公保的家有 40 公里，由于基本上都是颠簸不平的山路，40 公里的路程，开车也要用上 1 个多小时的时间。冬天，很多路面结了冰，为了防止车辆打滑，扎西闹吾要仔细观察路面，时不时会停下来，往冰面上撒一些沙土，增加轮胎摩擦力。翻山、越沟，这样的山路扎西闹吾和他的同事要走很多遍。才让公保的贷款一直下不来，村委会组织的草原灭鼠活动也没心思去参加。

青稞炒面、酥油加上奶茶，搅拌形成糌粑，这是才让公保家主要的食物，由于放牧的原因，每天都是早出晚归，因此一天只吃两顿饭。而这种高热量的食物很适合充饥、御寒，便于携带和储藏，才让公保的一天便是从一碗糌粑开始。这一天，才让公保家中的一只小牛有些不舒服，他找来了自己的发小肉保来帮忙。他俩从小一起长大，祖祖辈辈都是以放牧为生，现在的肉保在合作社打工，还把草山和白藏羊以入股的方式加入到合作社，同时参加培训成了村上的一名兽医。通过自己的努力，肉保已经从贫困户变身为村里的脱贫光荣户，还买了一辆二手车，现在一年收入已经超过 10 万元。

同样是一起长大的好朋友，才让公保现在还在村里给别人家放牛，60 头牛，一年能赚 10800 元工钱。加上他当林业管护员，一年收入 1 万元，才让公保一家五口人一年收入也不过 3 万元。才让公保还用着最原始的放牧方式——骑牛放牧。在他看来，去合作社放羊是一件体面又挣钱的营生，在合作社里不仅能学到专业的养殖技术，而且大家在一起放羊，也不会感觉孤单。独自放牧的才让公保看到了差距，他决定借辆车去离家 20 多公里远的合作社，实地看看养羊的情况。来到了合作社，和肉保交流过后，又看了合作社的条件，才让公保觉得在合作社放羊并没有那么难，一想到在合作社工作一年还能有 3.6 万元的收入，他激动了起来。决定去找乡长多杰才旦商量今年加入合作社放羊的意愿，然而事情并没有像他想的那么简单。刚才还很高兴的才让公保，烦恼了起来，本以为找到乡长就能解决，可是事情比他想的复杂得多，回到家中，妻子已经做好了晚饭。面对妻子的询问，才让公保没办法解释，因为他并不清楚贷款为什么没能办下来。扎西闹吾这两天通过和驻村干部入户调查时，发现了才让公保他们家的贷款一直下不来的原因，通过询问上级，发现是他的征信有问题。为了帮才让公保解决银行征信的问题，一大早扎西闹吾和工作队的同事，开车前往 170 多公里外的邮政储蓄银行。扎西闹吾查清了贷款没能办下来的原因，本想马

图 5–3
在年扎村合作社里当牧工的肉保

上告诉才让公保，但是看到他养羊致富的积极性那么高，扎西闹吾犹豫了。而此刻的才让公保也在发愁，他明白贷不上款，就没钱买羊入股到合作社，参加每年年底的分红，同时自己能不能去合作社放羊也成了未知数，内心焦虑的他，能做的只有等待。

## 功夫不负有心人　小额贷款终获得

临近藏历新年，才让公保一家正忙着打扫卫生，为过年做准备。藏历新年是藏族人民的传统节日，2020 年的藏历新年比春节晚一个月。眼看一年要过去了，才让公保心里一直装着事，他申请的贷款迟迟没有批下来，购买白藏羊的好时机也早已错过了。他本想着如果这笔款能够办下来，就用来扩大养殖规模，但现在看来，这个计划可能要泡汤了。

藏式点心，是藏族人家过年不可缺少的食物。酥油、人参果、曲拉、黑芝麻、青稞面粉和白砂糖混合在一起，倒入容器中，等到完全冷却后便成为独具特色的藏式点心。这种藏式点心在才让公保家只有过年的时候才会做，一家人围坐在一起，在点心上用各种颜色的糖果摆出不同的图案，预示着来年风调雨顺、人畜兴旺。在牧区，家家户户的妇女几乎都会制作这种藏式点心，70 岁的仁青吉是才让公保的母亲，她想把自己 50 多年来制作点心的手艺传给自己的儿媳妇才让拉毛。

才让公保的家距离父母家 60 多公里，因为交通不便，他与父母见面的次数很少，今年他把父母接到了身边，一起过年。母亲仁青吉是一名具有将近 30 年党龄的老党员，而且当了 30 年的民兵班长。当过民兵班长的仁青吉在村里还是有一定的威望，她看到自己的儿子与同村的其他人相比，生活过得很拮据，作为母亲的她心里很不得劲。

肉保和才让公保从小一起长大，现在已经是村里的致富带头人，辛苦了一年的肉保决定带着妻子开车前往 170 公里以外的县城，采购年货。肉保在村里有着丰富的养殖经验，他和合作社签订了一份长期的合同，同时他自学畜牧医学方面的知识，成了村里的一名兽医。这个年，肉保过得很踏实，腰包比去年又鼓了不少。由于放牧的原因，过年期间合作社里的很多牧工不能回家，考虑到这些，赚了钱的肉保在采购的时候就买足了年货，想着把大家聚在一起好好过个节。

新年第一天，才让公保一家早早起来，开始梳洗打扮。虽然生活拮据，但他们还是给孩子们准备了过年的新衣服。由于贫困，才让公保一家平时过得很节省，这几年夫妻俩为了省钱，没有买过新的衣服。过年了，才让公保和妻子拿出了结婚时穿的藏服，平时这些衣服他俩都不舍得穿。

周忠拉毛是才让公保的大女儿，在县城的寄宿制中学读初一，由于聚少离多，女儿在学校的学习、生活是才让公保每次与女儿见面时最关心的事情。

才让公保的父亲扎拉，也关心着儿子一家人的生活。父亲一提到收入，才让公保就不太想正面回答这个问题，他不想和家人提起贷款没有着落的事情，在一旁的妻子看出了他的心思。

村里的 102 户贫困户加入了合作社，社员们以草场流转和牲畜联户经营等方式入股，加入合作社是因为有成熟的养殖技术和科学化的管理，在合作社的牛羊产崽率高，短短几年时间，牧民有了可观的收入。

才让公保已经结束给别人家放牧的工作，照看自家的牛是他每天最重要的事。眼下，到了牦牛产崽的高峰期，照料怀孕的母牛是他和妻子目前最重要的事情。一头小牛犊能卖 2000 元左右，这群牛是才让公保一家脱贫致富的希望。最近，才让公保的心总是悬着，他时时刻刻都在关注着母牛的身体状况，因为母牛能否顺利生产，生的小牛是否健康，对于一个靠放牧为生的家庭来说极其重要。牦牛是才让公保一家主要的收入来源，与平原地区不同，高原地区环境恶劣、气温低、氧气稀薄，怀孕的牦牛在生产时有一定的风险，小牛犊的健康成长是牧民最为担心的事。

从小就放牧的才让公保已经积累了丰富的经验，他通过母牛的体态特征就能判断出母牛什么时候产崽。果然，在他预测的时间内黄色的牛产下一头小牛，才让公保第一时间前去检查小牛犊的健康情况。回到家中，才让公保忙着把小牛的照片发到朋友圈，在牧区一头小牛犊的价格能卖到 2000 元左右，长到成年能卖 7800 元，小牛的陆续出生对于他来说就是增产增收，这也是才让公保最高兴的事情。

这些日子，驻村第一书记扎西闹吾，经过各方面协调沟通，总算让才让公保贷款的事情有了着落。通过银行调查了解，才让公保的逾期行为，并非恶意拖欠，由于才让公保所在的年扎村被当地邮储银行评为信用村，根据政策规定，村民享有信用修复的机制，这对才让公保来说无疑是一个好消息。

不久后邮储银行的工作人员到年扎村为村民当面办理贷款手续，得到通知后的才让公保立马前往村里的办理点。这笔贷款对于才让公保一家来说很重要，一路上他不停地询问妻子准备的各种手续。

尽管之前有了第一书记扎西闹吾的口头保证，但在贷款办理点，才让公保仍然看到有村民的资格审查没能过关，这让他心里更是没了底气。直到签了字，按了手印，通过工作人员的解释，才让公保才知道，由于自己征信的问题，不能保证他申请的 5 万元贷款能否如数发放，即便这样才让公保也想尽快拿到钱，因为在他看来得到贷款，就等于得到了保障。贷款问题总算得到了解决，这段时间一直因为贷款而闷闷不乐的才让公保终于松了口气。

## 扶贫贷款有着落　牧工计划又落空

进入夏季，雪山脚下的年扎村，丝毫感觉不到夏天的来临。年扎村平均海拔 4500 米，属于典型的高原寒冷气候，夏天最热的时候也才 20 多摄氏度，年平均气温在零下 5 摄氏度以下。这一周是才让公保当林业管护员值班的日子，他每天都要和同事德却绕着村附近的几座山和河流走一遍，看看树木长得怎么样，看看河道有没有被污染，看看有没有盗猎者……从早上 8 点钟进山，一巡护就是 10 个多小时。2018 年才让公保当上了林业管护员，每年有一万元的工资收入，占他们一家全年收入的三分之一，但这并不能够维持家里五口人的日常开销，如果能去合作社当牧工，得到的收入是林业管护员的三倍多，于是，当牧工成了才让公保心心念念的事情。

今天第一书记扎西闹吾来入户调查，才让公保还没等第一书记开口，便急切地询问去合作社当牧工的事情。这段日子，才让公保除了日常进山巡护，他内心最着急的就是合作社选牧工的会什么时候开。虽然不知道自己能不能去合作社当牧工，但他对于怎么去放羊已经做好了规划。才让公保盼着去合作社当牧工，因为在合作社当牧工每年能赚到 3.6 万元，这对于才让公保来说足以让自己家全年的收入翻一番，实现脱贫。然而现在这一切都是未知的，才让公保心里既迫切又担心，想早点开会又担心自己选不上，焦虑的

图 5-4
摄制组拍摄才让
公保巡护

他找到了自己的好朋友肉保。今年合作社共产了 1900 只羊羔,之所以母羊的产崽率和羊羔的成活率能这么高,是因为合作社有成熟的养殖技术和科学化的管理模式。肉保不仅在合作社当牧工,而且通过入股合作社实现分红,再加上自己的努力成了村里的脱贫光荣户,现在一年收入达到了 10 万元。这几年像肉保这样的人,在村里已不是少数,看着村里的人在合作社当牧工后发生的变化,才让公保心生羡慕。

　　最近让才让公保不顺心的事一件接着一件,自己发愁的事情没有解决,远在 170 公里外上学的大女儿周忠拉毛的身体又出现了问题。周忠拉毛,今年 14 岁,在果洛州的寄宿制中学读初一,受疫情的影响学校实行了封闭式管理,她已经两个月没有和父亲见面了。即使在平时,周忠拉毛也会因为交通不便,而选择周末待在学校不回家。170 公里、往返 4 小时,使她们父女在一起的时间少之又少。经过检查，周忠拉毛的胃痛是饮食不规律引起的，才让公保一听不是什么大问题，心中悬着的石头落了下来。才让公保没有什么文化，一直都是靠着放牧为生。说起对于女儿以后的规划他很明确，他想让女儿一直读书，而不再回到这个小地方继续放牧，想让孩子们用知识去改变命运。

回到家中，妻子正在准备晚饭。面片是西北地区最常见的一种面食，将面团擀成饼状，待下锅时再切成短条，一手拿面条，一手揪成方块下到锅里。这种面食也是才让公保平时最爱吃的。才让公保跟妻子说了大女儿的病不是很严重，可能是有点想家了，让她不要担心。原本还想再说些什么，却欲言又止。才让公保明白这段日子的烦闷显然不是和妻子聊聊就能解决的。

驻村第一书记扎西闹吾得知，最近才让公保的情绪很不好，于是和乡长还有工作队的同事一起来到他家，给他做思想工作。乡长和书记为开导才让公保讲了很多，认为他的想法需要转变，在任何方面都要想办法增加收入，例如，灭鼠种草等都可以参加，从而增加收入。但才让公保并不理解，在他看来灭鼠种草的劳动一天最多能赚 100 元，而且这种劳动并不是经常有，带不来多大经济收益，才让公保现在一门心思就想去合作社当牧工，他始终认为放牧才是唯一一条致富的路子。

乡长多杰才旦回去后与镇书记表明态度，要求尽早召开牧工选拔会，因为合作社选择牧工的会议对村里的贫困户来说很重要，谁能够成为合作社的牧工，就意味着一年能够多收入 3.6 万元。在乡领导的协调下，一周后合作社理事会决定召开选择夏季草场牧工的会议。然而在这次会议上，列席参加的第一书记扎西闹吾听到了一个让他吃惊的消息——原来在 2017 年才让公保就在合作社当过牧工，当时受雪灾的影响，加上才让公保自身经验不足，管理不善，导致他在合作社喂养的 300 多只白藏羊死了近一半，这在当时给合作社带来了很大的损失。得知这个情况的扎西闹吾陷入了沉思，原来这两年才让公保一直申请加入合作社，可理事会迟迟不肯批的原因就在这。原本是村里人人都期盼要开的会，最终却因才让公保的问题不欢而散。

此时下大武乡正在开林草长制动员会议，这是乡里为了提高管护员的巡护能力以及加强牧民对林、草、山、湖的保护而专门开设的培训会。正在参加培训的才让公保，并不知道合作社理事会因为是否选择他当牧工而产生了很大的分歧。这时，扎西闹吾给才让公保打通了电话，只是说了查询贷款的事情，并没有告诉他开会的结果。一方面理事会有这么大的顾虑，他还没有想好怎么去解决；另一方面，想到才让公保养羊的积极性那么高，去合作社当牧工又是他现在脱贫唯一的办法，扎西闹吾一时也不知道怎么开口告诉他。

## 书记舍小家为大家　才让公保表决心

今天，下大武乡年扎村的建档立卡贫困户才让公保早早来到了合作社的广场，等着领取扶贫物资。这些物资是由青海省果洛州玛沁县民政局提供的，年扎村的 102 户建档立卡户每年都会领到衣服、鞋子、米、面等生活用品。由于品种和数量有限，牧民能够得到什么物资都要通过抽签方式来决定。才让公保得到的物资除了面和油以外，鞋并不是他想要的，因为去年抽签的时候，他就抽到了一双鞋，今年他更想抽到一件棉衣。

距离贷款审批下来已经有半个月了，才让公保一直没有弄明白，他当时申请了 5 万元，为什么只批了 2 万元，他决定去找第一书记扎西闹吾问一问。第一书记给才让公保解释了贷款只批了两万元是因为他的征信问题。但才让公保似乎并不明白，他只关心这笔贷款能买到多少头牛，扎西闹吾看出了他的心思并主动提出一起去牛市看看，但由于目前牛价较高，第一书记建议先观望一段时间。这些日子，第一书记因为才让公保贷款的事情，没少费心思。然而在村里像他这样的情况并不是个例，由于牧民对信贷知识不了解，第一书记扎西闹吾每次入户调查、讲解政策得到的反馈并不好。基层干部去讲一些政策的时候，牧民们接受能力特别差，一个政策有的时候讲上几十遍是常有的事，只能反复地给他们做思想工作才能让他们慢慢地去理解扶贫政策。

扎西闹吾来年扎村当第一书记已经快两年了，为了让更多的贫困户贷到扶贫资金，他联合自己的单位邮储银行推出了"双基联动＋第一书记"的精准扶贫小额贷款模式，在村里直接就能办理贷款业务，现在年扎村成为玛沁县的第一个信用村，实实在在解决了牧民筹借资金难的问题。

扎西闹吾是土生土长的果洛人，懂藏、汉双语，2018 年被派驻到纯藏民族聚居的年扎村当第一书记，由于是本地人，扎西闹吾深知怎么和牧民处成朋友。扎西闹吾认为扶贫干部只有吃在牧户当中，住在牧户当中，真正地了解了牧户，才能解决牧户的问题和困难。扎西闹吾认为这份工作苦并快乐着，看到牧户的转变，看到牧户的生产生活条件都在改善，他的心里感到无比欣慰。

作为第一书记，由于工作的原因，扎西闹吾很少有机会回到800 公里外西宁的家，去陪伴两岁的儿子和年迈的母亲。这几天忙完了检查组的工作后，扎西闹吾抽空回了一趟家。由于分居两地，各忙各的工作，扎西闹吾离了婚，孩子只能和奶奶生活在一起。太久没有和儿子见面，年幼的小豆豆面对父亲，难免有些生疏。扎西闹吾的儿子，今年两岁了。由于工作，扎西闹吾每三四个月才能回一次家，最多待一周，这两年来能够陪孩子成长的时间加起来也不足 7 个月。和家人团聚的时间总是很短暂，两天后再见到扎西闹吾时，他已经回到了年扎村，在脱贫攻坚的重要时刻，村里还有大大小小无数的事情等着他去处理。

年扎村脱贫攻坚的进程依然艰巨复杂，晚上下大武乡干部召集各村第一书记和扶贫工作队队员开会，探讨工作中存在的薄弱环节和不足。乡长多杰才旦，在大会上提出了"十化"党建工作方法，是果洛州玛沁县委在脱贫摘帽的关键时期提出的，其中包含制度化、精准化、实效化等 10 项具体措施，这些措施的目的就是调动牧民们的积极性，弥补脱贫攻坚中基层工作方法的不足。2019年年底，年扎村全面脱贫，脱贫之后如何巩固，不再返贫，成了工作重点。现在年扎村因疾病造成没有劳动力的 7 户牧户，每年享有 3600 元的低保兜底。除此之外，仍有极少数牧户存在自我发展能力不足的情况，才让公保就是其中之一。满足现状，成了才让公保存在的最大问题。经过商量，第一书记和乡长决定，先让才让公保加入到"十化"党建中的环境卫生监督小组，这样不仅能接触到更多的人和事，重要的是能调动他的积极性。草原是牧民世世代代生活的家园，保护好这片赖以生存的地方，是每个人义不容辞的事情。每一次牧民们参加环境整治活动，乡长和书记都要再三强调保护环境的重要性。正在参加环境整治的才让公保，心里始终担心着另外一件事。眼看合作社要分羊了，他还没有收到去合作社当牧工的通知，于是忧心忡忡。想找第一书记扎西闹吾问问情况，然而扎西闹吾给他的建议是去找合作社的常务理事长谈谈。雪山下的年扎村，还没有感受到夏季的暖阳，冬季已悄然而至。对于这次沟通，才让公保做足了准备、表明了决心，但还是未能得到一个答复。错过这次机会，又要等待一年的时间，对他来说耽误不起的并不是时间，而是一天100元的工资，才让公保异常沮丧。

## 合作社里当牧工　生活有了新希望

今天才让公保和第一书记扎西闹吾约好，一起去村里的几户人家看看。带着刚从银行取出来的两万元扶贫资金，他想买几头牛回去。在牧区，牧民之间交易有一种特殊的谈价方式，叫"拉手比价"或者"袖内捏价"，就是把手放在袖子里通过捏指头讨价还价，如今在农村牧区还保存着这种古老的牲畜交易方式。牦牛是高原牧区主要的家畜之一，在年扎村，没有专门买卖牛的交易市场，都是有意愿的牧户之间相互买卖。牛的品种也都是当地的果洛牦牛，最近牦牛的价格见涨。手里的两万元能买几头牛，才让公保必须用得慎之又慎。其实才让公保心里早有想法，想用两万元买5头小牛，但按照现在的价格显然是不行，牦牛的售价太高，手里攒着好不容易办下来的贷款，他有点舍不得，准备再多看几家。面对牛场里这么多的牛，才让公保和第一书记扎西闹吾一时也挑花了眼，虽然扎西闹吾看不懂牛的品相，但他知道才让公保叫他来的目的就是帮他砍价。

久杰和才让公保是多年的邻居，都是靠着放牧为生。2016年还是贫困户的久杰，利用小额扶贫贷款买牛繁育，通过这几年的发展，家里养的牛不仅壮，而且数量也逐年增多，现在已经是乡里远近闻名的养牛大户，2018年就实现了脱贫。同样是依靠放牧，久杰的变化，才让公保看在眼里，因此他拿到贷款后也选择了买牛。按照才让公保以往的放牧经验，他想购买公牛和母牛，这样不仅能育肥而且还能让其产仔，增加收入。但他不知道什么样的价格才能买到公牛，他决定和邻居久杰好好谈谈。从邻居久杰手里买牛，才让公保和第一书记扎西闹吾费尽了口舌，才让公保还用上了邻里之间友情之类的说辞，好一阵砍价，最终每头牛价格比其他家便宜了一千元，才让公保如愿买到了5头牛。晚上回到家，在和妻子的聊天中，才让公保开始盘算起，如何让这5头牛带来效益。他计划将这5头牛养大后产仔、育肥再卖出，这样就能赚到钱，还贷款。看着这些牛，才让公保心里多了些底气。

过了几天，乡长和合作社的副理事长来到家里，才让公保感觉肯定是当牧工的事情有消息了，他显得有些紧张。听到自己被选上当牧工，才让公保非常激动，表示自己一定会努力。对于这次机会，才让公保明白来得实属不易。通过副理事长的解释和沟通，才让公保得知羊可以拉回自己的草山附近养，他早早就收拾好的羊圈终于派上了用场，不仅牛羊可以一起放，而且还能照顾到家里，才让公保的信心倍增。才让公保自己也知道，为了他能当牧工这件事，乡里的干部和扶贫工作队的同志没少费心思，这么多人帮助他，他心存感激。对才让公保来说，放好羊、早致富是最好的回报。当牧工这件事，受各方面因素影响，足足困扰了才让公保十个多月，如今才让公保如愿以偿，心里的石头彻底落下。在合作社当牧工，成了才让公保一家摆脱贫困的希望。

第二天一大早，合作社副理事长闹华赶着羊群来到才让公保家，现场和他交接、核对数目。看到羊群，才让公保干劲十足，想到合作社还有一部分羊等着分给他，他的话都比平时多了起来。在核对羊群数目时，由于羊群数量多，才让公保显得过于着急，总是数错，他连忙招呼合作社的其他人一起帮他数。整整一个上午，在大家的帮助下才让公保顺利分到了羊，总共650只，等不及副理事长闹华读完合同上的内容，他就立马签了字。一天一百块钱的牧工工资，再加上合作社的分红和当林草管护员的工资，这一年下来的收入足以让才让公保一家脱贫致富。村里的人看到才让公保当上了牧工，都替他高兴，好朋友肉保第一时间来祝贺他。

羊群分到手，才让公保并没有停下来，他又要为下一步的转场做准备。在牧区，牧民都会随着季节的变化而转移牧场，他们遵守自然法则，不会等到周围的草都被吃光了才转场，这不仅为了他们的牛羊，最重要的是保护了草场。这一天对才让公保来说是最快乐、最充实的一天，夫妻俩一直为了即将到来的牧工生活忙碌着。

对于才让公保来说，当上牧工，就走上了致富的道路。如何走好这条路，他需要付出的努力还有很多。阿尼玛卿雪山终年积雪覆盖，山脚下的草场靠雪山滋养，冬天草场上到处都是雪，才让公保的牧羊生活才刚刚开始。

## （二）使命担当：让青春在扶贫路上如格桑花般绽放

｜ 玛沁县下大武乡第一书记扎西闹吾驻村工作手记

时光荏苒，岁月如梭，转眼已经到 2021 年，驻村生活，酸甜苦辣，五味杂陈，一时间也颇多感慨，但是回想起自己的驻村生活，仿佛就在昨日……是以记之！

2018 年 4 月，为推进金融精准扶贫工作，邮储银行果洛州支行根据果洛州党委组织部关于驻州单位派驻第二轮驻村第一书记的

图 5-5
扎西闹吾（右一）
开展第一书记驻
村扶贫工作

工作部署，派遣懂得藏、汉双语的我深入玛沁县下大武乡年扎村，开展第一书记驻村扶贫工作。

## 在"走家串户"中拉家常、讲政策、办实事

走家串户，是我熟悉村里工作的第一步。那是 2018 年冬天一个寒冷的清晨，大雪封路，去往扎青沟入户回访的我和同事们第一次感受到了来自阿尼玛卿雪山的"下马威"。

时隔两年，乡政府工作人员拉忠对那次下乡仍记忆犹新，"车不受控制，稍微给点油就往悬崖边上溜。"雪越下越厚，我们的汽车被困在阿尼玛卿雪山背面的半路上，一侧陡峭的山体和另一侧的悬崖河谷让我们进退两难，我从车上抓起备用的铁锹开始挖车，好不容易清了车轮下的积雪往前走了一点，车又陷进去开始打滑，可是我没有放弃。铁锹挖，徒手刨，平时 4 小时打个来回的路程，我们足足用了 14 小时。虽然精疲力竭，但圆满完成任务，心里就踏实多了。我们如此拼命，就是因为扎青沟里还有 7 户乡亲。

下大武乡年扎村平均海拔 4300 米，气候异常恶劣，和冬虫夏草著名产区雪山乡一山之隔，却无虫草资源，贫困面广，贫困程度深。

2018 年 4 月，我作为第二轮驻村扶贫第一书记来到年扎村，初来乍到的我深知，面对最难啃的硬骨头，自己肩上的担子有多重。正是在这个过程中，我在村里拥有了第一个"粉丝"——尕桑尖措。尕桑尖措是年扎村的贫困户，作为 4 口之家唯一的劳动力，因为要照顾年迈多病的父母，无法外出务工，生活陷入困境。了解情况后，我试图利用国家扶贫政策和金融支持帮助其脱离困境。

2018 年 5 月，经我协助，邮储银行玛沁县支行为尕桑尖措发

放了 5 万元的精准扶贫小额贷款。刚开始，由于观念落后，尕桑尖措认为扶贫贷款是政府给他的钱，可以用于家庭的日常紧急开支，而不需要归还。为了做他的工作，我先后五次到他的帐篷里宣传扶贫政策，以及银行扶贫贷款事项。在我一次次的走访中，尕桑尖措的态度逐渐有了变化，有时，他会打断我，提出一些问题，请教关于贷款的事情。

如今，尕桑尖措用扶贫贷款购置了 50 只白藏羊，和年扎村生态畜牧业专业合作社签订协议入了股份，每年年底，分享着合作社红利。我记得和他一起赶着那 50 只白藏羊到年扎村生态畜牧业专业合作社时，尕桑尖措黝黑的脸上充满了笑容。

## 只有时刻心系群众，才能推动工作创新

从年扎村到玛沁县，一个来回有 320 公里，没有公共交通工具。看着贫困户骑着摩托车在一边是百米悬崖、另一边随时可能出现山体滑坡的公路上往返办理扶贫贷款业务，我看在眼里，急在心里。为此我向州支行提出了"上门服务办理贷款"的意见，州支行领导得知此事后，高度重视，在省分行相关部门的指导下，推出了"双基联动＋驻村第一书记"精准扶贫小额贷款整村推进的创新模式。在听到这一消息后，我迅速找准工作定位，有效搭建政府、银行和贫困户之间的沟通桥梁。我和我的同事们仅用 1 个月时间，就完成了下大武乡三个村所有"三有一无"（有发展意愿和项目、有劳动技能、有资金需要和无欠款欠息的贫困户）牧户的集中调查和"精准扶贫"小额贷款投放工作。在有效规避风险的前提下，真正把国家的扶贫政策带到了牧户身边，把"精准扶贫"小额贷款送到了牧户的帐篷中，提高了扶贫工作水平。截至 2020 年 12 月末，累

计走访贫困户 350 人次，制作贫困户贷款需求统计表 120 份，三个村累计投放"精准扶贫"小额贷款 300 余万元。对此，年扎村贫困户囊秀吉点赞说道："我长这么大，第一次见银行职员到家门口来放贷的！"

2018 年 8 月，正当我在村里全面推开扶贫小额贷款"大展拳脚"之时，接到了父亲病危的通知，我手足无措，匆匆启程赶回西宁。父亲只给我留了一个小时的时间，我在家里陪母亲待了几天，便匆匆启程返回扶贫岗位。因为长期分居两地，各忙各的工作，我离了婚，不到一岁的孩子和奶奶生活在一起。在驻村的近两年来，由于工作原因我三四个月才能回一趟家，最多待一周，别说照顾孩子，连老人都照顾不了，幸好有我的姐姐们替我分担了很多，我才能安心干工作，我的家人是我坚强的后盾。

有一首歌是这样唱的："都说养儿能防老，可儿山高水远他乡留……"同样作为父母的儿子，孩子的父亲，我对通情达理的母亲大人与和蔼可亲的姐姐们充满了愧疚和感激。

## 党建引领脱贫攻坚

（一）抓党建促提升，夯实党组织基础。去年"十化"党建实施意见印发以来，我村召开多次会议，对文件内容进行了专心学习，就乡党委对"十化"党建提出的具体工作方案进行了分组讨论学习。一是为使"十化"党建工作每一项目标任务更接地气、更贴近牧民群众生活，乡党委将"十化"党建工作做深、做细，分别就"十化"党建制定了 10 个具体工作方案。二是以"十化"党建为引领，严格按照乡党委制定的"十化"党建 10 个具体工作方案要求，从"生产发展、纠纷调解、环境保护、文化教育、治安联防、民族团结创建、精神文明创新"等入手,有针对性地成立了11个村级专项工作组,并以11个村级专项工作组为抓手,推动各项工作深入开展。截至目前,我村的11个村级专项工作组分别自主开展相关活动60余次,党员参加人数累计达500余人次。三是结合"双联共建"活动及时与县委组织部机关支部召开联席会、议事会、座谈会,以"三会一课"为基本形式,以"两学一做"为基本内容,持续推动"双联支部"党内政治生活规范化,通过党建活动"联办"、为民服务"联做"、优势资源"联用"等方式,解决年扎村实际困难,助推脱贫攻坚工作扎实有序开展。

(二)党建引领,支部发力,助推脱贫攻坚。一是我村以"十化"党建工作为统领,以全面打赢脱贫攻坚战为目标,充分发挥11个村级专项工作组作用,创新运用"975+531"工作模式,对建档立卡贫困户和非建档立卡贫困户开展脱贫攻坚政策宣讲和结对帮扶,提高牧户政策知晓率。二是发挥党员先锋作用,争当脱贫致富的领头人。各村牧民党员切实发挥带头作用,积极带动村里的其他党员和贫困户增加收入,尽早脱贫,成为党和国家好声音的"传播者",做好脱贫致富的领路人。我村产业发展组组长肉保率先带头入股合作社,脱贫路上坚决不"等要靠"。在年扎村生态畜牧业专业合作社运营初期,牧民并不愿意加入合作社,生怕合作社挣不了几个钱。这时,肉保率先将自己的草山和牛羊入股到合作社中,成为第一个加入合作社的牧民。年底,肉保除了拿到10%人均640元产业资金的分红外,还根据合作社一年的收益情况拿到了额外的利润分红。在他的努力宣传下,其他牧民群众也纷纷入股,加入到合作社发展的队伍中来。这两年,肉保积极响应村"两委"的号召,加入到村级11个专项工作组中。引导身边的党员和贫困户摆脱"等要靠"思想,转变思想、高效养殖、科学放牧。三是"双联支部"

以"十化"党建为抓手，利用"铁骑""马背""党员先锋""巾帼""青年"等宣讲工作队，走帐串户扎实开展脱贫攻坚政策、应知应会知识的宣讲，提高牧民群众对脱贫攻坚政策和应知应会知识的理解和掌握。四是强化党建引领，创新宣讲方式。年扎村以开展各类宣讲活动为契机，并按照"十化"党建通俗化的要求，在宣传脱贫攻坚政策的同时引导牧民群众摆脱"等要靠"的思想，自力更生，在党的政策的扶持下，通过自己的努力脱贫致富，并学会"知党恩、感党恩、报党恩"，让贫困牧民群众从精神上摆脱贫困。

## 党建推进特色生态畜牧业发展

办一个合作社，带动一个产业，创建一个品牌，振兴一方经济。一是下大武乡党委、政府以及年扎村"两委"班子成员通过充分调研，深入村社、深入牧户，以召开座谈会、走访入户等形式确立了"一村一品、一乡一特色"发展思路。由乡党委带领村党支部、村党支部牵头引领合作社发展、以党员带动群众致富、以合作社发展促进牧民增收，形成"乡党委＋村党支部＋合作社＋定点直销"的工作模式，绘就了具有地域特色生态畜牧业产业发展蓝图，培育发展壮大村集体经济，不断夯实乡村振兴基础。俗话说"火车跑得快，全靠车头带"，蓝图能否变为现实，关键就在于村党支部战斗堡垒作用能否充分发挥。年扎村党支部为积极发展村集体经济，向牧民群众大力宣传发展生态畜牧业的重要性，切实转变牧民群众的思想意识，同时积极协调州、县相关部门成立了年扎村生态畜牧业专业合作社白藏羊产业化养殖基地建设项目。二是乡党委、政府始终将畜牧业建设作为全乡牧民群众提高收入的一个重要举措，狠抓畜牧业建设不放松。通过政府搭台、合作社牵头、贫困户抱团入社的模式，畜牧业成为带动当地牧民群众脱贫致富的朝阳产业。截至目前，该项目累计总投资 748 万元，已对年扎村 160 户牧户的 45.33 万亩草场进行了整合，现白藏羊存栏共 7200 余只。牧民群众入社率达到 100%。三是为进一步加强村集体经济"破零"工作，切实发展壮大村集体经济，年扎村生态畜牧业专业合作社在确保入股牧民收益利润分红外，还按照合作社章程规定从收益资金中提取 3% 作为村集体经济分红，2015 年度年扎村生态畜牧业专业合作社出栏出售白藏羊 796 只，实现分红 39 万余元，户均分红 2785 元；2016 年度该合作社出栏出售白藏羊 711 只，实现分红 63.7 万元，户均分红 4550 元；2017 年度该合作社出栏出售白藏羊 1287 只，实现分红 103 万元，户均分红 7357 元；2018—2019 年度该合作社出栏出售白藏羊 1300 只，实现分红 104 万元，户均分红 7428 元。此外，年扎村生态畜牧业专业合作社将 2018—2019 年度 5 万元的收益资金作为年扎村集体经济分红。

## 只有全力担当作为，才能助力决战脱贫攻坚

2019 年是决战脱贫攻坚关键之年，为了进一步加快"精准扶贫"贷款投放进度，根据工作需要，这一年我负责指导和协助玛沁县各村的"双基联动＋驻村第一书记"工作。为确保高标准地落实各项工作要求，在支行信贷客户经理的支持配合下，我积极与玛沁县各乡政府、村委会和各村第一书记建立密切联系。玛沁县平均海拔超过 4000 米，冬季寒冷而漫长、春季干旱而多风、夏秋季短而多雨，常伴有暴雨和冰雹，气候极其恶劣，加之路面滑、路旁多有悬崖等复杂路况，我克服种种困难，在路途中饿了啃方便面、渴了喝冰凉的矿泉水、累了就在车里打个盹，先后 18 次通过实地调

研各乡村情况、现场召开对接工作会等方式，完成了 35 个行政村、14 个深度贫困村的"精准扶贫"工作对接。在累计行程达 1600 公里的奔波和不惧险阻的执着下，截至 2020 年 9 月末，我参与投放的扶贫小额信贷累计 930 余笔、金额超 1900 万元。

看似平凡的工作背后，是我和同事在 150 多公里县域路程上的辛苦奔波，是七月天赶回玛沁县途中翻越海拔 4800 多米的扎拉山垭口时突遇暴雪、车辆侧翻的惊心动魄……但所有的困难，都让我更加坚定了"真扶贫，扶真贫"，帮助贫困户脱贫致富的信念。

"缺氧不缺生活的温情，缺氧不缺工作的热情，缺氧不缺奋斗的激情。"这是让我最动情的三行字。每每看到这些话，我总能找到"让自己澎湃的力量"。

我的青春犹如格桑花盛放在雪域高原，为藏家儿女送去希望与幸福。两年有余的"双基联动 + 驻村第一书记"扶贫工作，让我对扶贫有了更深的认识："扶贫不是注满一桶水，而是点燃一把火。扶贫不仅要加大各方面的投入力度，更要激发群众摆脱贫困的内生动力。""十化"党建正是这把熊熊燃烧的火。

任职以来，在州、县、乡党委和政府的大力支持和果洛州支行领导、同事的关心帮助下，我与年扎村广大干群一道，积极落实各级脱贫攻坚部署要求，紧紧围绕实现精准脱贫目标任务，坚持从基础抓起、从薄弱环节抓起，有力履行了"扶贫第一书记"的职责，为年扎村牧民增收致富，默默奉献着微薄力量。

2021 年 2 月 25 日上午，全国脱贫攻坚总结表彰大会在北京人民大会堂隆重举行。习近平总书记在大会上发表了重要讲话。庄严宣告：经过全党全国各族人民共同努力，在迎来中国共产党成立一百周年的重要时刻，我国脱贫攻坚战取得了全面胜利，区域性整体贫困得到解决，完成了消除绝对贫困的艰巨任务，创造了又一个彪炳史册的人间奇迹！这是中国人民的伟大光荣，是中国共产党的伟大光荣，是中华民族的伟大光荣！

作为一名扶贫战线的工作者，我有幸参与了这场伟大的战役，目睹了贫困群众生产、生活面貌发生的翻天覆地的变化，有幸在现场见证了这一伟大时刻。我感到无比激动："能够成为这项伟大工程的参与者，我感到很有成就感，感觉一切都是值得的。"对于我来说，这份荣誉不仅是对自己辛苦工作的认可，也是自己想要告慰已故父亲的一份珍贵礼物。因为工作的缘故，没能回去和父亲见上最后一面，心里非常自责、遗憾。走进人民大会堂的那一刻，我在心里默默地告诉父亲今天接受表彰的喜讯，希望父亲也能为自己今天取得的工作成绩感到骄傲。也是对全乡人共同努力取得脱贫成果的肯定，让我感触最深的一句话就是：脱贫摘帽不是终点，而是新生活、新奋斗的起点，我们要咬定青山不放松，脚踏实地加油干，努力绘就乡村振兴的壮美画卷，朝着共同富裕的目标稳步前行。

三年"扶贫第一书记"的经历让我收获良多，在深入群众、服务群众中，我深刻感到一名党员干部肩负的责任之重大、使命之光荣，我更进一步坚定了努力的方向和扎根岗位建功立业的信心。脱贫攻坚的道路上有千千万万的人，而我只是其中一分子。脱贫攻坚的收

图 5–6
扎西闹吾获全国脱贫攻坚先进个人荣誉

官对我来说不是终点，而是新的起点。作为一名普通的扶贫第一书记，我对扶贫工作有着深刻的感悟和体会……

曾经总习惯对人说："扶贫都干得了，还有什么干不了的呢？"那种自信虽然稍显盲目，但是在当时很是底气十足，也算是豪气干云！是呀！扶贫干部的苦，扶贫干部的累，扶贫干部的痛，扶贫干部的喜……扶贫干部的经历和遭遇，只有扶贫人自己才知道，那种来来回回千百遍的试炼，那种翻来覆去无数次的折腾，那种连天昼夜的突击和备战，我想：也差不多把扶贫干部所有的铅华、浮躁乃至心高气傲都磨掉了。一位同事曾如此来表述他心目中的扶贫："扶贫是对灵魂的叩问！"还有诸如"扶贫是对人生的思考"等等，反正对于扶贫干部而言，或许各有各的感悟、思考和理解……

下一步，我将继续在县委、政府，乡党委、政府的领导和支持下，努力起好模范表率作用，全力以赴不打折扣，将脱贫攻坚与乡村振兴衔接好，不断创新工作思路，强化工作举措，继续以时不我待、只争朝夕的奋进精神，用自己主动担当、勤奋务实的工作态度和甘于奉献、无私无畏的实际行动，把组织交给我的工作完成好，把全心全意为人民服务的宗旨践行好，为党和人民的事业作出更大贡献。

## （三）记录者说：这是雪山脚下的脱贫故事，这也是我们的故事

| 摄影师毛保武手记

　　《雪山下的生活》讲述的是牧民才让公保一家及年扎村为摆脱贫困所发生的故事。故事的发生地位于青海省果洛藏族自治州玛沁县下大武乡年扎村，该村位于著名的阿尼玛卿雪山脚下，这里平均海拔 4300 米，是一个藏民族聚居的村落。由于产业结构单一，牧民的收入有限，再加上因病、缺技术等原因，造成了贫困。虽然贫困，但是这里的牧民并没有停止脚步，在高海拔地区为脱贫一直在努力着。

　　2020 年 12 月，在站领导毛亚飞和总台薛建峰老师经过多方面考察和调研后，确定了拍摄对象，才让公保——他土生土长在年扎村，祖辈世世代代都是以放牧为生，并无其他收入来源。才让公保是因为缺少技术而造成贫困的，但是自身动力还是比较足的，而且很有思想，是一个有故事的人。

　　12 月的年扎村气温极低，寒风凛冽。第一次见到才让公保觉得他不善言谈，当然这也有和我们不熟悉的原因。最关键的是他不会讲汉语，连听懂都很困难。我们之间的沟通完全要靠翻译，因此前一个月是一个相互了解、相互磨合的过程。为了消除彼此之间的陌生感，我们两人在才让公保家住了一个多礼拜，与才让公保同吃同住、同干活。在有了一定的了解后，我们发现才让公保有自己的

图 5-7
导演柳成(左一)
和摄影师毛保武
(右一)与才让
公保(中间)

图 5-8
导演柳成（右
一）和才让公保
（左一）

幽默。

原本我们只是为了踩点做准备，后来我和导演柳成决定驻扎在村子里，为了多了解牧民和他们多接触，基本观察并做一些拍摄。才让公保一家对我们的拍摄起先有点尴尬和害羞，不知道该怎么表达，再加上语言不通，无法和我们直接交流，因此造成很多困难，比如我们无法知道才让公保一家人内心真实想法和真实表达，每次都需要通过翻译。拍摄的时候在镜头面前也不自然。才让公保的妻子才让拉毛属于藏区典型的美女，勤劳持家，每一次镜头对准她的时候都会害羞闪躲，这种表现是在这片土地上所有妇女真实的表现。才让公保有三个女儿，在我们的节目中也有体现。

第一次我和柳成在村子待了十天左右，由于当时想的是踩点，我们没带足够厚的衣物，在村里的小卖部购买了简单的厚袜子和手套，算是能够勉强应对雪山脚下的寒冷。除此之外最困难的还是住宿和吃饭问题，为了能更多地拍摄到素材并节约拍摄时间，我们住到年扎村乡政府的临时住所，这里后来也被我们开玩笑地称为"年扎村的五星级酒店"。其实就是一个砖头垒起、稻草糊顶的简易房间，这里之前也是乡政府的领导干部工作生活的地方，由于乡政府的宿舍已年久失修，寒冷漏风是最大的问题，现在回想起来，都不知道怎么在那里坚持下去的。

在拍摄期间我们每天基本只吃两顿饭，因为我们住的地方距离才让公保家有近一小时车程，全程搓板路，来回要花很多时间，所以在我们拍摄的时候基本没时间吃午饭，每一次上去拍摄都是一个很好的减肥机会。但是这

图 5-9
清晨在零下 30 摄氏度拍摄时哈气成霜

也并非好事，因为 2020 年 6 月份的时候为了记录才让公保的转场，我们在高原草场上面待了二十多天，由于吃饭问题得不到保障，我瘦了十多斤，严重的是从山上下来体检的时候血糖飙到 13，在后期的调整下才慢慢得以恢复。也是在这一次拍摄期间我们经历了断电——这意味着我们的所有生活保障都被按下了暂停键，虽然是夏季，但是我们在年扎村的夜晚还是要通过电来取暖，断电的那三天就连最简单的泡面都无法解决，无法烧水、无法取暖，我们的宿舍也变得不再温馨了。那一晚我们很感慨，平时觉得再简单不过的小事情变得很困难，甚至，我们的吃住比才让公保家还要困难，我们才是真正的贫困户，我们当时觉得我们的这种日子也应该被记录。

才让公保的家在雪山脚下，冬天特别寒冷，早上气温零下 30 摄氏度，哈气成霜。因为节目是纪录片性质，在拍摄第一集的时候我特别想拍清晨有密度的一些画面，那天凌晨五点半，我们和第一书记扎西闹吾驱车前往才让公保家。清晨的雪山脚下，勤劳的才让公保一家也早已起床，村里炊烟袅袅，狗吠声声。才让公保和妻子捡牛粪，挤牛奶，放牦牛……我们记录下他们一家的生活，这便是《雪山下的生活 1》的开篇。万事开头难，我们总算迈出了这一步。

在高寒高海拔地区工作，不仅仅是对人的考验，更是对我们携带的拍摄设备的考验。摄像机在早上拍摄的时候因极度寒冷而连续几次罢工，起初我以为它坏了，但拿到屋子里暖和了又可以正常工作，所幸独特的高原风光和牧民的生活弥补了我们设备的不足。我们白天记录才让公保一家的生活，晚上回到我们年扎村的宿舍，一起看素材找问题，并安排第二天的拍摄任务。我们采用双机拍摄，由于很多时候都是记录真实的情况，因此在素材收集上工作量非常大。加上全是藏语，后期的翻译更是一个煎熬的过程。往往后期制作就要花去很多时间。

　　我在 2013 年至 2017 年，一直从事纪录片的拍摄，但是这次的拍摄还是有不小的挑战。一个是环境，年扎村海拔高气温低，加上缺氧，每天拍摄时身体负荷还是挺大的，由于缺氧，晚上我们都是很晚才睡着，基本上都在两三点，而且还是在便携式氧气瓶的辅助

图 5-10
便携式氧气瓶成了我们每次拍摄时的必需品

图 5-11
拍摄完返回时我们的车被困在冰面上

图 5-12
才让公保的夏季
牧场和刚搭建好
的帐篷

图 5-13
雪山脚下的牧
场，藏族民歌
悠扬

之下；另外就是语言，因为语言不通，我们拍摄时的交流沟通都要通过翻译来实现，且拍摄时一些画面得不到预判，这就意味着我们要拍摄大量的素材，通过翻译再来找出适合后期编辑的素材，这给我们增加了不少的工作量。

《攻坚日记·雪山下的生活》共摄制播出 6 期节目，我们真实记录着才让公保一家人的变化。从 2020 年 12 月开始，为期一年的记录，才让公保一家和年扎村的故事一直在发生，也一直在更新，幸运的是其中的一些过程被我们记录下来并展示给观众。我们不仅记录着脱贫，更是将藏区牧民的真实生活搬上屏幕，将大美青海的大山、大河等自然风光搬上屏幕。

这里的人们为了脱贫而努力改变，生生不息。在一年的记录中我们收获良多，也被才让公保的改变而感动，我们有幸参与到脱贫攻坚的伟大征程中，记录才让公保所在的年扎村，这是雪山脚下的脱贫故事，也是我们的故事……

## 拉面县脱贫记

扫码收看《拉面县脱贫记》

## （一）攻坚之路：脚踏实地干起来的那一天，就是脱贫奔小康的幸福时刻

舍仁村，属青海省海东市化隆回族自治县（以下简称青海省海东市化隆县）群科镇管辖。化隆县是国家和六盘山集中连片特困地区扶贫开发工作重点县。这里山大沟深、干旱少雨、土壤贫瘠，人均耕地不足两亩。恶劣的自然条件是限制当地经济发展的根本原因。舍仁村全村 653 户 2697 人，其中建档立卡贫困户共 112 户 454 人，截至节目录制时没脱贫的仍有 71 户 286 人。村里人均耕地不足一亩，收入来源单一，当地大部分人都外出务工。2019 年底，舍仁村进入整村脱贫摘帽时期，包括马乙奴四在内的这些贫困户，正是舍仁村脱贫攻坚工作的重点关注对象。

### 不离不弃夫妻情　扶贫干部共帮忙

马乙奴四，是舍仁村的建档立卡贫困户。因为妻子马买兰身患重病，原本开着两家拉面馆，在镇上过着数一数二光景的他，为了给妻子治病，花去了家中所有积蓄，现在成了贫困户。因为妻子的病必须有人看护，所以他平时都不敢离开妻子半步。今天，马乙奴四要趁儿子、外甥女在家能照看妻子的间隙，抽出身来借上小舅子的车，赶紧上山卖梨赚点钱。要卖的这些梨，都是从村里人手里收来的。然而屡屡碰壁还没开张的马乙奴四，上山时的信心此刻荡然无存。想到家中还等着他买药的妻子，马乙奴四手中的饼也难以

下咽了起来。

没人会想到这个在寒风中心不在焉啃着饼子的男人，是2011年前在上海、西安拥有两家拉面馆的老板，曾是村子里人们争相结交、学习的风云人物，但一场变故，让这一切都成了过去。在马乙奴四为接下来的生意状况忧心忡忡的同时，他的妻子马买兰，像往常一样，静静地坐在家中，等待丈夫带着希望归来。这种等待，从马买兰2011年患病就开始了。2011年，马乙奴四在西安的拉面馆刚开张不久，妻子突然患了一场重病。严重时随时随地昏倒、气若游丝、嘴歪眼斜并伴随着皮肤溃烂，辗转多家医院也没有查出病因，为此一家人关掉了拉面店，跑遍了青海省各大医院。马乙奴四家也从村子里最早的万元户，变成了现在的贫困户。尽管花光了积蓄，外债也借了不少，但马买兰的病因却一直没有找到。

随着时间的推移，近几年妻子马买兰的病好转起来，但牙齿已掉光，行动变得迟缓的她，只能终日待在屋子里，全靠每个月1000块的药物维持。相比于妻子生病最严重的那几年，马乙奴四觉得现在的日子越过越好。但老旧的房子只能勉强满足家人的居住，面对还需三四万元才能盖好的新房，马乙奴四忍不住跟儿子马全义讲起了自己的未来规划。

马全义，今年19岁，家人都管他叫马二沙，因为家庭变故，他只上到了小学四年级，12岁就开始在拉面馆打工，但是到现在为止马二沙并没有学会拉面。看起来与常人无异的马二沙，却时常被人说脑子不灵光。

由于妻子身患重病，这几年马乙奴四家少有人登门，然而今天本就不大的家里却迎来了一家老小上门，只是他们不是来做客，而是来讨债。原来马乙奴四之前盖房子，找朋友借了3万块钱，前段时间以东拆西借的方式，还掉了两万。朋友因为患有高血压着急

图 6-1
马二沙与他的摩
托车

去医院住院，所以来马乙奴四家，希望能拿回剩下的一万块钱，以解燃眉之急。

2011 年，马乙奴四给马买兰看病总共花了近三十万元，其中有近十万是从亲戚朋友手中借来的。近几年陆陆续续还了一些，现在仍然有六七万元的外债还没还上。一边要承担整个家庭全部的经济压力，一边还要宽慰家人，让人不敢相信的是，45 岁的他已经白发丛生。妻子马买兰掩面抽泣，尽管这种情况自打她生病以来，已经习以为常，但每每还会因为愧疚而落泪。

马海林，化隆县人，中国农业银行化隆支行副行长，2019 年 4 月份由省委组织部任命为群科镇舍仁村第一书记。马海林在投身扶贫工作的同时，还要照顾家中瘫痪在床的父亲，作为父亲唯一的儿子，每天都要帮助父亲做复健。而作为第一书记的马海林却时常因为工作，不能每天回家。一岁多的儿子跟外公外婆生活在一百多公里外的西宁，马海林也很少有机会陪伴。

马乙奴四的问题需要解决，可马海林只能从政策支持的角度想办法。面对如此难解的局面，马海林深知马乙奴四问题的症结所在，想要解决药费报销的问题，就需要有相应的支撑材料。面对这一情况，第一书记马海林抱着试一试的心态前往医保办咨询，结果得知并没有任何特殊政策可以解决这一难题。马海林认为，只有尽快确定马买兰的病因，才能使她尽快享受医保政策，解除他们因为医药费产生的经济压力。

## 同意带妻去看病　扶贫贷款有着落

清早，马乙奴四吃了饭，准备把昨天卖梨换来的粮食拿到镇上磨成面，家里的面没了，妻子的药费也只能再往后拖了。今天马海林再次上门，准备好好劝说马乙奴四和马买兰，希望他们能够去医院好好检查一下，确定病因病种。这样针对马买兰这种情况的医疗保障措施就可以实施了，马乙奴四也能减轻负担。然而马海林劝说的结果并不理想，由于之前去医院并未检查出明确的病因，马乙奴四夫妻都失去了信心。频繁的医院检查、担心浪费钱都让马买兰对医院产生了阴影。马海林准备找镇上的领导开会，一起讨论研究一下马买兰的这一难题到底怎么解决。

在马海林为马乙奴四想办法的同时，闲不住也不敢闲的马乙奴四，趁着外甥女马沙热还可以帮忙照看妻子的工夫，准备再次从同村村民手中收点梨上山去卖。越努力越幸运，马乙奴四今天的梨卖得很不错，照上午的势头，收上来的300斤梨下午就能卖光。马乙奴四心里盘算着一斤梨成本价0.8元，售价2元，这样300斤的梨能赚360元，刨去油钱今天应该最少能赚300元，想到这儿马乙奴四吆喝得更卖力了。

山上马乙奴四走街串巷卖力吆喝，山下关于如何解决他妻子医药费的讨论也进行得如火如荼。会开完了，大家一致认为这个问题要想得到根本性的解决，只能去医院明确病因，然后跟医疗保障制度结合起来。马海林先带乡镇一级的医疗队前往马乙奴四家中，刚卖完梨回到家中的马乙奴四并不知道马海林的安排，对他的到来感到疑惑。经过一番耐心的劝说，马海林打消了马买兰的疑虑，马买兰终于同意去医院进行全面的检查。

只要查明病因，马买兰医药费的问题就会得到根本性的解决。但除了医药费外，马乙奴四家里用钱的地方还有很多。政府危房改造项目实施后，当地政府在每户三万元危房改造款的基础上，又补助了两万元为特困贫困户代建房。2019 年舍仁村共有 11 户贫困户获得代建房，马乙奴四是其中之一。2020 年 7 月份新建的两室一厅的代建房已经落成了，但落成的毛坯房离入住还有一定的差距。室内装修、外墙装潢，哪里都要钱，而这些钱需要自己掏了，妻子每月的医药费和家里的日常开支早已入不敷出，这些都把马乙奴四压得喘不过气来。

埋头苦思的马海林知道解决医药费的问题，只能解决燃眉之急，要想让马乙奴四真正摆脱贫困，一定要有稳定可观的收入来源才行，马乙奴四有做生意的头脑、有开拉面馆的经验，如果帮他开个拉面馆可能是个长远之计。想到此，马海林准备去中国农业银行化隆支行，帮马乙奴四争取贷款开个拉面馆，这就是马海林想要为马乙奴四铺就的脱贫致富路。通过与农业银行领导的沟通和解释，申请贷款的结果在马海林看来是比较好的。本就在中国农业银行化隆支行任职副行长的他很清楚相关的政策法规，钱不可能立马下来，但对马乙奴四来说，流程走得越早拿到贷款的速度也越快，他也能够尽快用这笔钱改善自己的境况。

已经四天没有回家的马海林，在与银行领导沟通完马乙奴四的小额贷款后赶回家为自己偏瘫的父亲做复健。给父亲做完复健，简单地跟家人吃了个饭，马海林又要开四十分钟的车回舍仁村了。因为接下来除了马乙奴四一家，还有 74 户待脱贫的贫困户，需要他经常入户调查了解户情。对贫困户生活处境的感同身受是马海林坚持工作在脱贫攻坚一线的根本原因，也是马海林为解决马乙奴四问题而四处奔波的内在动力。

## 父子同心共患难　扶贫干部促脱贫

这一天清早，马乙奴四准备带着儿子马二沙去装煤，由于不放心把生病的妻子一个人留在家，便请了小舅子来帮忙照顾，顺便把前几天借小舅子的车也还了。小舅子家在群科镇的水库滩村，距离马乙奴四所在的舍仁村有 8 公里，因为妻子犯病时常神志不清，到处乱跑，因此必须有人在身边照顾。而最近侄女不在，马乙奴四父子外出打工时，妻子就只能托付给小舅子了。安顿好妻子，马氏父子前往煤厂，准备开始一天的工作。进入冬季，位于黄河谷地的化隆县群科镇的日常最低温度达到零下 14 摄氏度，周边山上的气温更低，村子里更看不到人影了。像父子俩这般在寒风中骑行的人并不多，但为了赚钱补贴家用，马乙奴四这样奔波在寒风中，已有些时日。

在马乙奴四努力为妻子赚医药费的同时，第一书记马海林也在为马乙奴四的事奔波着。马海林心里并不确定临时民政救助能否如愿申请下来，他明白只有为马乙奴四找到稳定的收入来源，才能真正解决他们一家的经济问题。

日落西山，余晖映照下的天空格外漂亮。埋头苦干的马乙奴四并没有多余的心思去欣赏，他要抢在天黑之前多装点煤，这样才能多赚点钱。辛苦了一整天，马氏父子赚了 100 元，家里日常开

图 6–2
马乙奴四（左一）和儿子马二沙（右一）

销、带妻子看病、继续修房子，都需要用钱，而装煤的营生又时有时无，马乙奴四的扶贫问题还是有着很大的困难。

父子俩回到家时天色已经暗了下来，马乙奴四的小舅子马国林也把马买兰送了回来。姐姐马买兰这些年吃的苦他都看在眼里，但作为弟弟马国林能做的并不多，买点菜，让姐姐和姐夫歇着，亲自下厨，晚上好好跟姐姐一家吃个饭，是他心疼姐姐一家最好的方式。马国林的到来让平日冷清的三口之家热闹了起来，这也冲淡了马乙奴四刚失业的烦躁。

临近年底，第一书记马海林和村支书马福祥都忙得不可开交，两人一起搭班子干了近一年，但能在一起唠家常的时候却并不多。马福祥从 40 岁开始担任舍仁村村主任，现在是他连续第四次担任村支书了，算下来已经有 16 个年头了，饭桌上这难得的休闲时间，两人的话题绕来绕去，又绕到了扶贫工作上。

2019 年 12 月 20 日，舍仁村退出贫困村序列，但扶贫干部们依然每天奔波于不同的贫困户家里，了解户情，巩固脱贫成果。作为村里的致富带头人和村支书，在扶贫过程中，马福祥除了自掏腰包帮扶困难群众之外，也常常动员村子里在外开拉面馆的老板们为贫困户爱心捐赠。自己常年在外开拉面馆的弟弟，就是他常常动员的对象。

本来只打算动员弟弟为马乙奴四装修房子捐款的马福祥，意外得知了县里举办拉面大赛的消息。考虑到马乙奴四曾经开过拉面馆，马福祥想让马乙奴四也去试一试，并拜托弟弟让马乙奴四加入到他的团队中参与比赛。但由于马乙奴四已经很多年没有拉面了，手艺生疏，所以此次比赛他仅作为团队拉面师傅的助手参与其中。此次参赛的 40 支团队共 120 余人中，有 1/3 曾经都是贫困户。在化隆县累计脱贫的 13 万贫困人口中，9 万人是通过拉面产业脱贫的，一碗拉面让化隆老百姓彻底换了个活法。

赛场上，虽然马乙奴四没有机会上手拉面，但作为曾经开过拉面馆的老板，他还是忍不住提醒队友需要注意的细节。没有人知道盯着队友拉面的马乙奴四在想什么，如果不是妻子患病，也许此次他也会带着自己的拉面团队前来参赛。比赛结果出来后，虽然马乙奴四所在的团队并未获得名次，但仍然收获了参与奖。他作为比赛助手，也得到了 300 元的参与奖金。

另一个好消息也随之而来，第一书记马海林前些日子为马乙奴四申请的民政救助金下来了。与此同时，村委会的帮扶物资也发到了村民的手里，不久以后，马乙奴四在村委会也领取了米、油、毛毯等生活物资，一切向好的生活正一步一步地到来。

## 带妻看病心紧张　扶贫干部保护航

带妻子马买兰去看病的日子终于到了，马乙奴四早早起床打点收拾。一户人家外出看病，似乎是小事，但在第一书记马海林和村支书马福祥看来，这是扶贫攻坚大背景下的脱贫大事。走出舍仁村的必经之路承载着马乙奴四前些年带着妻子四处求医的心酸。这一次，他们重新鼓起勇气再去西宁看看，好歹要看出个结果来。随着检查一项项地完成，大家反而逐渐紧张了起来。大家一直期待着马买兰的病因确诊后，能按照国家医保政策，报销一部分医药费，从而减轻这个家庭的经济负担，但现实打破了这个美好的愿望。马买兰得的是精神分离转换性障碍症，该病症不在慢性病统筹保障范围内，所以扶贫干部们只能通过提高马乙奴四的收入，去解决他的经济负担。

自打姨妈患病开始，已经成家的外甥女马沙热三天两头地来，洗个衣服做个饭，照顾这个家。虽然嘴上说是帮不了什么忙，但片刻不停的马沙热，张罗出一桌热菜，既是为姨妈的病有了眉目高兴，也算是一次小小的告别宴。临行前，马沙热还想再劝劝马乙奴四，让他也申请一下贷款。她相信凭姨父的本事，只要有本钱，干什么都不会差。马乙奴四有他自己的顾虑，这也在马沙热的意料之中。眼看自己的宽慰没什么作用，马沙热就直接点出了马乙奴四最发愁的医药费。医药费如果不能通过医保政策报销的话，也是一笔不小的开支，马乙奴四又何尝不知道。晚宴上的马沙热，像是不说动马乙奴四不罢休的样子，接连抛出几枚炸弹。两人你一言我一语，各有各的道理，谁不想让这个家好起来呢？

马乙奴四从小生活的舍仁村，隶属化隆县群科镇，"群科"是藏语，意为黄河回旋的地方。黄河在这儿绕了一个弯儿，水势渐缓，并留下一片肥沃的土地。高原大陆性气候，降水少、气温低的特点，让舍仁村村民以种植冬小麦为主。5 月，冬小麦正处在灌浆期。此时，小麦对水分的需求，是整个生长期中最大的一个阶段。水分是否充足，关系到小麦颗粒的饱满程度，所以，浇灌必不

图 6-3
马乙奴四带妻子
马买兰在医院
检查

可少，并且越早越好。灌溉农田，由村委会统一安排机井设备来完成。不累人，但需要排队等待。借着这个空当，马乙奴四准备把田垄再修一修。以防水到了，渠不成，自家的灌溉水都跑到别人的田里去了。

小舅子马国林跑到田里来，让马乙奴四有点儿意外。聊着聊着，他听出了缘由，原来小舅子也想劝他去贷款，好让他的家重新红火起来。马乙奴四知道，昨天晚上外甥女马沙热没有说动他，所以搬来了"救兵"。在家里的亲戚中，马乙奴四跟小舅子走得很近。从贫困户到如今换 40 万元的私家车，小舅子这些年的变化，马乙奴四全都看在眼里，说不眼红那是假的。光靠种田，收效太慢，马乙奴四怎么能不知道呢？早些年在上海和西安开过拉面馆的他，怎么能不记得当年的风光和红火？在河边流连了大半天，马乙奴四最终决定打一个电话，请一直帮助他脱贫的第一书记马海林，给他想想办法。也许，小舅子新换的那辆车，成为促使马乙奴四振作起来的催化剂。马乙奴四听出来第一书记马海林的言语中，有一丝不易察觉的犹豫，他知道，那是怀疑自己是不是具备按时还款的能力。

出言谨慎的马乙奴四，主动跟马海林做了保证。这，在他平时的表达中，并不多见。他也知道，男子汉一言既出，未来的路再难，也不能再畏缩不前了。

一周时间马海林瘦了很多，6天前，马海林的父亲马有布突然由于饮食呛咳紧急住院。父亲马有布2019年4月因突发脑溢血导致瘫痪，医生嘱咐要经常到医院做康复训练，但这次因为饮食呛咳紧急住院，是他瘫痪以来第二次来医院。看着在病房里忙前忙后的马海林，马有布知道儿子也是病房外舍仁村112户贫困户的依靠。他知道扶贫攻坚是大事，任务重，头绪多，困难大，儿子担任第一书记的这一年，明显劳累多了。而立之年的马海林，也在这"两难"中对扶贫工作有了新的感受。身在医院的马海林，在接到马乙奴四电话的当天，就咨询了银行关于贷款的相关事宜。把这条路走通了，也可以为更多的贫困户办理申请贷款的事儿。不过，从申请到发放，中间还有很多程序和环节，马海林一边了解情况，一边尽力安排好父亲，待休假一结束，就马上着手办理这件事。

随着天气转暖，马乙奴四想着装修房子的事儿可以启动了。村里有一个村民是大工，他了解马乙奴四家的情况，很快答应接下了这个活儿。要解决新房子的门，马乙奴四还得求助于村支书马福祥。为了好说话，马乙奴四想请摄制组的小伙子们也一起过去。对于马乙奴四的到来，村支书马福祥并不意外，他知道马乙奴四是来要钱装修房子的。村支书马福祥说了道理和规定，一口否决了马乙奴四的请求。马乙奴四一时间觉得脸上很挂不住，可是既然已经来了，轻易放弃也不是马乙奴四的性格。当听到马乙奴四打算要把产业扶贫给的12只羊卖掉时，马福祥心软了。答应马乙奴四会召开村委会商量一下他的问题，看来让村里解决装门的费用，并不是一点希望没有，马乙奴四暂时放下了揪着的心。思前想后，不管最后怎么样，马乙奴四还是决定先去看看自己之前定的门是否已经做好了。定制门的费用是 8700 元，可不是一个小数字。如果一天装 100 袋煤，需要马乙奴四连续装近三个月，才能赚到这些钱。而这，也差不多是过去他在外地开拉面馆一个月的房租。马乙奴四显然现在是没有钱的，一手交钱一手交货，他心里明白，尽管如此，他仍然固执地用笔在门上写下自己的名字。对于马乙奴四而言，那不仅是新房子的门，也是新生活的大门。可是，村支书那边还没有消息。对于马乙奴四装门的 8700 元，村里到底该不该出手相帮？怎么个帮法？好几天了都无法达成共识。2020 年一月初马福祥曾找过在外开拉面馆的弟弟，请他们几个老板为马乙奴四装修房子募集捐款，但一月末新冠肺炎疫情的突然暴发，让计划中的募捐活动也停滞了。现在马乙奴四装房在即，募捐活动还不知道什么时候能启动。最终，大家也只好同意了村支书的做法。不过，这么做显然情分大于法理，只能解决一时。那么多贫困户，照搬此理，肯定行不通。村支书也明白，兵来将挡水来土掩，解决完一个再说，下一个问题出现了只能再想别的办法了。

## 大病初愈建新家　老马一家有盼头

　　进入 6 月，趁小麦收获前的农闲时间，马乙奴四正抢时间装修房子。在村里一般请一位泥瓦大工，一天要四五百元，小工一天要 120 元，马乙奴四夫妇不舍得花钱，就只请了一位大工马乙吉日，夫妻两个做起了小工。新家新气象，眼看着新房子一点点装修好，马买兰的精神头也越来越好。这些年因为患病，家里的大小事儿，马买兰也帮不上忙。现在身体渐好，尽可能地做些力所能及的事，也是马买兰弥补这个家的方式。在这个家里，爱这个字可能永远不会说出口。但就像装修房子一样，每个人都以自己的方式添砖加瓦，努力地让这个家越来越好。从家里开始装修房子起，儿子马二沙就到不远的群科新区打工了。马买兰生病那年，马二沙12岁。夫妻俩四处求医问药，马二沙读到小学四年级就早早辍学了。身体渐好后，马买兰每天都尽力多做一些。尤其这新房子，是留给儿子结婚时当新房用的。这是马买兰能为儿子做的最重要的事。

这几天，马乙奴四想要贷款的事儿，也有了着落。第一书记马海林带着银行工作人员来到了马乙奴四的家中，银行工作人员的到来，让马乙奴四很是激动，这一天他等了很久。为了保证贷款质量，让马乙奴四顺利发展起来，同时也为了防范风险，银行工作人员对马乙奴四的贷款用途，忍不住劝说了起来。银行工作人员的意见，马乙奴四听了进去，确实今年受新冠肺炎疫情影响，贸然开拉面馆风险太高，做牛羊育肥更稳妥一些。虽然大家能感觉到马乙奴四迫切地想要大干一场，但他张口就要申请20万元贷款，还是让马海林和银行工作人员颇为惊诧。担心马乙奴四申请的远超自身还款能力的贷款额度，吓跑银行工作人员，马海林忍不住开口劝说马乙奴四要一步一步发展，慢慢进步。最终，贷款额度定在了十万元，贷款用途是养羊，巩固脱贫。用一周的时间银行贷款手续终于跑全了，马乙奴四提交了大部分贷款手续。接下来的征信记录如果没问题，马乙奴四的贷款申请将被受理，贷款也会在几个工作日内发放。得知这一结果的马乙奴四显得轻松了许多。

6月的天，孩儿的脸，说变就变。从马乙奴四家刚出来，雨说下就下。马海林还记挂着另一家贫困户，不顾雨大，还是去了。舍仁村村民马梅花在北京中央民族大学附属中学就读，受疫情影响，这段时间在家中上网课。她1岁时，妈妈马拉非亚罹患精神分裂症，爸爸丢下母女二人离婚走了，姥姥姥爷成为她们的依靠。所以第一书记马海林知道，马梅花一家同样也是需要关心和多在意的贫困户。就像马海林书记所说的："知识改变命运，这个应该发生在她身上。不管多苦多累多难，只要坚持下去，肯定会有转机，会有希望。"

在第一书记马海林忙着入户普查摸底的同时，村支书马福祥也在为村子里的另一件大事四处奔波。2016 年，一名商人以每亩每年 900 元流转了舍仁村近 300 亩耕地，用于种植牡丹，为期五年。但从 2018 年开始，商人一直拖欠土地承包费至今，共计 81 万元。更令村民痛心气愤的是，耕地因长时间无人料理，已经沦为荒地。按照合同，村民无权处置已经流转出去的土地，但眼睁睁看着曾经肥沃的土地就这样荒着，实在心疼气愤。更令人着急的是，就算合同到期，以土地现在的情况，想要复垦复种，也要花很大的代价。摘下一束麦穗，用手捧着查看墒情。随后，马福祥下意识地把麦粒悉数揣进口袋里，一颗都没有掉。虽然已经很多年不种地了，但马福祥做农民的本分没有丢。表面上，他不动声色，但心里已经打定了主意，要把这块地抢回来。村支书带头打官司，是要下一番决心的。马福祥已经做好了心理准备。土地是农民的命根子，再难，也不想给自己留退路。几日后，马福祥特意从西宁聘请的律师终于来了。询问了律师如何处理和接下来要干什么之后，马福祥开始了打官司之路。


## 儿子工作起风波　父亲无奈找书记

7 月份，躺在黄河臂弯的青海省化隆县舍仁村，一改往日的宁静，一批远道而来的异乡人在村中忙碌起来。河南驻马店古称"天中"，当地农机手被称为"天中麦客"，每当稻麦收割时节，一辆辆汽车载着收割机从河南出发。一辆车就是一个家庭，车里生活着父子、兄弟、夫妻。他们追着小麦和稻谷成熟的地区时间差，一站一站迁徙揽活，一年当中有长达 7 个月时间在各地奔波。近年来，青海省充分利用高原自然禀赋，积极调整农业种植结构，优化农作物区域布局，大力推广种植冬小麦，全省冬小麦种植面积持续稳定在 25 万亩左右。25 万亩收获的味道，让麦客们不远万里在此集结。

麦客到了，马乙奴四也趁天气晴好，抓紧时间收割麦子。马买兰患精神分离转换性障碍症的病情轻重程度，受心情影响比较大。现在家里一点点好起来，马买兰的身体也跟着稳定下来。家中只有一亩地，再加上机械化作业，其实并不需要马买兰，但她执意要来。边边角角，收割机照顾不到的地方。马买兰挪着并不轻便的步子，挥着镰刀一点点收割干净。

老人孩子齐上阵，千家万户田里忙。明年就要高考的马梅花，也趁上网课的间隙，帮着家里收收麦子。除此之外，跟着姥姥姥爷一起生活的马梅花，有时间就带着舅舅家的孩子替家里放放羊。全家的收入来源除了姥姥和妈妈做清洁工之外，其余的都指望眼前的几只羊和一头牛。

装修房子，马乙奴四赊了一部分建材费，麦子收割完了，马乙奴四抽时间去给老板结账。把欠的账结清后，马乙奴四到附近的包子馆吃饭，没想到偶遇了原本应该在拉面馆上班的马二沙。马乙奴四刚用儿子马二沙赚的钱结账时的自豪感，在撞见没去上班的马二沙时，顿然消散。

距离舍仁村不远处的康扬镇有个游乐场，这是马二沙常来的地方。父子俩不欢而散后，马二沙一个人骑着摩托车到康扬镇的游乐场散心。接连不断的手机铃声是马乙奴四的担心，20 岁的马二沙，在马乙奴四眼里，还是个孩子。马二沙也不想让父亲担心，早早赶回去了。

家家有本难念的经，在各个餐馆都待不长久的马二沙让马乙奴四操碎了心。可怜天下父母心，为了维护儿子的名声，对于人们问起儿子的近况，马乙奴四总是想办法遮掩来保护好儿子的形象。马二沙失业一段时间后，一直窝在家里也不像回事儿，这些年附近的饭馆能去的也都去过，但待不长久。同样是不到 20 岁的年纪，别人家的孩子都有事可干，也不能眼睁睁看着自己的儿子就这样一直在家里待着。无奈之下，马乙奴四找到第一书记马海林。马海林推荐了村中的公益性岗位，希望马乙奴四自己跟儿子马二沙做做工作。回到家后，马买兰做饭，马二沙打下手，马乙奴四则盘算着一会儿怎么跟儿子说公益性岗位的事儿。但当听说自己厚着脸皮好不容易请第一书记帮忙落实的公益性岗位，儿子无论如何都不想干时，马乙奴四显得有些无奈。又经过一番劝说之后，马二沙终于接受了这个公益性岗位，但马乙奴四依然担心，像以往一样，这个工作儿子干不长久。

## 贷款意外生风波　养羊不成转卖梨

9 月份，距离马乙奴四提交贷款资料已经过去近两月了，贷款还没有消息。马乙奴四再次来到银行询问进度，虽然脸上挂着笑，但话里带着气。马乙奴四着急贷款是为了买羊。最近羊价看涨，贷款晚到一天，自己买羊的成本就会高出一点。为了让马乙奴四少负担一些利息，银行工作人员帮他找了家担保公司介入。这样，贷款 5 万元，少负担近 1000 元的利息，但在流程上就多费了一些时间。银行工作人员的解释和保证，让马乙奴四踏实了不少，想着趁贷款下来之前先把羊看好，这样贷款一下来，自己立刻就能买。可是羊主人听到马乙奴四还要等贷款下来才能买羊，顿时没了往下谈的欲望。手上没钱，办事不牢，再有想法也得等贷款下来，马乙奴四只能盼着。

在马乙奴四操心贷款的时候，第一书记马海林也在操心着舍仁村这个大家，他要组织驻村干部和村委成员讨论公益性岗位分配的事。给马二沙提供公益性岗位到底合适不合适，各有各的看法。如果一个公益性岗位，能带给一个懒散懈怠的孩子些许改变，也是大家愿意看到的。确定好名单，第一书记马海林赶紧回到办公室，把信息填充到建档立卡贫困户的资料里。与此同时，村支书马福祥则带领村干部，负责签约的事儿。公益性岗位，虽然只是给村里打扫卫生、改善村容村貌这样简单的事儿，但也要签订聘用合同。这也是为了让大家从思想上更重视起来。得到了公益性岗位的马二沙，依旧是马福祥最担心的那一个。趁签约的时候，马福祥忍不住又叮嘱了一番。

舍仁村的公益性岗位，并不需要每天定时定点上班，有活儿要干的时候，村干部会在群里发通知。活儿也不多，大家轮换着来就能干完。担心儿子年纪轻轻的就在村里打扫卫生会被人嘲笑，前几次轮到马二沙出工的时候，都是父亲马乙奴四出面把活儿干了。妻子身体渐好，儿子的工作有了着落，自己发展牛羊育肥的事业也只欠东风。这段日子，马乙奴四整个人显得轻松了许多。一家人难得守在电视机前享受这清凉夏夜。

金秋时节，梨子成熟，也是马乙奴四做买卖的黄金时间。贷款没下来，牛羊育肥的事儿暂停了。但马乙奴四也没闲着，收梨、卖梨，是他每年秋季最主要的收入来源。看好梨地后，马乙奴四开始了与梨户农主电话沟通，隔着电话，看似平静的你一言我一语的背后，虽说谈不上刀光剑影，却也是无数个心念流转。几个来回，也是一场没有硝烟的战争。试探性的交锋，让马乙奴四对接下来的谈判胸有成竹。拿准了卖家着急用钱的心理，马乙奴四顺利地以2000元的价格承包了一片有三十多棵梨树的梨园。时间就是金钱，梨园承包下来，马乙奴四一分钟都不敢耽误，全家上阵，开始摘梨。

正当马乙奴四在梨园里干得热火朝天的时候，一个消息给他来了个透心凉。马乙奴四的贷款需要给农牧担保公司押上2000块钱的保证金，待马乙奴四连本带息把贷款都还给了银行，担保公司才会把这2000元钱如数退还给马乙奴四。

8月中旬，舍仁村17岁的女孩马梅花，也盼来了开学复课。原本在北京中央民族大学附属中学读书的马梅花，为了明年更好地参加高考，高三选择回到当地就读。专心上课的马梅花并不知道，自己前脚刚离开家，小姨后脚就回家探亲来了。小姨马明花，跟丈夫在山西大同开拉面馆。最近，因为店面门前修路，无法正常营业，就借机回家看看。在娘家待不了几天，她还得回婆家帮着收庄稼。刚忙乎着给父母做好饭，马明花顾不上吃，就赶着去学校看外甥女。姐姐身体不好，这个外甥女马梅花就像自己的女儿一样。马明花见到马梅花后心里倍感激动，不断地鼓励着马梅花要一定好好学习，将来走出去看看。周末，马梅花从学校回来，就一头扎进厨房，帮妈妈打下手。没有殷切的嘘寒问暖，朴实平淡的柴米油盐是这对母女的相处模式。饭桌上全家人最常聊起的话题，就是马梅花明年的高考。"知识改变命运"这句话运用到马梅花身上可能是再好不过了吧。

## 上山卖梨多不易　一家三口俱同心

金秋十月，是收获的季节。化隆县群科镇的舍仁村四处弥散着淡淡的梨果的香气，这也是马乙奴四一年中最忙的时候。往年马乙奴四靠收梨、卖梨能挣到一笔可观的收入。今年他一口气收了8000斤梨，比往年多了近一倍。正准备抓紧时间大干一场，却没想到行情看跌。不仅没卖上去年的价儿，就连低价也卖得不顺利。

舍仁村地处黄河上游谷地，河道回旋的地方。特殊的地形造就了温度、湿度都相对较高的小气候。耐寒、耐旱、对外界环境适应性较强的梨成为这里的特产。家家户户房前屋后的空地上都种满了梨树。舍仁村的梨果种植以散户居多。每年梨果丰收的时候，总有收购商来批发购买，但这毕竟是少数，多数人还是选择在县城周边或者公路沿线摆地摊卖梨。而马乙奴四专门去山上卖梨，因为山高路远别人不怎么爱跑。这么一来，竞争的人也少了，价钱能稍微提高一些。往年马乙奴四都是形单影只，独自一人承担卖梨的活儿。现在妻子马买兰的病渐渐稳定，儿子马二沙也能搭把手了。把儿子带在身边，帮忙倒在其次，手把手教他一些谋生的本事才是马乙奴四的良苦用心。

马乙奴四所在的舍仁村虽然是回族村，但因为历史原因，村民们的日常用语是藏语。为了做生意方便，马乙奴四上山卖梨选的都是藏族村。这些坐落在山上的藏族村背靠着青藏高原。由于气候和环境使然，民居大多采用土夯石构，形如碉堡，坚实稳固，结构严密被称为"碉房"。天一冷人们足不出户，在碉房里的人很难听到马乙奴四的叫卖声。这父子俩只能挨家挨户敲门寻找客源。今年气候适中，舍仁村的梨果算是迎来一个丰收年，但马乙奴四却高兴不起来。本应该如约到访的收购商基本没来，当地人又不善于自己外出销售。因此，全都扎堆儿在本地市场慢慢消化，连山上交通不便、往年鲜有同行涉足的村子，也都有人轮番去过多次。马乙奴四往年的优势没了，手上的梨不仅卖不上价，还卖得很慢。明知靠刷脸卖人情，请老顾客帮忙也卖不掉多少，但如果不能很快卖完，一些梨果就会坏掉，免不了亏本，所以马乙奴四也顾不了那么多了。马乙奴四在山上卖梨不敢咬死一口价，价格还得视行情而定。往年十元三斤四斤的价格算是便宜的了，可今年十元卖六斤七斤，也不怎么招人待见。在山上做买卖根本没有什么手机支付，连现金交易都很少，多半都是物物交换。十元的梨子卖出去看不到现金，拿回来的是山上常见的青稞、麦子或者黑豆。买家和卖家把梨的价格谈妥，这买卖才成了一半，还得根据粮食的种类、品质估摸出一个单价进行换算并得到买家认可，这单生意才算做成。山上没有吃饭的地儿，父子俩自带午饭，两只馍一壶水方便又管饱。马乙奴四抢着梨果上市的季节，翻山爬坡早出晚归，能收入两万元左右，这已经是这个家一年中最大的进项了。今年本想着家里一切向好，自己终于可以放手拼一下，没承想生意这么难做。

山上马乙奴四走村串巷挨家挨户敲门的时候，第一书记马海林也在山下挨家挨户地忙碌着。2020 年 11 月 1 日，第七次全国人口普查工作正式启动，作为人口普查员的马海林，在这之前就需要入户摸底，全面掌握情况。舍仁村面积大却又不连片，在摸底过程中普查员要摸清辖区的住房数量及户主分布情况等，很多时间都花在了路上，再加上大量村民外出务工不在家，普查员需要反复登门或者想其他办法联系，要按时准确摸清相关情况。对普查员来说，工作量非常大。从 1990 年开始我国每隔十年都会进行一次全国性人口普查，为科学制定国民经济和社会发展规划，提供科学准确的统计信息支持。虽然紧张忙碌的普查工作让马海林分身乏术，但马梅花一家仍让他一直挂在心上。每次从马梅花家出来，马海林都有一种如释重负的轻松。他相信扶贫干部想看到的那些未来，在真诚付出之后总能实现。

　　这天，天色已暗了很久马乙奴四才回来，十箱梨只卖了三箱。但这并不是让马乙奴四最懊恼的事，儿子马二沙也跟着跑了一天，可是他只出工不出力，让马乙奴四窝了一肚子火。下午，马乙奴四去村民家称粮食，出来一看儿子马二沙没守在车边，而是躲在远处玩儿手机。马乙奴四气不打一处来，抬手打了马二沙几巴掌，等他再从山上下来就找不着马二沙人了，到现在也没回来。马乙奴四嘴上不饶人，可手上还是拿起了手机给儿子打电话。

　　每次上山卖梨一来一回，路上就得四五个小时，每次马乙奴四都赶早出门，以便在山上多待一阵子。因为马二沙回来晚了，第二天不得不歇一天工。不能上山卖梨在家一样闲不住，成箱的梨果难免受压烂掉，如果不及时把坏梨挑出来，很容易坏一个烂一筐。这一个个都是钱，马乙奴四实在是舍不得。挑坏梨是个心细的活儿，儿子指望不上，让妻子干马乙奴四也不放心。收来的梨有成本，马乙奴四着急卖。自家院子的梨，不得不受了冷落，虽说梨果种在自家院子没什么成本，但看着它们落了一地，马乙奴四还是很心疼。

　　虽然梨卖得不顺利，马乙奴四也着急发愁，但他这次并没有像过去那样追着扶贫干部求帮忙。即便碰巧遇到马海林入户普查，帮忙的话也只是试探性地夹在笑呵呵的玩笑里讲出来的。马海林听得出来，马乙奴四笑呵呵地请自己帮忙好像是在开玩笑，但梨子卖得越慢损失越大。马海林还是把这当成个事儿，忙完普查工作一回到宿舍就开始打电话联络销路。马乙奴四准备去更远的地方试一试，次日天刚擦亮一家人就起来了。要去的地方山高路远，妻子马买兰不放心，也怕父子两个再闹矛盾，便也跟着一起来了。可能因为走得够远，也可能因为很早出门抢占了商机，这一天的梨卖得格外好。这是这段时间马乙奴四卖梨最顺的一次，不到下午3点十箱梨已经所剩无几。劳累了这些日子的马乙奴四才敢松口气。

## 卖梨又遇雨夹雪　第一书记伸援手

　　进入 11 月，舍仁村迎来了今冬的第一场雪。雪后，村里组织大扫除。这份工作，主要由获得公益性岗位的村民轮流负责。这次，轮到马二沙了，但来干活儿的却是马乙奴四。担心自己去打扫卫生被人嘲笑，所以父亲替自己去了，这马二沙心里清楚，但每次父亲抢着替自己打扫卫生，还有没有其他原因，马二沙没想过。

　　深秋时节，舍仁村山上山下两重天。冷暖气流交汇，在山下是雨，到了山上就是雪。坏天气使得马乙奴四没法儿上山卖梨，他只能看着眼前的梨子又在家多待一天，品相和质量也会多打一分折扣。即便不能上山卖梨，打扫完卫生，马乙奴四还是又围着自己的梨忙活了起来。知道儿子心里有气，也知道自己多少对孩子有些亏欠，守着两千多斤急需出售的梨果，马乙奴四只能自己担下这一切。自打开始卖梨，妻子和儿子埋怨的话就没少在耳边响起。之前马乙奴四都有的说，前段时间，虽说梨卖得慢，但好歹有的卖，眼下雨雪天气把马乙奴四最后的路也封上了，这下马乙奴四彻底蔫了。

　　心情忐忑，张嘴真难，拨通第一书记马海林的电话，马乙奴四下了很大的决心。可听到马海林正忙着人口普查，到嘴边的话又咽了回去。也实在不想麻烦马海林，但想到院子里的梨，马乙奴四心一横，鼓起勇气张口了。电话那边传来的是肯定和愿意帮忙的话语。原来上次入户的时候，马乙奴四半开玩笑、半认真地道出自己的难处，马海林一直放在心上。电话里马海林送来的好消息，总算是能让马乙奴四给妻儿一个交代了。这么多天，压在马乙奴四心里的石头终于落了地。

天终于放晴了，马海林第一时间带着马乙奴四直奔西宁。在车上，马海林希望马乙奴四吸取这次教训，好好总结。过去马乙奴四的自信，显而易见。不知马海林的点到为止，马乙奴四听进去几分。

与买家会面时，买家对梨的口感提出质疑，马乙奴四有点儿紧张，马海林赶紧帮忙解释了起来。最终以 1200 斤，每斤 1.6 元的价格定了下来。这对马乙奴四来说是个大订单，顾不得继续寒暄，既兴奋又急切，他要赶紧回去做准备。等到交货的日子，看到西宁的老板如约而至，马乙奴四踏实了许多，赶紧张罗了起来。送走老板，马乙奴四又一头扎进库房，手上梨一下子卖了大半，剩最后一点儿，他想一鼓作气，把梨卖完。

次日，一家人又来到了山上卖梨，也不好意思光指望熟客，让儿子去找新客户，马乙奴四边卖货边吆喝了起来，终于把家里所囤积的梨卖完了。回到家，天色已经暗了下来，连吃饭都顾不上，马乙奴四迫切地想要弄清楚，忙活这么久，在这个梨上到底挣了多少。粗略一算，马乙奴四一家总共挣得了将近 7000 块钱。

接下来马乙奴四会好好利用这些钱养羊续发展，马乙奴四的计划与舍仁村的下一步规划不谋而合，扶贫干部准备把村上一片荒地改造成养殖场，相信在不久的将来，舍仁村也会迎来属于自己的村集体产业。2019 年 12 月 20 日，舍仁村退出贫困村序列近一年，而这也是马乙奴四脱贫摘帽后重新出发的一年，生活已经走向了正轨，还有更好的日子在后头。

# （二）使命担当：黄河岸边的第一书记

| 舍仁村第一书记马海林驻村工作手记

2019 年 4 月，我被任命为群科镇舍仁村第一书记。群科镇属化隆县管辖，坐落于青海东部黄河岸边，算是化隆县境内少有的气候与经济条件较好的地方。而舍仁村却是群科镇第一大贫困村，是个回族村落，而村民们却讲着一口流利的藏语，总觉怪怪的，极不适应。

初来时天真地以为扶贫就是一份工作，第一书记只是一种职务，而如今，却早已不是工作，也不是职务，它是一份责任、一份情感，相互交错，难以分割。作为扶贫第一线的人，我见证了一纸纸的文件如何变为生活，见证了一个个建档立卡贫困户如何脱贫，我觉得，我是幸运的。

## 老人的屋子与皱纹

赴任当天，我让工作队员带我去走访比较困难的几户人家，路上我预想着各种困难的情况，但真正见到之后，远超我对困难的理解，那时我才明白，有些人的生活并不是那么美好，也明白了，党和政府实施精准扶贫的良苦用心。

马海子，一个皮肤黝黑、身体瘦弱的老人。刚到他家时，场景让我终生难忘。没有院子，只有两间破败的屋子，一间屋内漆黑一片，没有灯具，摆满了用得黝黑发亮的厨具；另一间屋内一片敞亮，因为墙裂开了一个大缝，感觉随时会倒塌，里面一片狼藉。老人在屋外晒太阳，与屋内不同的是，满是皱纹的脸上充满无欲无求的平淡。不懂汉语，眼睛也看不清，就这样还照顾着精神有问题的儿子，母子两人相依为命。政府帮助建设的新房子终于在 6 月份落成，换了崭新的床铺和家具，儿子在获得不少社会帮扶的同时也被纳入政府兜底，但此时老人已经去世，未见一眼新房，那个旧屋子、那个旧时代随着她的皱纹与她一起去了。

## 丈夫的责任与毅力

马乙奴四，2010 年之前在西安、上海经营拉面馆，家庭经济情况尚可，一家三口生活也较为宽裕，然而妻子马买兰一场突如其来的重病打破了他们原有的生活节奏。为给妻子看病，马乙奴四转让了自己经营的面馆，走上了四处寻医治疗之路。走遍青海各大医院，仍查不出确切病因，而妻子的病日渐严重。到 2012 年左右，妻子马买兰全身皮肤溃烂，精神偶有失常，生活不能自理，日常起居皆需有人照料，马乙奴四因此无法外出打工，不但过去的一点积蓄全部花完，还负债近 20 万元。家人劝其与妻子离婚，但他始终不肯，为此还与家人有了隔阂。我常想是什么样的毅力让他十年如一日地照顾病人，支撑这个随时会溃散的家庭。

每个人都有一些缺点，马乙奴四也不例外。2019 年为了帮助村子里尽快售出滞销的水果，我尝试着做了一次消费扶贫项目，总计销售 7000 余斤水果。马乙奴四参与了这个项目，但他取巧、耍滑、玩小聪明，由他负责的 1000 余箱杏子，有缺斤短两的，有质量不合格的，我当时很是恼火，不能第一次做就坏了整村声誉，当即就教育了他一番，决定下次的消费扶贫不带他了。但人是会变的，兜兜转转第二年，我还是带他做了，不为什么，因为他需要钱。也许他是穷怕了，当时的投机取巧也只是为了多赚几个钱，教育了他明白了，思想改正了就好了，一些缺点总也掩盖不了他为爱人、为家庭辛苦付出的努力。受益于政府的到户产业扶持以及《攻坚日记》栏目拍摄，他也得到不少社会帮扶，住进了新房，还清了债务，妻子的病也日渐好转，如今早已脱离了贫困的行列。即使没有这么多的帮扶，我也相信他会实现脱贫，只因他的责任与努力。

精准扶贫，不是拽着一个人去实现脱贫，而是在他最艰难最需要帮助的时候，拉他一把，助其临门一脚。

## 姑娘的懂事与努力

马梅花，一个因学习成绩优异而被送入中央民族大学附属中学就读高中的孩子。每次去她家，她姥姥总是老远就迎着我出来了，当粗糙的老手握着我时，有种家的温暖。马拉非亚是马梅花的母亲，据村里人讲，她曾经是"村花"。但如今，我无法将她绯红的脸庞和"村花"二字联系起来。她因为很多年前患了精神疾病，加之常年服药，导致身体浮肿，脸庞绯红，难以想象她这些年的经历和坚强。如今女儿在学，一户两人，生活困难，常年与父母同住。对这小姑娘一家，我是格外地关注，村子里上高中的本就不多，成绩优异的更是少之又少，绝不能发生因贫退学的情况。隔三差五我都会去她家了解情况。他姥姥讲小姑娘从来不买化妆用品，甚至有时连饭都不舍得吃。我问小姑娘，为什么不好好吃饭，"也没有不好好吃饭，就是在学校不吃鸡腿和肉，姥姥姥爷和妈妈都不容易，省着点花"，穷人家的孩子早当家、早懂事，我明白她那么努力地学习是为什么。

2018 年，落实到户产业发展，她家分到了 12 只羊，养殖有方，发展得很是不错，生活水平逐渐提高，达到了脱贫标准。但我仍不放心，担心返贫，担心读高中的马梅花上不了大学。为此，我作为一个银行人，经过多方努力，给马梅花舅舅马明青提供了一些贷款，通过提高他舅舅的经营收入，每年分红给马拉非亚一些收益，间接带动她们生活水平的稳步稳定提升。我相信不久的将来，姑娘的懂事与努力会有回报。

图 6-4
小羊羔

## 总　结

两年多来的扶贫工作，我深知下基层不是镀金，不是走程序，而是为群众办一些看得见摸得着的实事，要俯下身子驻下来、沉下去，与群众零距离接触、心贴心沟通、面对面交流，与群众同吃同住同劳动，不弄虚作假，不增加群众负担，这样才能听到老百姓的真话实话，准确掌握第一手资料，才能为接下来的工作打下基础，努力创造出经得起群众和历史检验的成绩。了解民意、体察民情，是下基层开展好群众工作的前提和基础，要尽快融入群众的生产生活中，与群众打成一片，深入了解群众所思所想、所盼所忧，把群众的愿望和要求作为开展工作的依据，并把所了解到的情况进行准确分析和科学判断，提出合理建议，为基层发展谋思路、出点子。多听听群众怎么说，多问问群众怎么看，多请教群众怎么干，保持一种谦虚谨慎的态度，不骄不躁的作风，带着对群众的真情实意和深厚感情，脚踏实地地干好每一件事。在基层，面对人民群众，需要处理的具体事务较多，可能会遇到这样或那样的问题，有些问题的积累往往有一个历史过程，解决起来也可能需要一定的时间，万不可急于求成，更不要期望过高，遇到问题要勤思考、想周全，找准问题的症结，对症下药，更要充分发挥自己的能量光环优势，为群众当好桥梁。

## （三）记录者说：黄河岸边脱贫记事

| 导演陈锦涛拍摄手记

　　我是一个思想不理性、文字不感性的人，每每遇到要写手记的时候，能逃就逃能躲就躲，这回实在是躲不掉，那就随便写几句吧。

　　未来青海之前，我曾对青海抱有很多美好的想象，毕竟三江源头，大自然的瑰丽奇绝与野生动物的万千肆意都让我神往已久，但来到青海省化隆县的时候，是冬天，是灰蒙蒙的一片，是失望，却也是熟悉。我是山西人，眼前的景色与家乡并无二致，青海人也喜面食，化隆更是号称"拉面县城"，数九寒天里一碗热腾腾的拉面，越发让我跟这里的乡土亲密了起来。

　　吃完饭后，我是在化隆县舍仁村村委会见到这里的第一书记马海林的。彼时，桌上各项扶贫材料堆积如山，而他正埋头于各种材料中，我们见缝插针地表明来意，马海林不假思索便给我们介绍了几个贫困户的情况。随着他的介绍，我们兴致也越来越高，便让他立刻带我们前往贫困户马乙奴四家里。

　　走进院子，正面就是一间平房，这是一间一眼就能扫完的屋子，不高不大，看着略有些年头。一进门，马乙奴四热情地招呼大家，不颓不丧。进门右手边就是一铺炕，马乙奴四的妻子马买兰坐在中间，腿上盖着被子，强撑着要跟我们打招呼，她看起来不是很精神。左手边地下放着一张床和一个放食物的柜子。家徒四壁的物质条件和马乙奴四的精神状态形成了两个鲜明的极端，马乙奴四对自己现在的状况并未放弃、并未怨天尤人，而是充满干劲与斗志，一直在跟我说一定要努力赚钱、拼搏，对整个家庭的规划也很明确，治好妻子的病、修好房子、给儿子娶妻子。经过一番了解后，我最终决定拍摄马乙奴四一家，《攻坚日记》青海化隆篇就此开始。

从化隆回族自治县这个地名就能发现，全县以回族为主。来这里拍摄遇到的最大困难就是语言不通，尤其在舍仁村，情况更为特殊，舍仁村因为历史原因，形成了一种特殊现象——回族说藏语。想要了解他们必须要走进他们，和村民相处是必不可少的。化隆人很热情，有客人来，必然请上炕给泡一碗三炮台，为了能适应这里的语言环境，导演跟着扶贫干部不知道去了多少村民家里，从一开始的什么都听不懂，到之后的连蒙带猜也还是听不懂。

因为舍仁村实在太特殊了，全村 653 户 2697 人，虽然村大人多，但大部分时候，村子里都是静悄悄的，大部分人都在外地做与拉面相关的营生。

脱贫攻坚是一项复杂、系统的民生工程，如何结合实际抓好落实，是摆在各级扶贫部门面前的首要任务。在一年的拍摄接触中，第一书记马海林、村支书马福祥都把老百姓的事情放在第一位，根据每家不同的经济条件和遇到的致贫困难，制定出不同的帮扶方案，有帮助贫困户开家庭农场的，有给贫困户找工作的，有带贫困户去医院看病的，有带专家来帮助贫困户搞养殖的，有通过自己的关系来帮助贫困户卖水果的，有自己掏钱给贫困户缴养老金、买建筑材料、安装门窗的等，通过从扶贫对象、扶贫方式、致贫原因、农户需求等方面摸清底数、找准思路、精准施策。在和贫困户的相处中，真心实意地帮助贫困户，和贫困户的关系就像和亲人一样。

　　在一年多的拍摄中，马乙奴四一家的日子越来越好。在第一书记的开导及自身努力下，马乙奴四开始在群科镇附近进行水果贩卖生意，儿子虽偶有癫痫发作，但也能帮衬家里在周边打工贴补，加之结对帮扶、到户产业发展等，生活稍有好转，2020 年在第一书记协助下销售水果 150 余箱。如今，马乙奴四已基本还清外债，妻子的病也逐渐好转，在条件允许的情况下，计划由第一书记协助，再从事拉面馆经营。

　　但最令人感到欣慰的并不是马乙奴四一家物质上的提升，而是马买兰本人的状态日渐好转，从原来的沉默寡言、路都走不稳的状态，到现在可以下地干活、性格开朗了起来，见了人也会主动接触，开开玩笑，对生活也有了希望。马买兰的变化如同从黑白画面变到彩色画面，导演看在眼里，也由衷地为她、为这个家高兴。

　　回想起在舍仁村的这一年，太多人、太多事、太多情绪，不知从何讲起。这一年中，我们见证了一个小村落的变化，也见证了拍摄对象马乙奴四一家的成长。从被划定为建档立卡贫困户时候的

图 6-5
村民与他们的羊

生活艰辛，举步维艰，到我们拍摄完有了自己的新房子，新工作。从开始的困难重重，到现在拨开云雾见光明，马乙奴四一家人的精神面貌也发生了极大的改观。在帮扶干部的照顾下，舍仁村的贫困户生活都慢慢走上了正轨，现在回想起驻村干部们的音容笑貌，感觉这一年的付出都是值得的。

责任编辑：曹　春

封面设计：汪　莹

**图书在版编目（CIP）数据**

攻坚日记.实干当头／中央广播电视总台 编．—北京：人民出版社，
　　2024.5

ISBN 978－7－01－024770－0

I.①攻…　II.①中…　III.①电视纪录片－解说词－中国－当代

　IV.① I235.2

中国版本图书馆 CIP 数据核字（2022）第 076205 号

**攻坚日记**

GONGJIAN RIJI

实干当头

中央广播电视总台　编

人民出版社 出版发行

（100706　北京市东城区隆福寺街 99 号）

北京汇林印务有限公司印刷　新华书店经销

2024 年 5 月第 1 版　2024 年 5 月北京第 1 次印刷

开本：710 毫米 ×1000 毫米 1/16　印张：18.25

字数：226 千字

ISBN 978－7－01－024770－0　定价：78.00 元

邮购地址 100706　北京市东城区隆福寺街 99 号

人民东方图书销售中心　电话（010）65250042　65289539